image comics presenta

LOS MUERTOS VIVIENTES

For SKYBOUND ENTERTAINMENT

Robert Kirkman - CEO
J.J. Didde - President
Sean Mackiewicz - Editorial Director
Shawn Kirkham - Director of Business Development
Helen Leigh - Office Manager
Brian Huntington - Online Editorial Director
Feldman Public Relations LA - Public Relations

FOR INTERNATIONAL RIGHTS INQUIRIES,
PLEASE CONTACT FOREIGN@SKYBOUND.COM
WWW.SKYBOUND.COM

IMAGE COMICS, INC.
Robert Kirkman - chief operating officer
Erik Larsen - chief financial officer
Todd McFarlane - president
Marc Silvestri - chief executive officer
Jim Valentino - vice-president
Eric Stephenson - publisher
Ron Richards - director of business development
Jennifer de Guzman - pr & marketing director
Branwyn Bigglestone - accounts manager
Emily Miller - accounting assistant
Jamie Parreno - marketing assistant
Emilio Bautista - sales assistant
Kevin Yuen - digital rights coordinator
Tyler Shainline - events coordinator
David Brothers - content manager
Jonathan Chan - production manager
Drew Gill - art director
Jana Cook - print manager
Monica Garcia - senior production artist
Vincent Kukua - production artist
Jenna Savage - production artist
Addison Duke - production artist
www.imagecomics.com

PRINTED IN THE USA

ISBN: 978-1-58240-797-9

ROBERT KIRKMAN
CREADOR, ESCRITOR, LETRISTA

TONY MOORE
TRAZOS, ENTINTADOR, GRISES

CLIFF RATHBURN
GRISES ADICIONALES

INTRODUCCIÓN

No pretendo asustar a nadie. Si eso ocurre como resultado de leer este cómic, genial; pero de verdad... no es de lo que se trata. Lo que tienes en tus manos es la obra más seria que he realizado en mi carrera. Soy la persona que creó Battle Pope; espero que se den cuenta del esfuerzo que esto supone para mí. Eso no es tan difícil de entender cuando se concluye que me sumergí en una materia profundamente seria y dramática...

Los zombis.

Para mí las películas de zombis no son los festivales de gore y violencia con personajes burdos y chistes miserables. Las buenas películas de zombis nos de-muestran lo complicados que somos, nos hacen reflexionar sobre nuestra sociedad... y sobre la posición de nuestra sociedad en el mundo. Desde luego que nos muestran el gore y la violencia y todas esas cosas... pero mantienen una corriente subterránea con relación a lo social y a la reflexión.

Siempre preferiré "Amanecer de los muertos" a "El regreso de los muertos vivientes". Para mí, son ficción dramática.

Que mueve la reflexión y están a la altura de cualquier basura merecedora del Óscar de las que se producen año tras año. Me gustan las películas que me hacen cuestionarme el tejido de la sociedad. Y en las BUENAS películas de zombis… de eso hay a montones.

En **THE WALKING DEAD**, quiero explorar cómo la gente se enfrenta a situaciones extremas y cómo esos acontecimientos los CAMBIAN. Y me tomaré mi tiempo. Aquí podrán ver a Rick cambiar y madurar hasta el punto en que al volver atrás en la historia no podrás reconocerlo. Espero que les gusten las grandes sagas épicas, porque eso es el propósito con este libro.

Todo en este libro es un intento de presentar el desarrollo natural de los acontecimientos que creo se producirían estas situaciones. Es un trabajo basado en los personajes. Cómo llegan ellos allí es mucho más importante que el hecho de que lleguen. Espero lograr mostrarles un reflejo de sus amigos, sus vecinos, sus familias, de ustedes mismos, y cuales serían sus reacciones ante las situaciones extremas que les describo en este libro.

Así que si algo les asusta… genial, pero ésta no es una historia de terror. Y con eso no quiero decir que estemos por encima de ese género. No, solo estamos yendo por un camino diferente. El libro se centra más en cómo Rick logra sobrevivir y no tanto en ver a zombis dando vuelta por la esquina asustando a todos. Espero que eso sea lo que les guste.

Dejando de lado cualquier comentario sobre la historia, por lo menos, y aunque no les guste, tendrán que reconocer que tiene muy buena presentación. Llevo trabajando con Tony Moore desde que recuerdo. HE VISTO el trabajo de Tony, CONOZCO el trabajo de Tony, lo conozco mejor que nadie, y debo decir, por si no se notara, que Tony ha tirado la casa por la ventana en esta ocasión. Es evidente que comparte mi inmenso amor por el tema. Este libro es verdaderamente precioso. No podría estar más satisfecho de cómo ha quedado. Espero que ustedes estén de acuerdo conmigo.

Para mí, lo peor de las películas de zombis es el final. Siempre quiero saber qué pasa después. Incluso cuando los últimos personajes mueren... quiero que la película continúe.

Por lo general, las cintas de zombis exhiben un momento de la vida de alguien, que se nos muestra hasta que quienquiera que esté al mando de la película se aburre. Llegamos a conocer al personaje, vive una aventura y entonces, BOOM, tan pronto como la historia empieza a ponerse bien… aparecen esos malditos títulos finales.

La idea que hay tras **THE WALKING DEAD** es la de seguir con el personaje, en este caso Rick Grimes, durante todo el tiempo que sea humanamente posible. Quiero que The Walking Dead sea una crónica de varios años en la vida de Rick. NUNCA nos preguntare-mos qué le va a pasar a Rick, lo veremos. Los muertos vivientes será la película de zombis que nunca acaba.

Bueno… al menos durante mucho tiempo.

Robert Kirkman

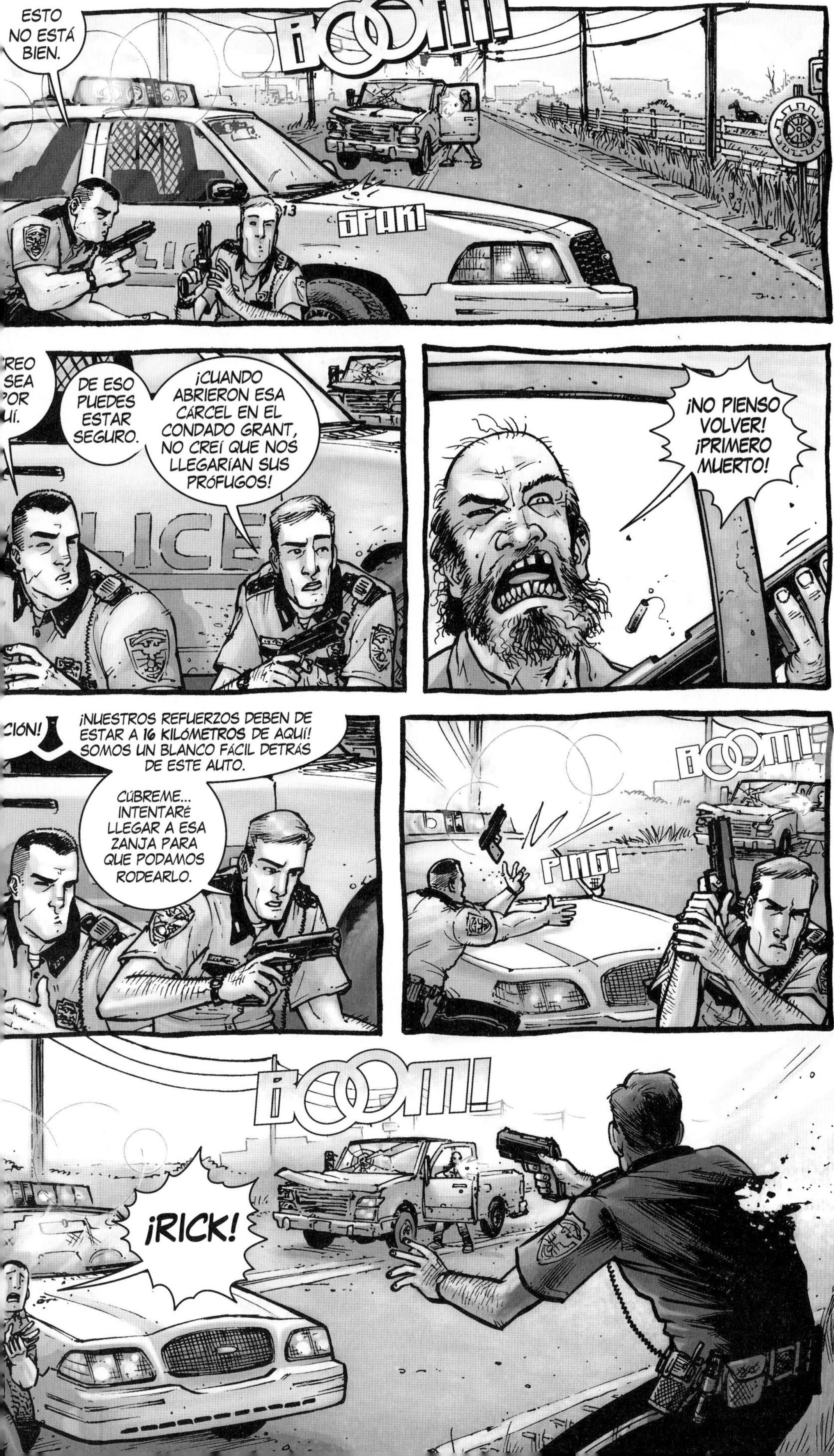
ESTO NO ESTÁ BIEN.
BOOM!
SPAK!
DE ESO PUEDES ESTAR SEGURO.
¡CUANDO ABRIERON ESA CÁRCEL EN EL CONDADO GRANT, NO CREÍ QUE NOS LLEGARÍAN SUS PRÓFUGOS!
¡NO PIENSO VOLVER! ¡PRIMERO MUERTO!
¡NUESTROS REFUERZOS DEBEN DE ESTAR A 16 KILÓMETROS DE AQUÍ! SOMOS UN BLANCO FÁCIL DETRÁS DE ESTE AUTO.
CÚBREME... INTENTARÉ LLEGAR A ESA ZANJA PARA QUE PODAMOS RODEARLO.
BOOM!
PING!
BOOM!
¡RICK!

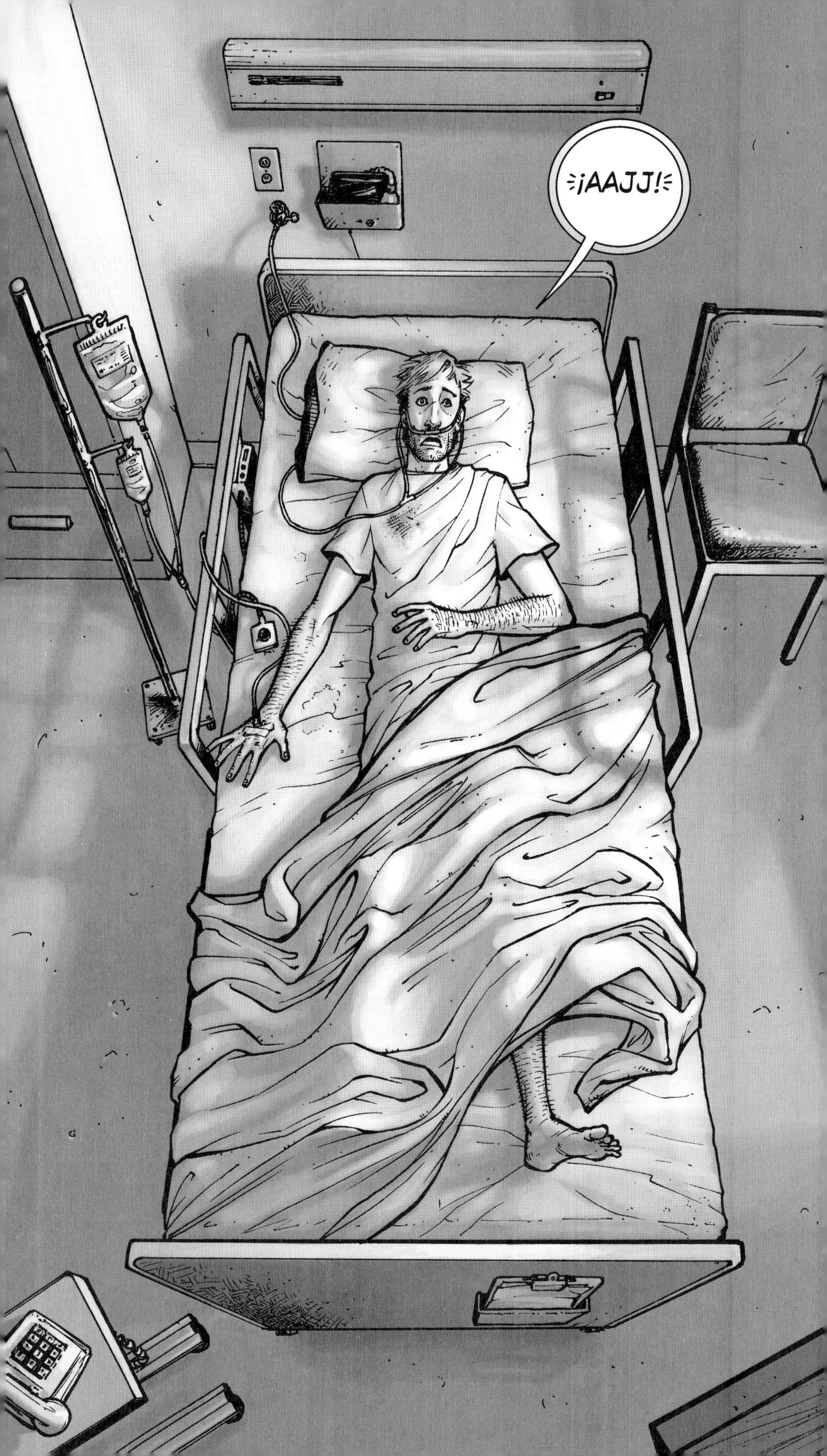
¡AAJJ!

¡ENFERMERA!

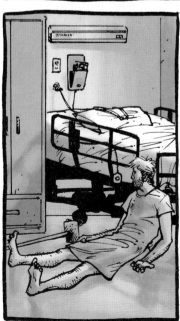

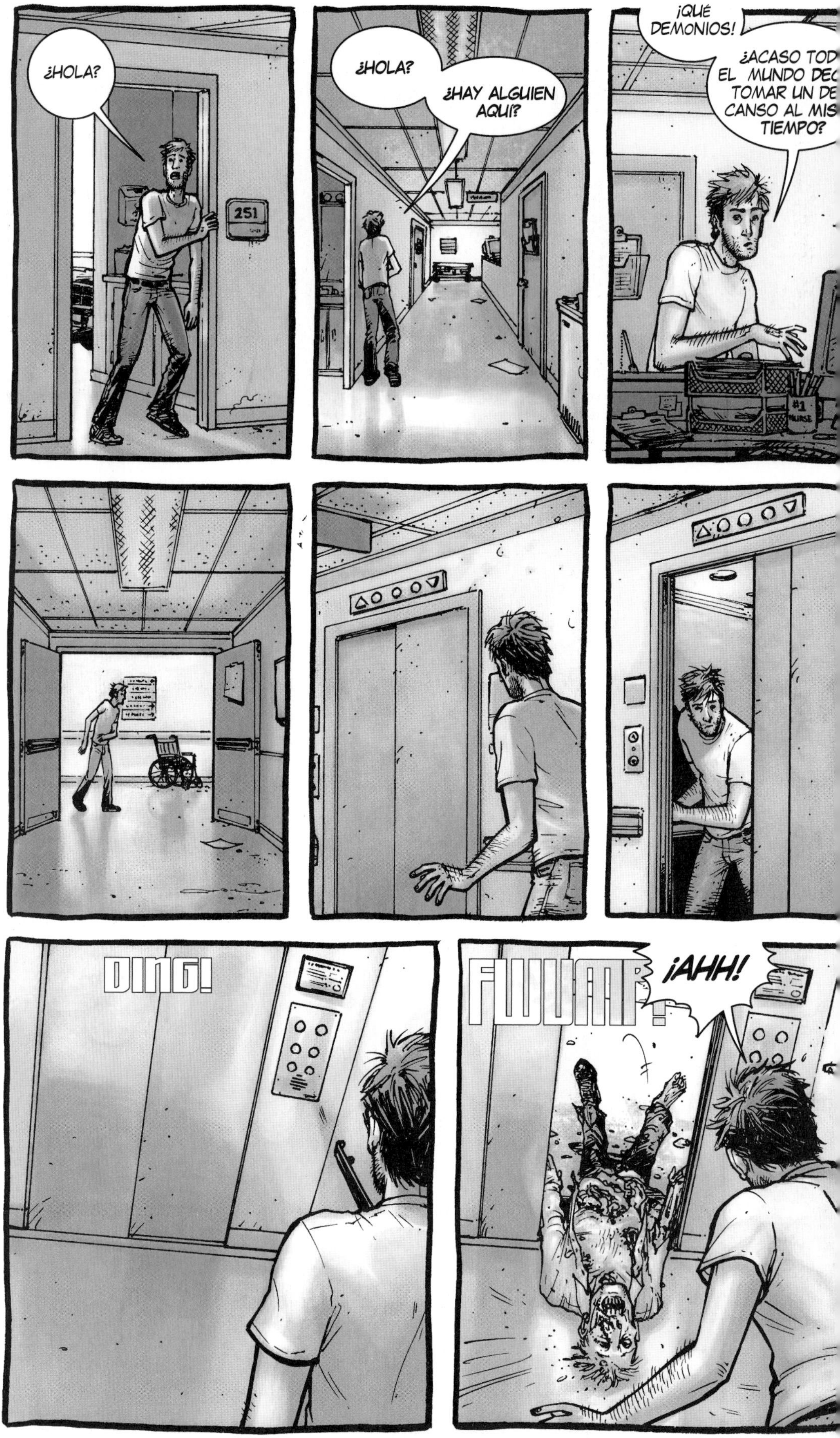
¿HOLA?
251
¿HOLA?
¿HAY ALGUIEN AQUÍ?
¡QUÉ DEMONIOS!
¿ACASO TOD
EL MUNDO DEC
TOMAR UN DE
CANSO AL MIS
TIEMPO?
DING!
FWUMP!
¡AHH!

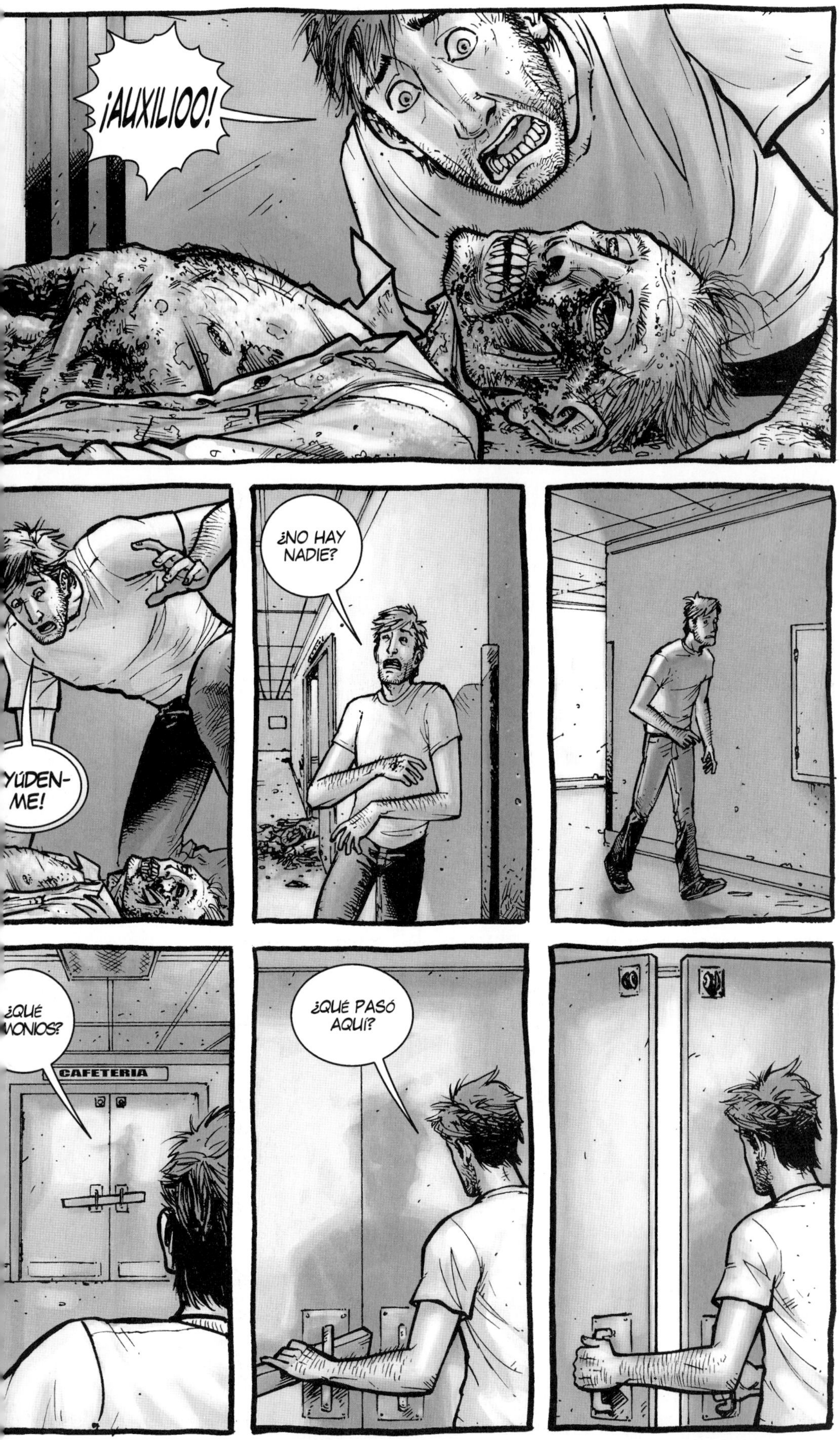
¡AUXILIOO!
YÚDEN-ME!
¿NO HAY NADIE?
¿QUÉ MONIOS?
CAFETERIA
¿QUÉ PASÓ AQUÍ?

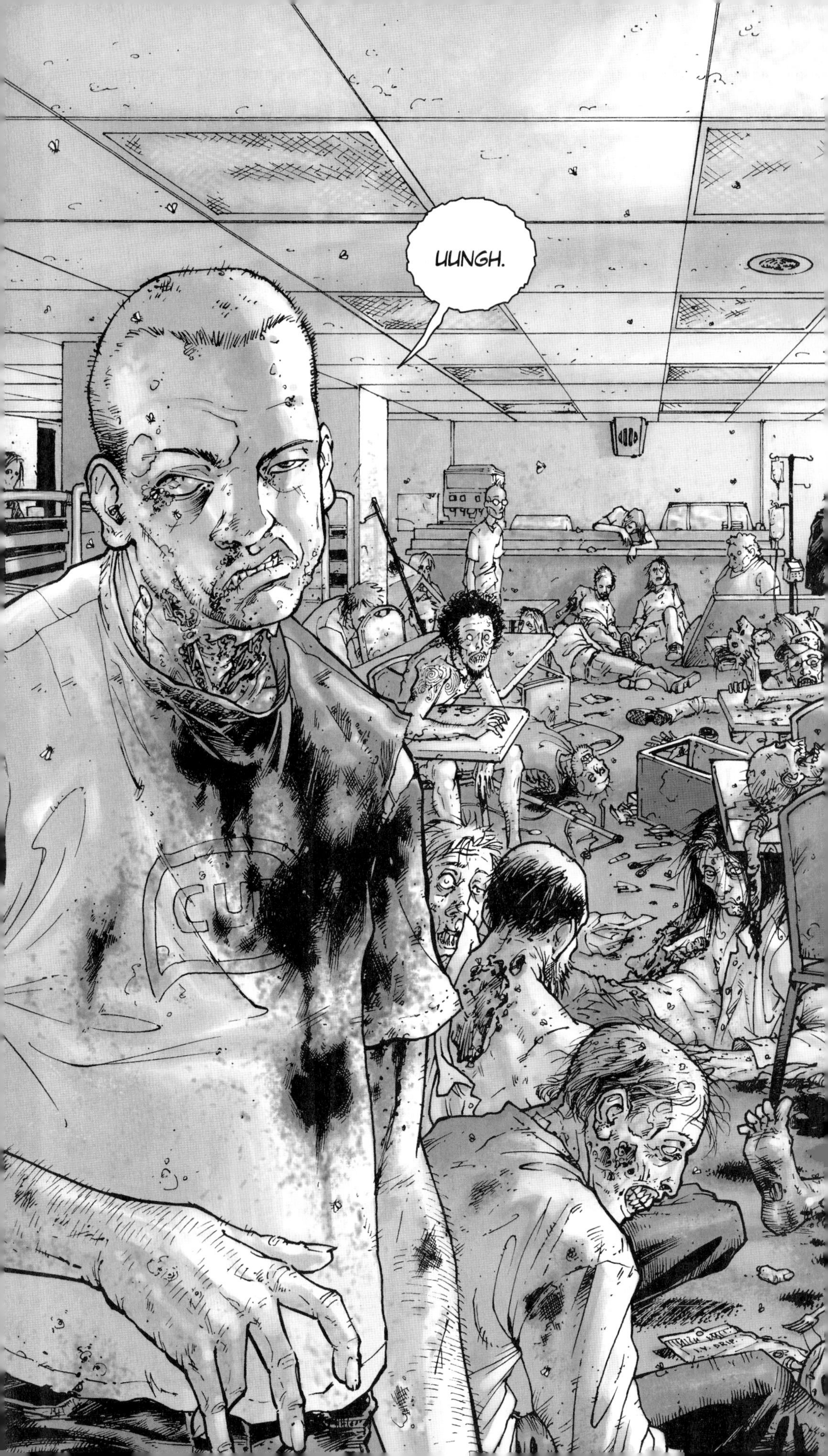
UUNGH.

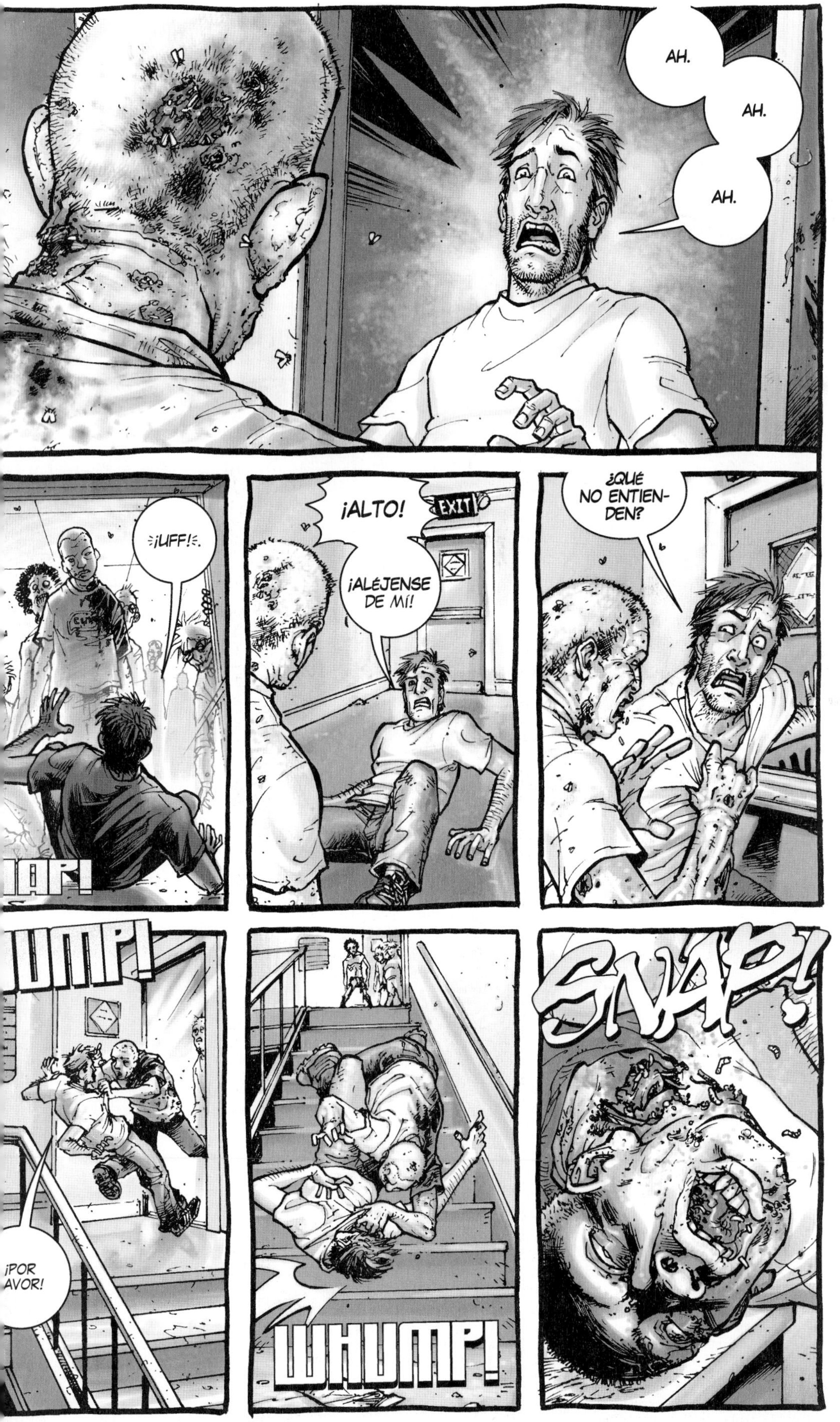
AH.
AH.
AH.
¡UFF!
...AP!
¡ALTO!
EXIT
¡ALÉJENSE DE MÍ!
¿QUÉ NO ENTIENDEN?
...UMP!
¡POR ...AVOR!
WHUMP!
SNAP!

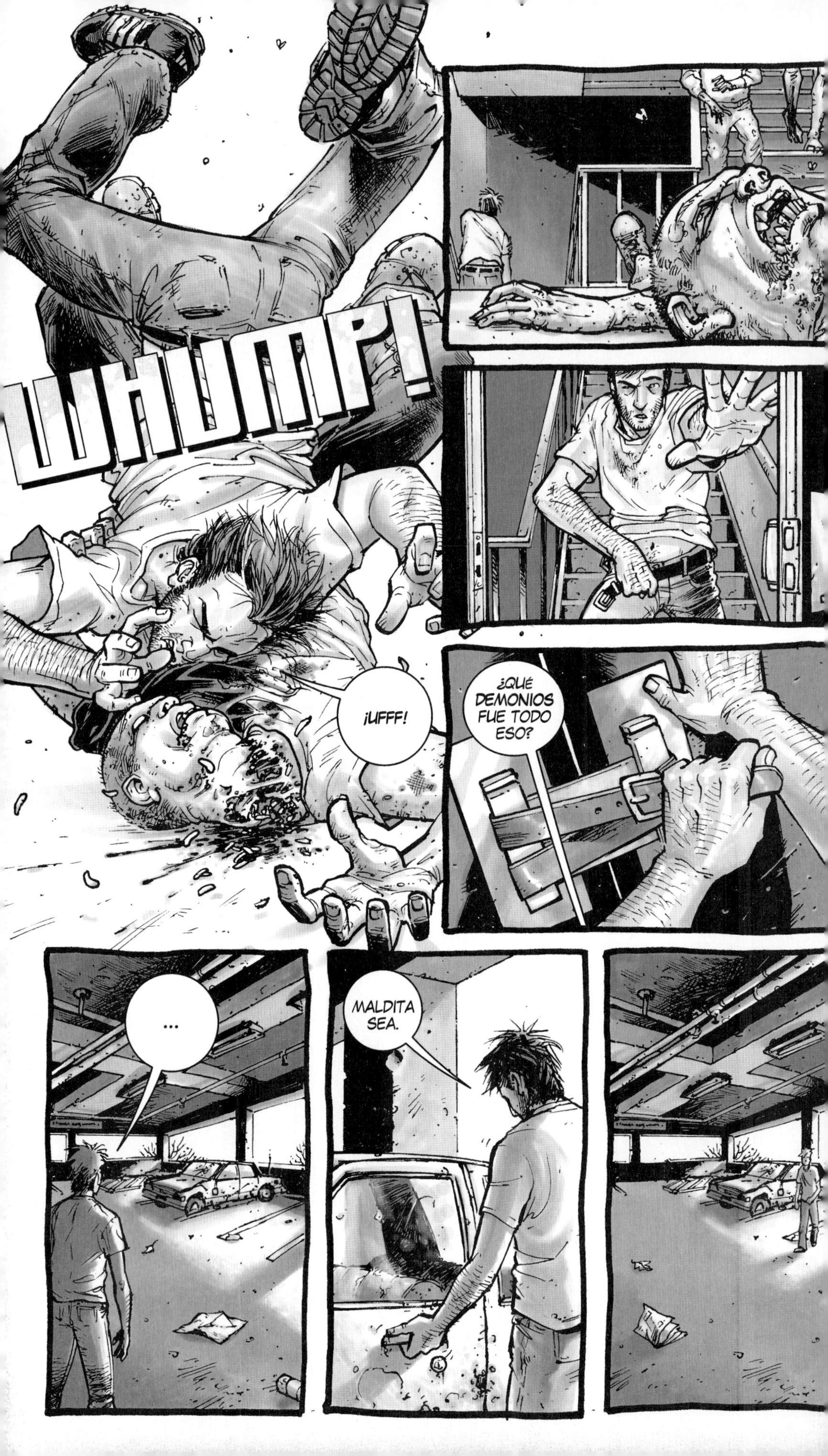
WHUMP!
¡UFFF!
¿QUÉ DEMONIOS FUE TODO ESO?
...
MALDITA SEA.

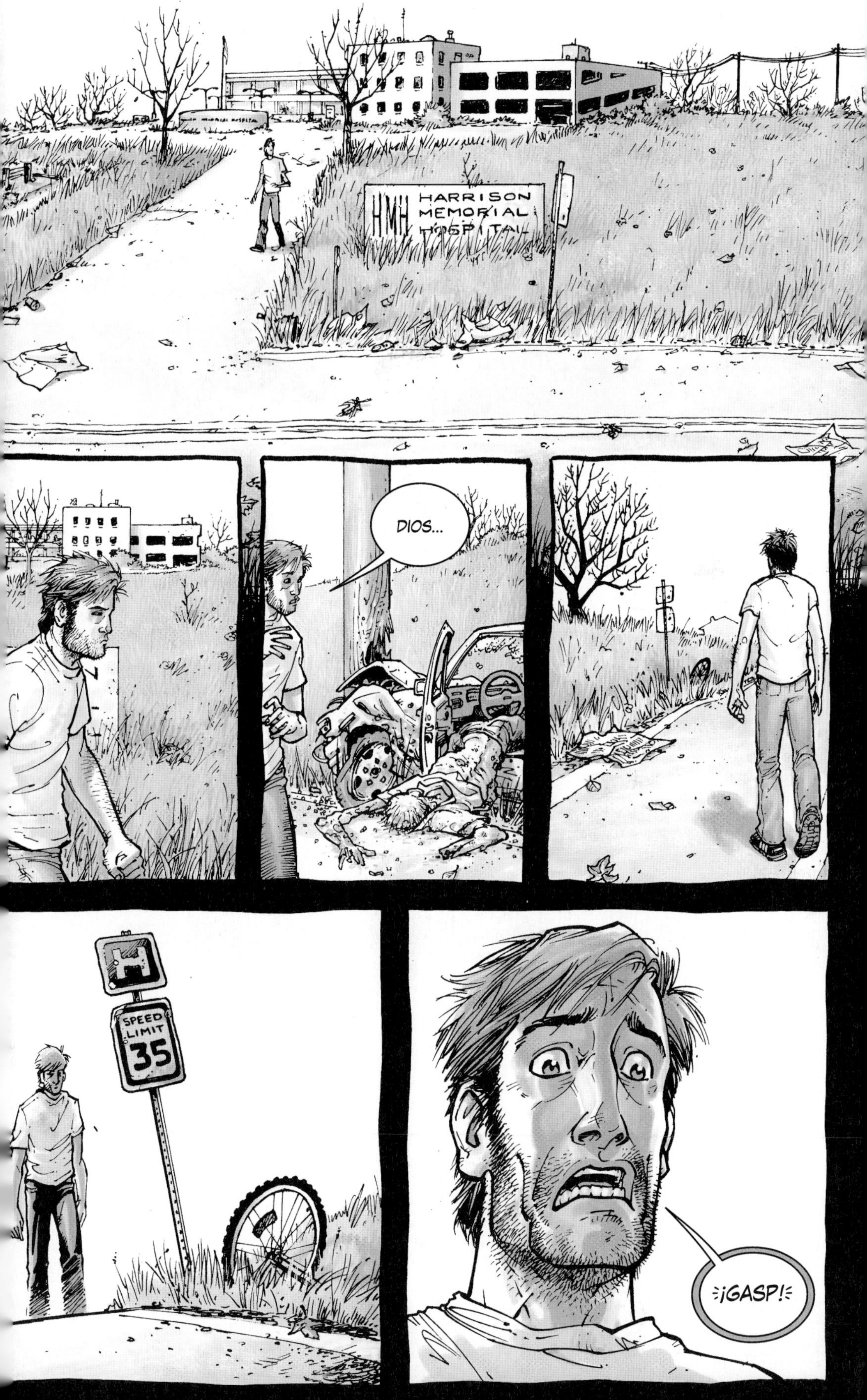
HMH
HARRISON MEMORIAL HOSPITAL
DIOS...
SPEED LIMIT 35
¡GASP!

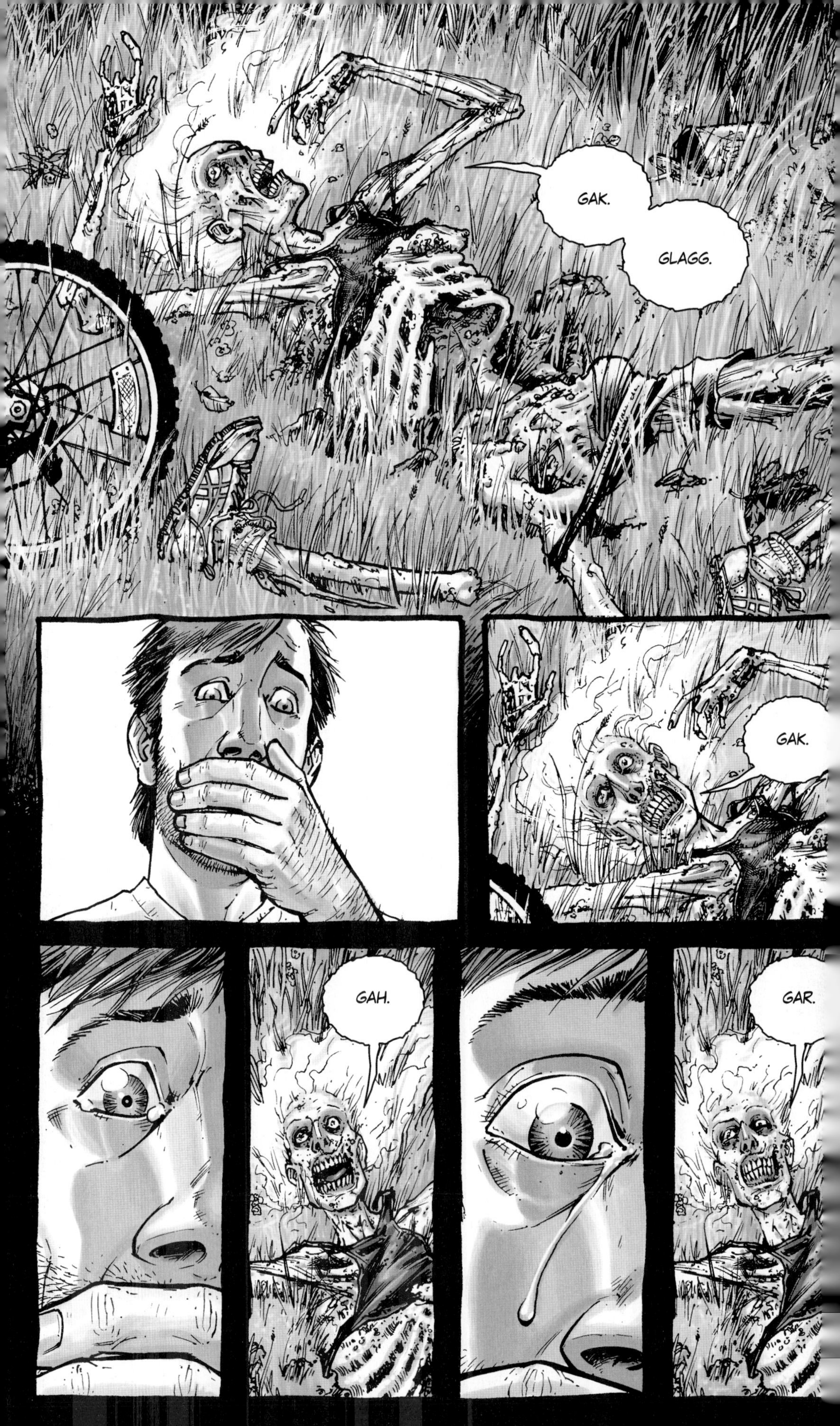
GAK.
GLAGG.
GAK.
GAH.
GAR.

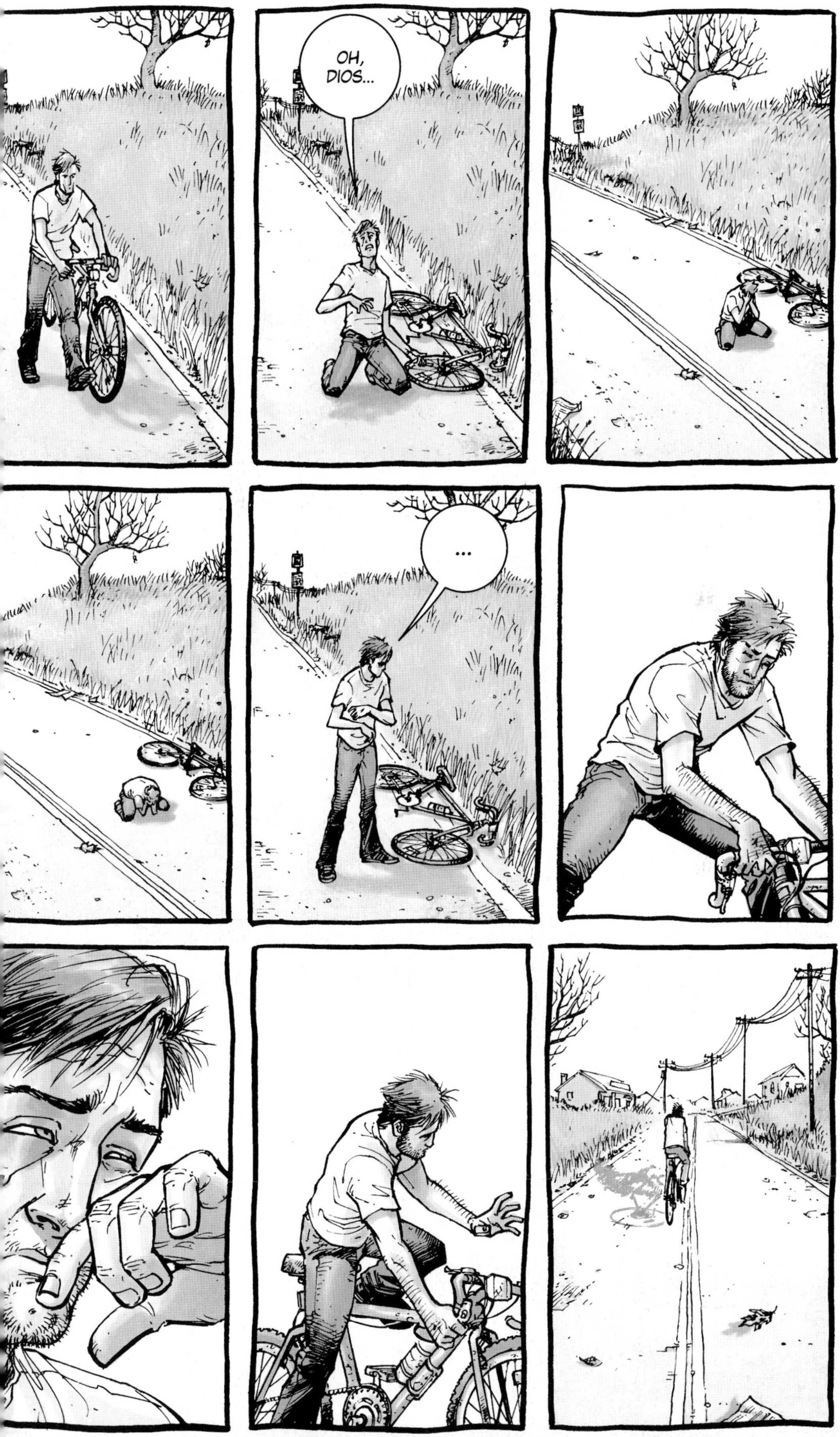
OH, DIOS...
...

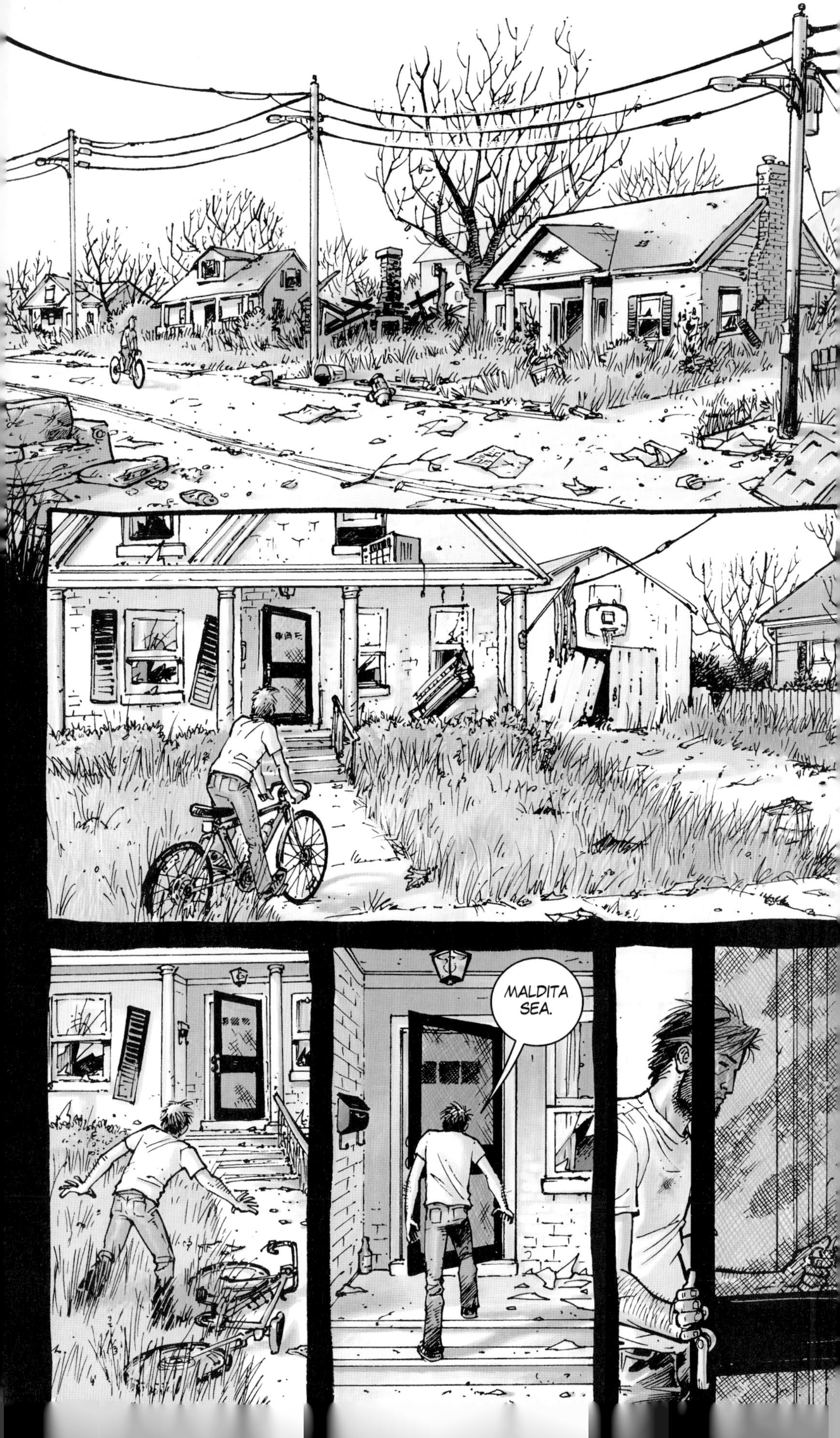
MALDITA SEA.

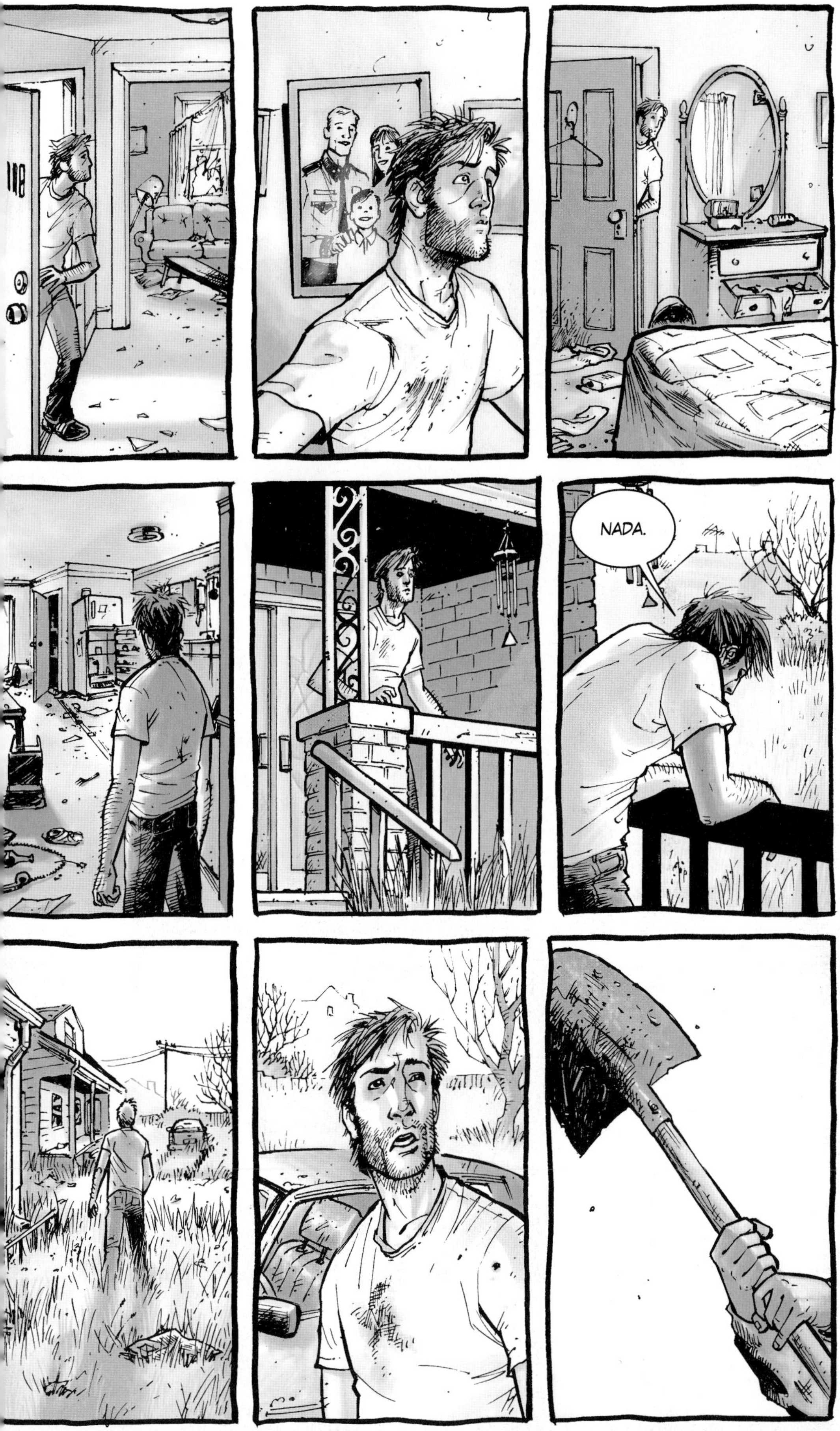
NADA.

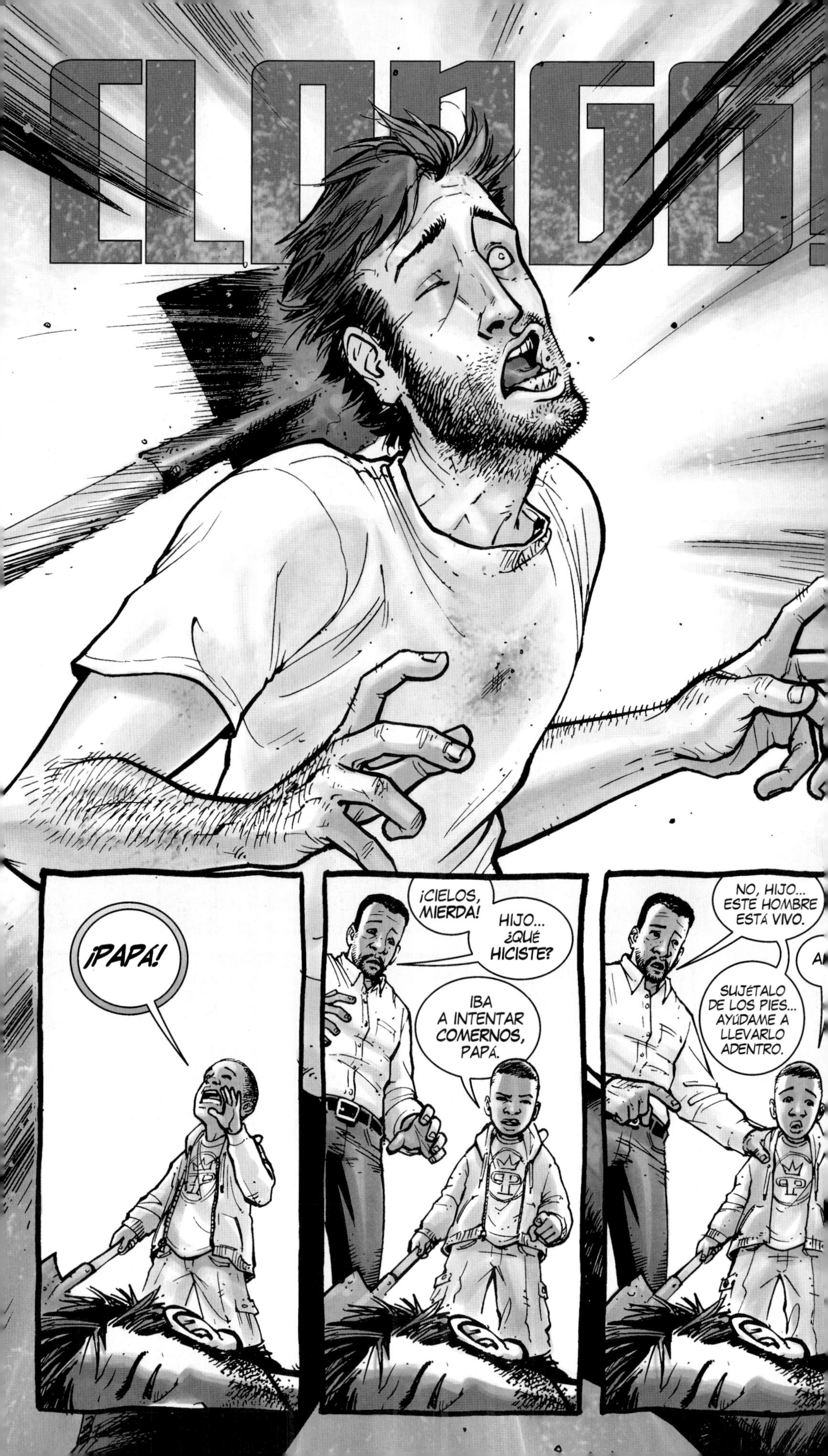
CLONGG!
¡PAPÁ!
¡CIELOS, MIERDA!
HIJO... ¿QUÉ HICISTE?
IBA A INTENTAR COMERNOS, PAPÁ.
NO, HIJO... ESTE HOMBRE ESTÁ VIVO.
SUJÉTALO DE LOS PIES... AYÚDAME A LLEVARLO ADENTRO.

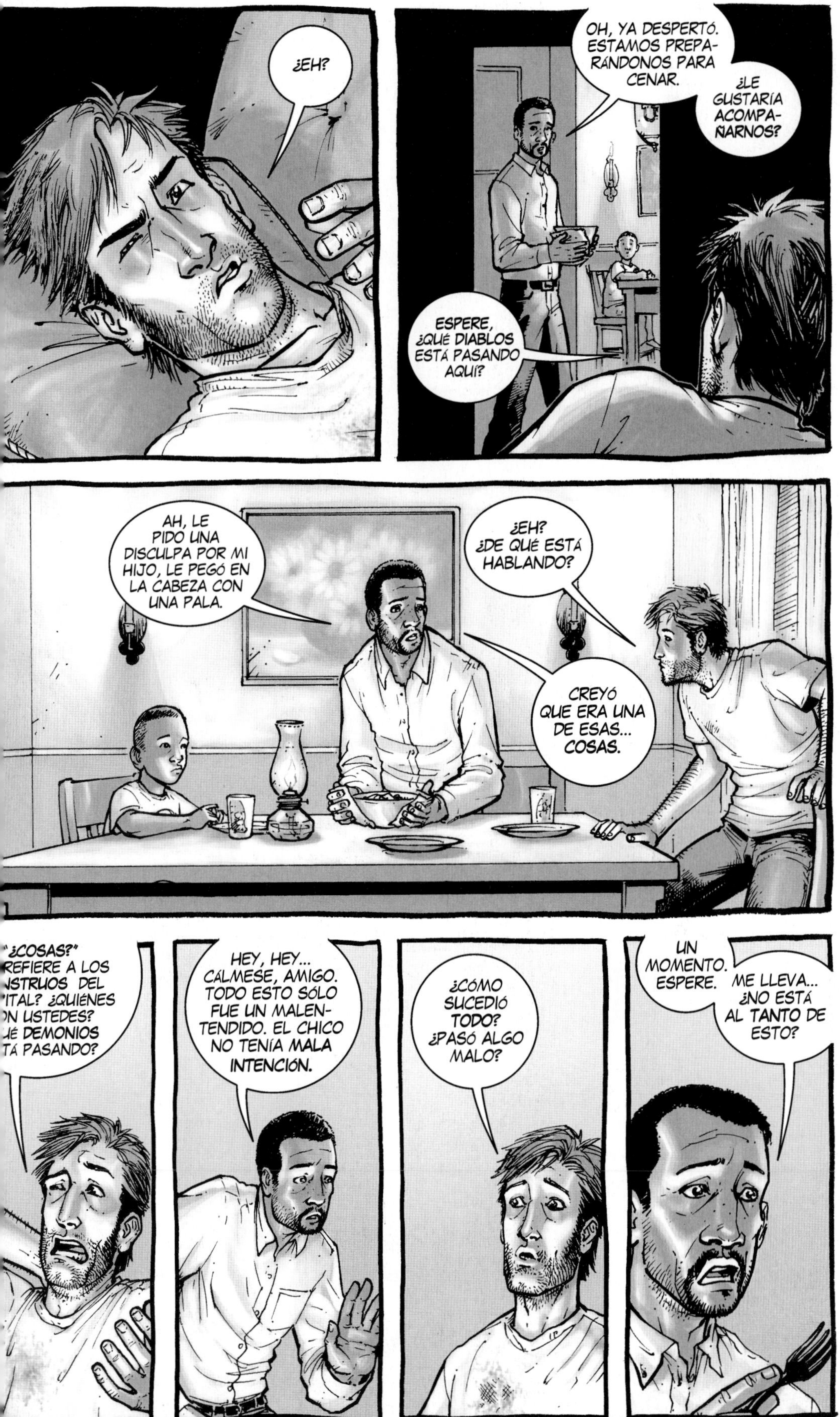

¿EH?
OH, YA DESPERTÓ. ESTAMOS PREPARÁNDONOS PARA CENAR.
¿LE GUSTARÍA ACOMPAÑARNOS?
ESPERE, ¿QUÉ DIABLOS ESTÁ PASANDO AQUÍ?
AH, LE PIDO UNA DISCULPA POR MI HIJO, LE PEGÓ EN LA CABEZA CON UNA PALA.
¿EH? ¿DE QUÉ ESTÁ HABLANDO?
CREYÓ QUE ERA UNA DE ESAS... COSAS.
"¿COSAS?" REFIERE A LOS NSTRUOS DEL ITAL? ¿QUIÉNES N USTEDES? UÉ DEMONIOS TÁ PASANDO?
HEY, HEY... CÁLMESE, AMIGO. TODO ESTO SÓLO FUE UN MALENTENDIDO. EL CHICO NO TENÍA MALA INTENCIÓN.
¿CÓMO SUCEDIÓ TODO? ¿PASÓ ALGO MALO?
UN MOMENTO. ESPERE.
ME LLEVA... ¿NO ESTÁ AL TANTO DE ESTO?

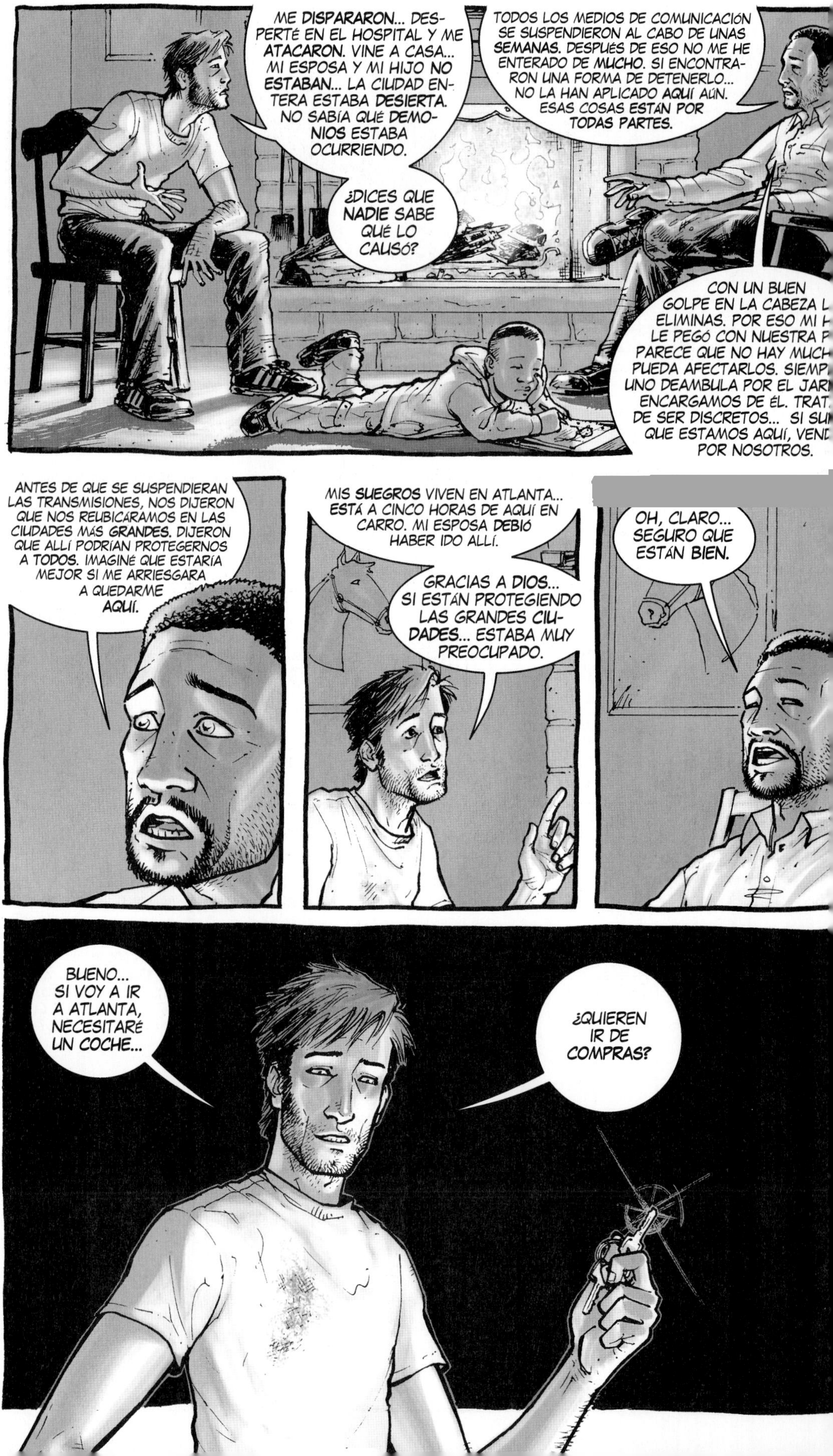
ME DISPARARON... DESPERTÉ EN EL HOSPITAL Y ME ATACARON. VINE A CASA... MI ESPOSA Y MI HIJO NO ESTABAN... LA CIUDAD ENTERA ESTABA DESIERTA. NO SABÍA QUÉ DEMONIOS ESTABA OCURRIENDO.
TODOS LOS MEDIOS DE COMUNICACIÓN SE SUSPENDIERON AL CABO DE UNAS SEMANAS. DESPUÉS DE ESO NO ME HE ENTERADO DE MUCHO. SI ENCONTRARON UNA FORMA DE DETENERLO... NO LA HAN APLICADO AQUÍ AÚN. ESAS COSAS ESTÁN POR TODAS PARTES.
¿DICES QUE NADIE SABE QUÉ LO CAUSÓ?
CON UN BUEN GOLPE EN LA CABEZA L ELIMINAS. POR ESO MI H LE PEGÓ CON NUESTRA P PARECE QUE NO HAY MUCH PUEDA AFECTARLOS. SIEMP UNO DEAMBULA POR EL JAR ENCARGAMOS DE ÉL. TRAT DE SER DISCRETOS... SI SU QUE ESTAMOS AQUÍ, VEND POR NOSOTROS.
ANTES DE QUE SE SUSPENDIERAN LAS TRANSMISIONES, NOS DIJERON QUE NOS REUBICÁRAMOS EN LAS CIUDADES MÁS GRANDES. DIJERON QUE ALLÍ PODRÍAN PROTEGERNOS A TODOS. IMAGINÉ QUE ESTARÍA MEJOR SI ME ARRIESGARA A QUEDARME AQUÍ.
MIS SUEGROS VIVEN EN ATLANTA... ESTÁ A CINCO HORAS DE AQUÍ EN CARRO. MI ESPOSA DEBIÓ HABER IDO ALLÍ.
GRACIAS A DIOS... SI ESTÁN PROTEGIENDO LAS GRANDES CIUDADES... ESTABA MUY PREOCUPADO.
OH, CLARO... SEGURO QUE ESTÁN BIEN.
BUENO... SI VOY A IR A ATLANTA, NECESITARÉ UN COCHE...
¿QUIEREN IR DE COMPRAS?

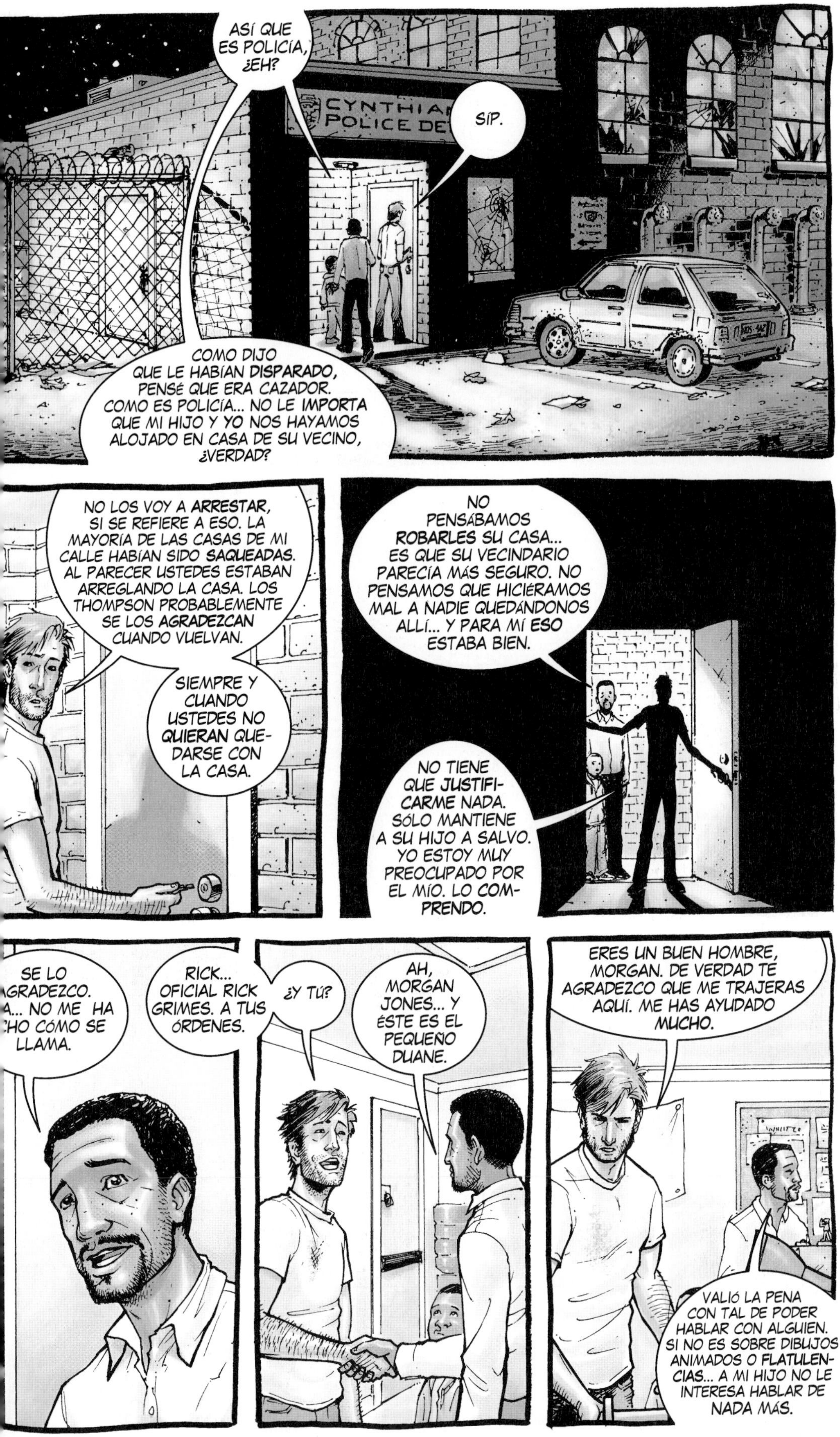

ASÍ QUE ES POLICÍA, ¿EH?
CYNTHIAN
POLICE DE
SÍP.
COMO DIJO QUE LE HABÍAN DISPARADO, PENSÉ QUE ERA CAZADOR. COMO ES POLICÍA... NO LE IMPORTA QUE MI HIJO Y YO NOS HAYAMOS ALOJADO EN CASA DE SU VECINO, ¿VERDAD?
NO LOS VOY A ARRESTAR, SI SE REFIERE A ESO. LA MAYORÍA DE LAS CASAS DE MI CALLE HABÍAN SIDO SAQUEADAS. AL PARECER USTEDES ESTABAN ARREGLANDO LA CASA. LOS THOMPSON PROBABLEMENTE SE LOS AGRADEZCAN CUANDO VUELVAN.
SIEMPRE Y CUANDO USTEDES NO QUIERAN QUEDARSE CON LA CASA.
NO PENSÁBAMOS ROBARLES SU CASA... ES QUE SU VECINDARIO PARECÍA MÁS SEGURO. NO PENSAMOS QUE HICIÉRAMOS MAL A NADIE QUEDÁNDONOS ALLÍ... Y PARA MÍ ESO ESTABA BIEN.
NO TIENE QUE JUSTIFICARME NADA. SÓLO MANTIENE A SU HIJO A SALVO. YO ESTOY MUY PREOCUPADO POR EL MÍO. LO COMPRENDO.
SE LO GRADEZCO. A... NO ME HA CHO CÓMO SE LLAMA.
RICK... OFICIAL RICK GRIMES. A TUS ÓRDENES.
¿Y TÚ?
AH, MORGAN JONES... Y ÉSTE ES EL PEQUEÑO DUANE.
ERES UN BUEN HOMBRE, MORGAN. DE VERDAD TE AGRADEZCO QUE ME TRAJERAS AQUÍ. ME HAS AYUDADO MUCHO.
VALIÓ LA PENA CON TAL DE PODER HABLAR CON ALGUIEN. SI NO ES SOBRE DIBUJOS ANIMADOS O FLATULENCIAS... A MI HIJO NO LE INTERESA HABLAR DE NADA MÁS.

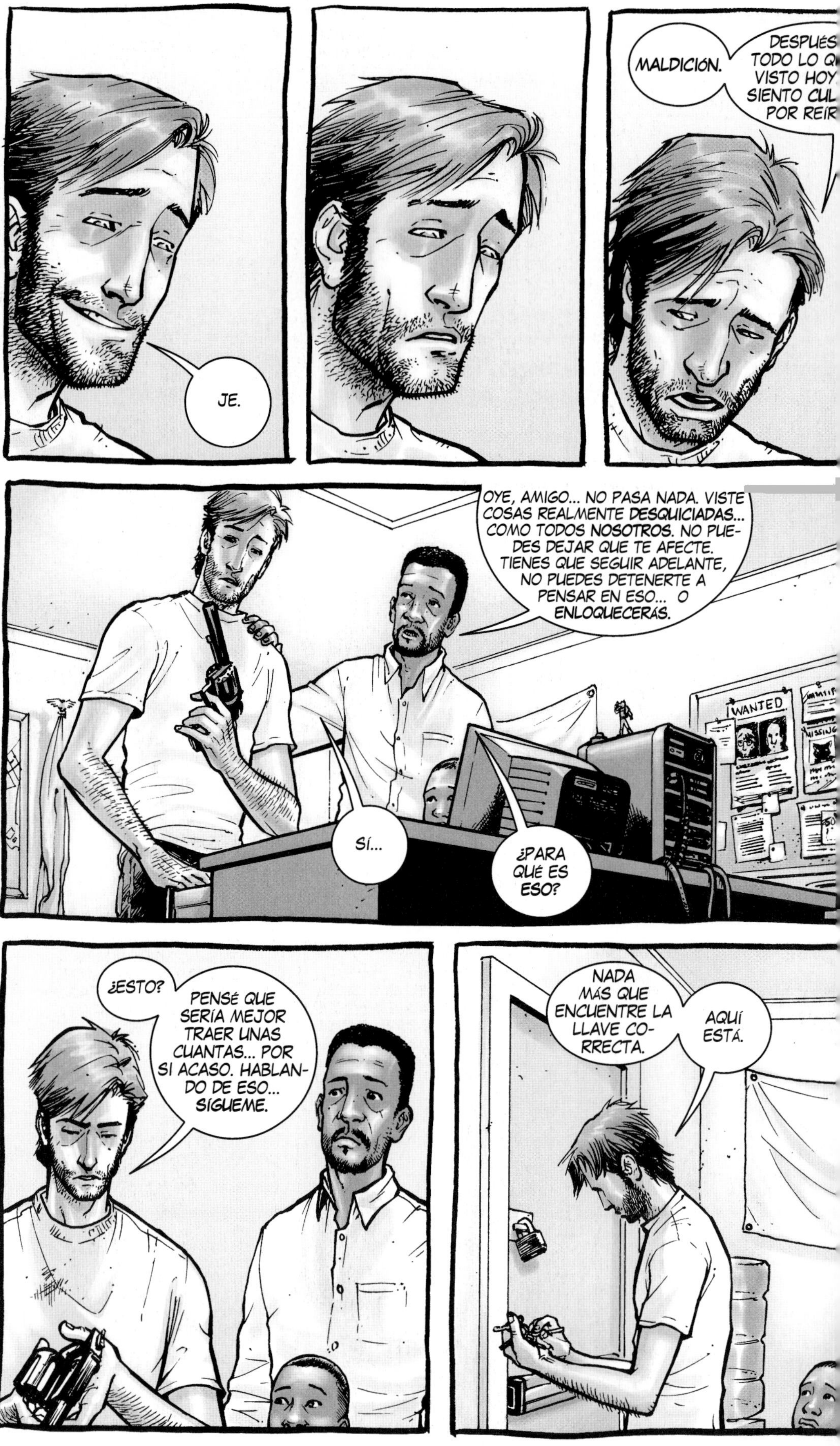

JE.
MALDICIÓN.
DESPUÉS
TODO LO Q
VISTO HOY
SIENTO CUL
POR REÍR
OYE, AMIGO... NO PASA NADA. VISTE COSAS REALMENTE DESQUICIADAS... COMO TODOS NOSOTROS. NO PUEDES DEJAR QUE TE AFECTE. TIENES QUE SEGUIR ADELANTE, NO PUEDES DETENERTE A PENSAR EN ESO... O ENLOQUECERÁS.
WANTED
SÍ...
¿PARA QUÉ ES ESO?
¿ESTO?
PENSÉ QUE SERÍA MEJOR TRAER UNAS CUANTAS... POR SI ACASO. HABLANDO DE ESO... SÍGUEME.
NADA MÁS QUE ENCUENTRE LA LLAVE CORRECTA.
AQUÍ ESTÁ.

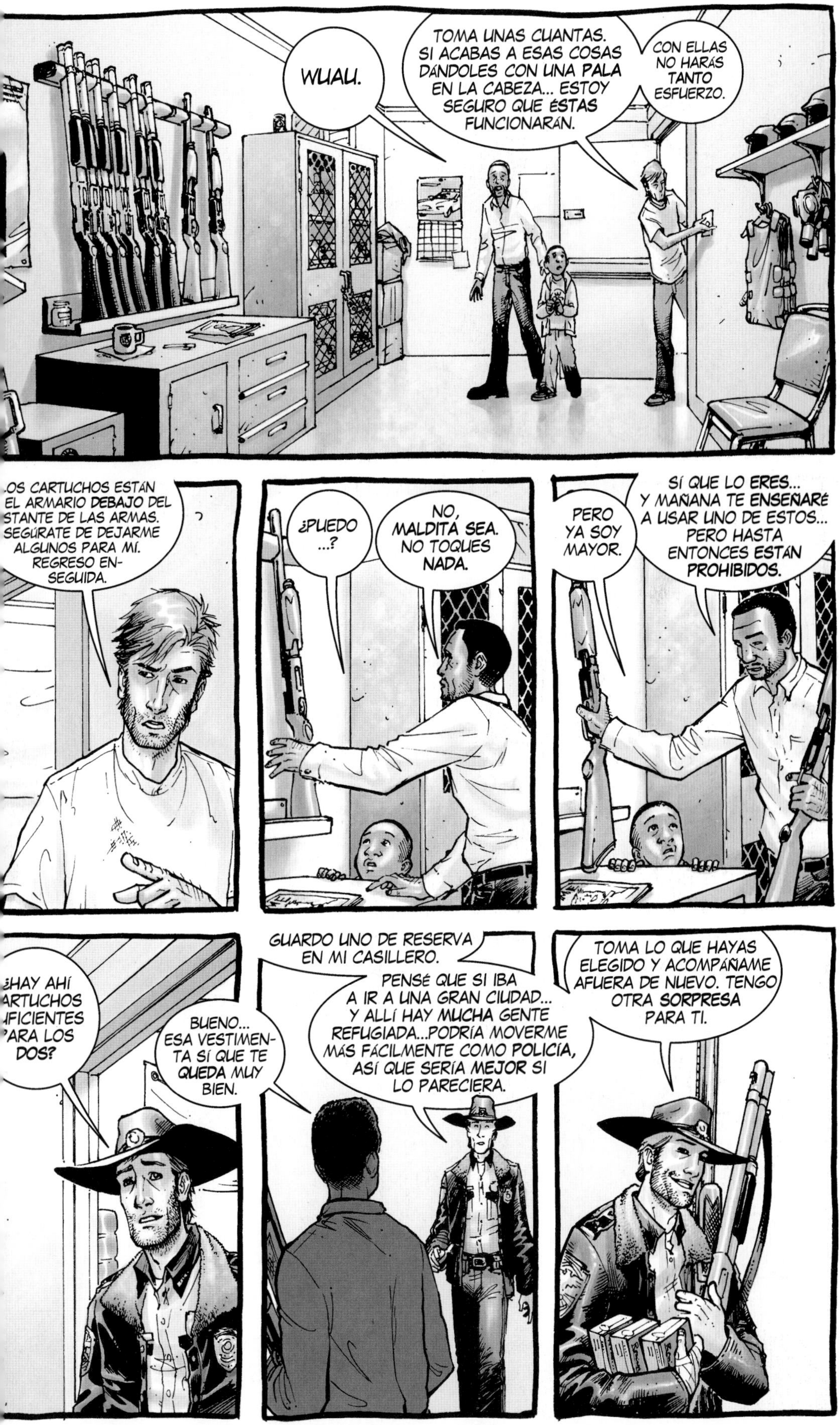
WUAU.
TOMA UNAS CUANTAS. SI ACABAS A ESAS COSAS DÁNDOLES CON UNA PALA EN LA CABEZA... ESTOY SEGURO QUE ÉSTAS FUNCIONARÁN.
CON ELLAS NO HARÁS TANTO ESFUERZO.
LOS CARTUCHOS ESTÁN EL ARMARIO DEBAJO DEL ESTANTE DE LAS ARMAS. SEGÚRATE DE DEJARME ALGUNOS PARA MÍ. REGRESO EN-SEGUIDA.
¿PUEDO ...?
NO, MALDITA SEA. NO TOQUES NADA.
PERO YA SOY MAYOR.
SÍ QUE LO ERES... Y MAÑANA TE ENSEÑARÉ A USAR UNO DE ESTOS... PERO HASTA ENTONCES ESTÁN PROHIBIDOS.
¿HAY AHÍ CARTUCHOS SUFICIENTES PARA LOS DOS?
BUENO... ESA VESTIMEN-TA SÍ QUE TE QUEDA MUY BIEN.
GUARDO UNO DE RESERVA EN MI CASILLERO.
PENSÉ QUE SI IBA A IR A UNA GRAN CIUDAD... Y ALLÍ HAY MUCHA GENTE REFUGIADA...PODRÍA MOVERME MÁS FÁCILMENTE COMO POLICÍA, ASÍ QUE SERÍA MEJOR SI LO PARECIERA.
TOMA LO QUE HAYAS ELEGIDO Y ACOMPÁÑAME AFUERA DE NUEVO. TENGO OTRA SORPRESA PARA TI.

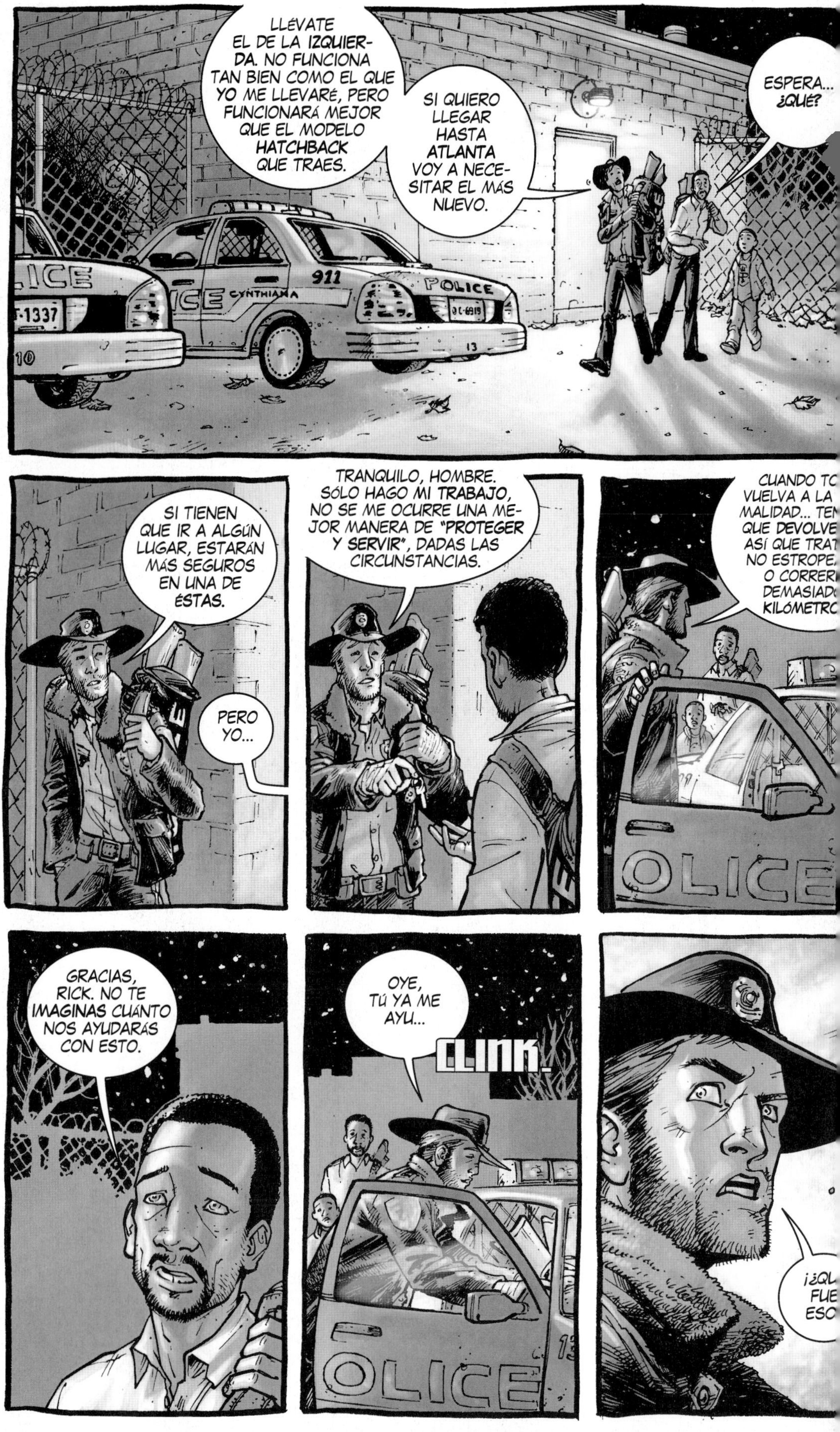
LLÉVATE EL DE LA IZQUIERDA. NO FUNCIONA TAN BIEN COMO EL QUE YO ME LLEVARÉ, PERO FUNCIONARÁ MEJOR QUE EL MODELO HATCHBACK QUE TRAES.
SI QUIERO LLEGAR HASTA ATLANTA VOY A NECESITAR EL MÁS NUEVO.
ESPERA... ¿QUÉ?
SI TIENEN QUE IR A ALGÚN LUGAR, ESTARÁN MÁS SEGUROS EN UNA DE ÉSTAS.
PERO YO...
TRANQUILO, HOMBRE. SÓLO HAGO MI TRABAJO, NO SE ME OCURRE UNA MEJOR MANERA DE "PROTEGER Y SERVIR", DADAS LAS CIRCUNSTANCIAS.
CUANDO TC VUELVA A LA MALIDAD... TEN QUE DEVOLVE ASÍ QUE TRAT NO ESTROPEA O CORRER DEMASIADO KILÓMETRO
GRACIAS, RICK. NO TE IMAGINAS CUÁNTO NOS AYUDARÁS CON ESTO.
OYE, TÚ YA ME AYU...
CLINK!
¡¿QU FUE ESO

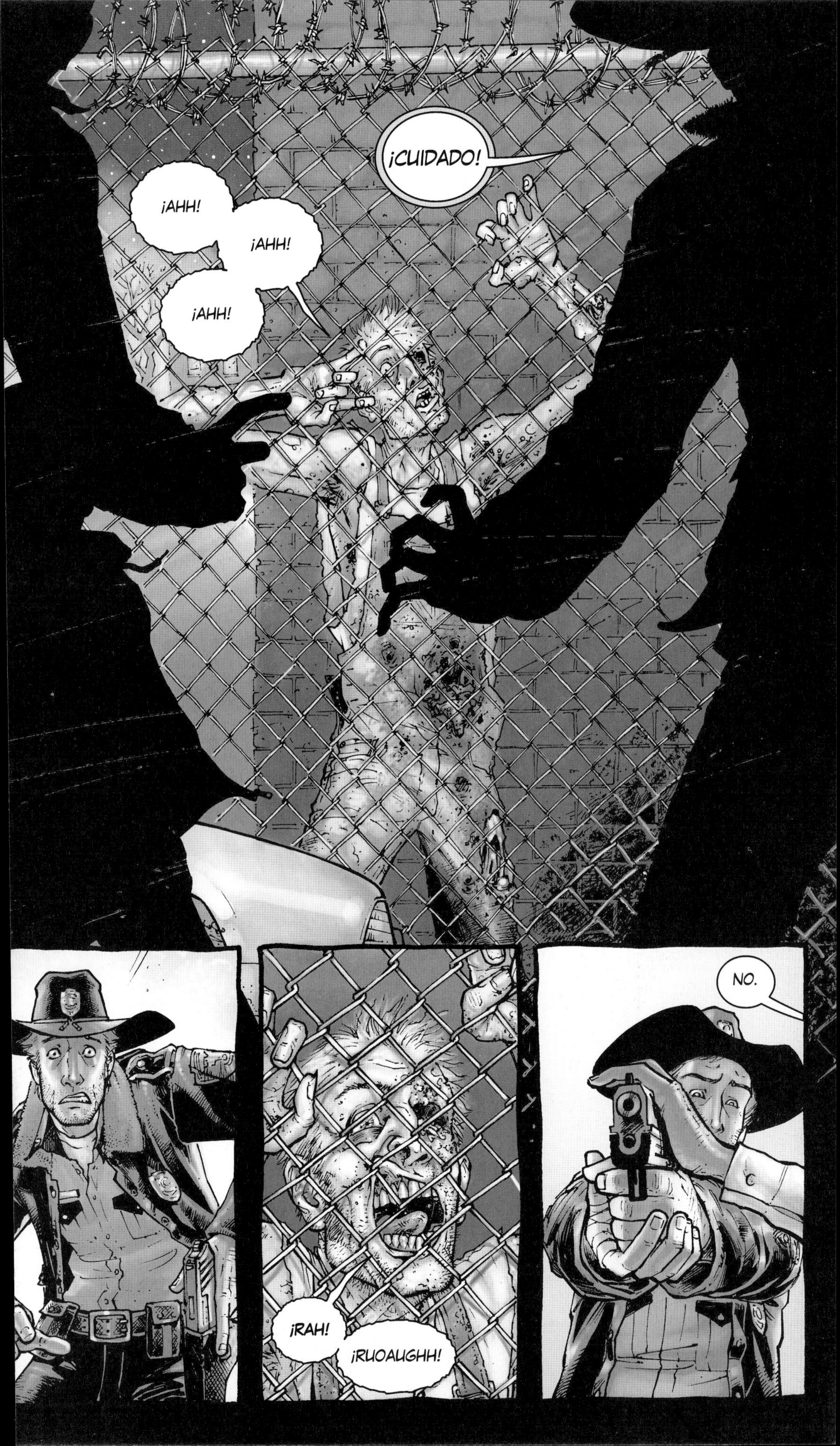
¡CUIDADO!
¡AHH!
¡AHH!
¡AHH!
¡RAH!
¡RUOAUGHH!
NO.

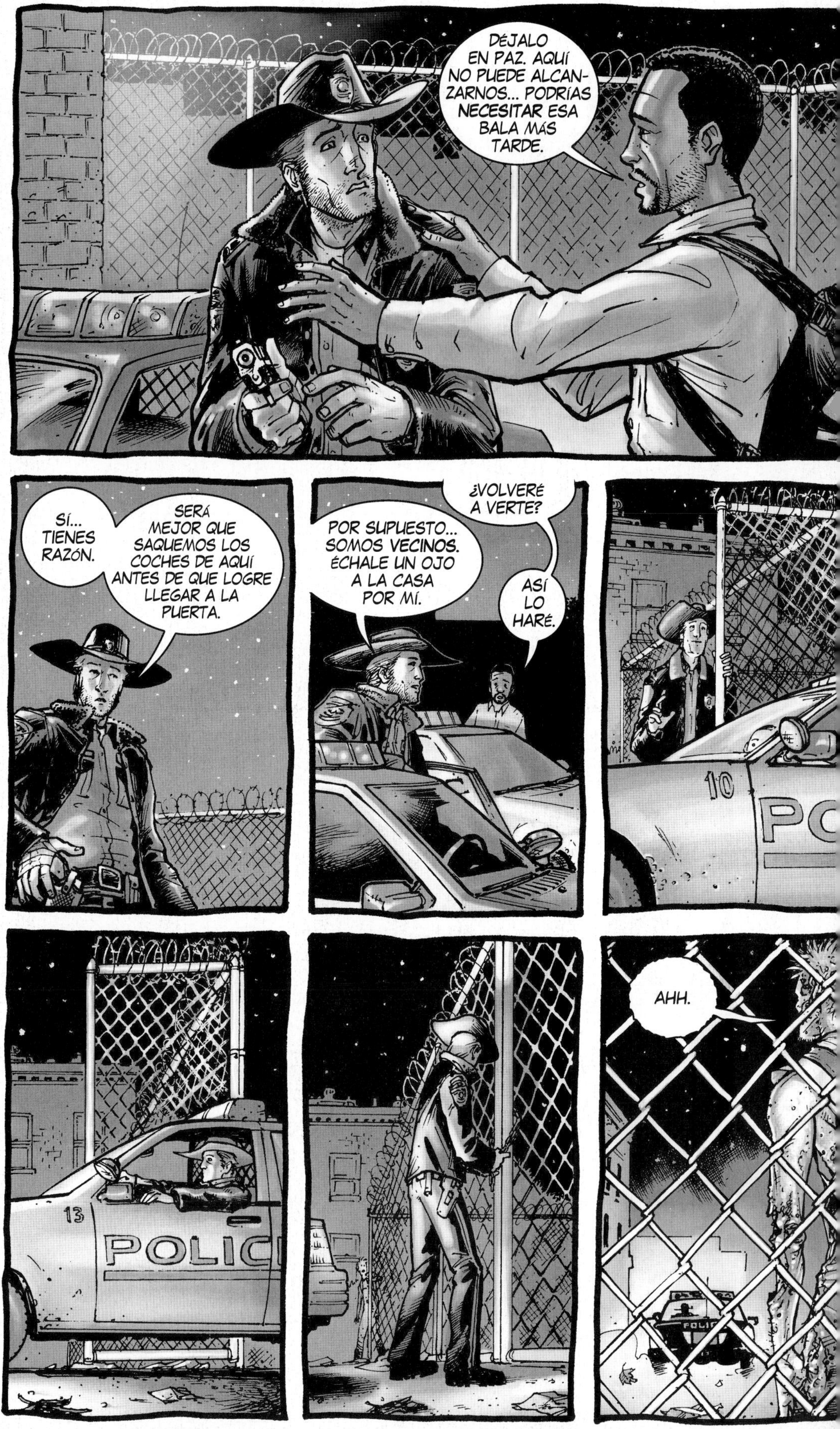
DÉJALO EN PAZ. AQUÍ NO PUEDE ALCANZARNOS... PODRÍAS NECESITAR ESA BALA MÁS TARDE.
SÍ... TIENES RAZÓN.
SERÁ MEJOR QUE SAQUEMOS LOS COCHES DE AQUÍ ANTES DE QUE LOGRE LLEGAR A LA PUERTA.
¿VOLVERÉ A VERTE?
POR SUPUESTO... SOMOS VECINOS. ÉCHALE UN OJO A LA CASA POR MÍ.
ASÍ LO HARÉ.
10
PO
13
POLIC
AHH.

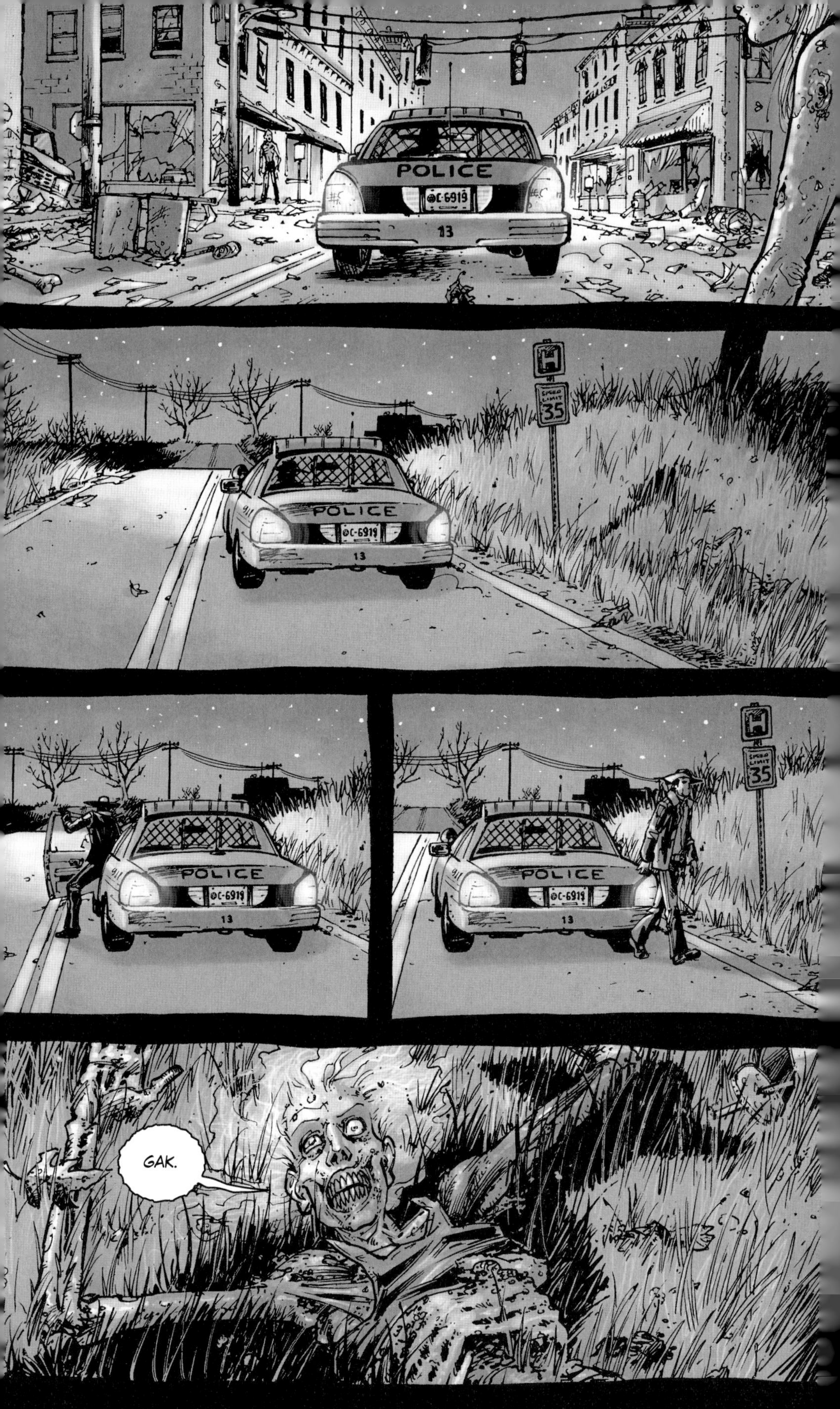
POLICE
C-6919
13
SPEED LIMIT 35
GAK.

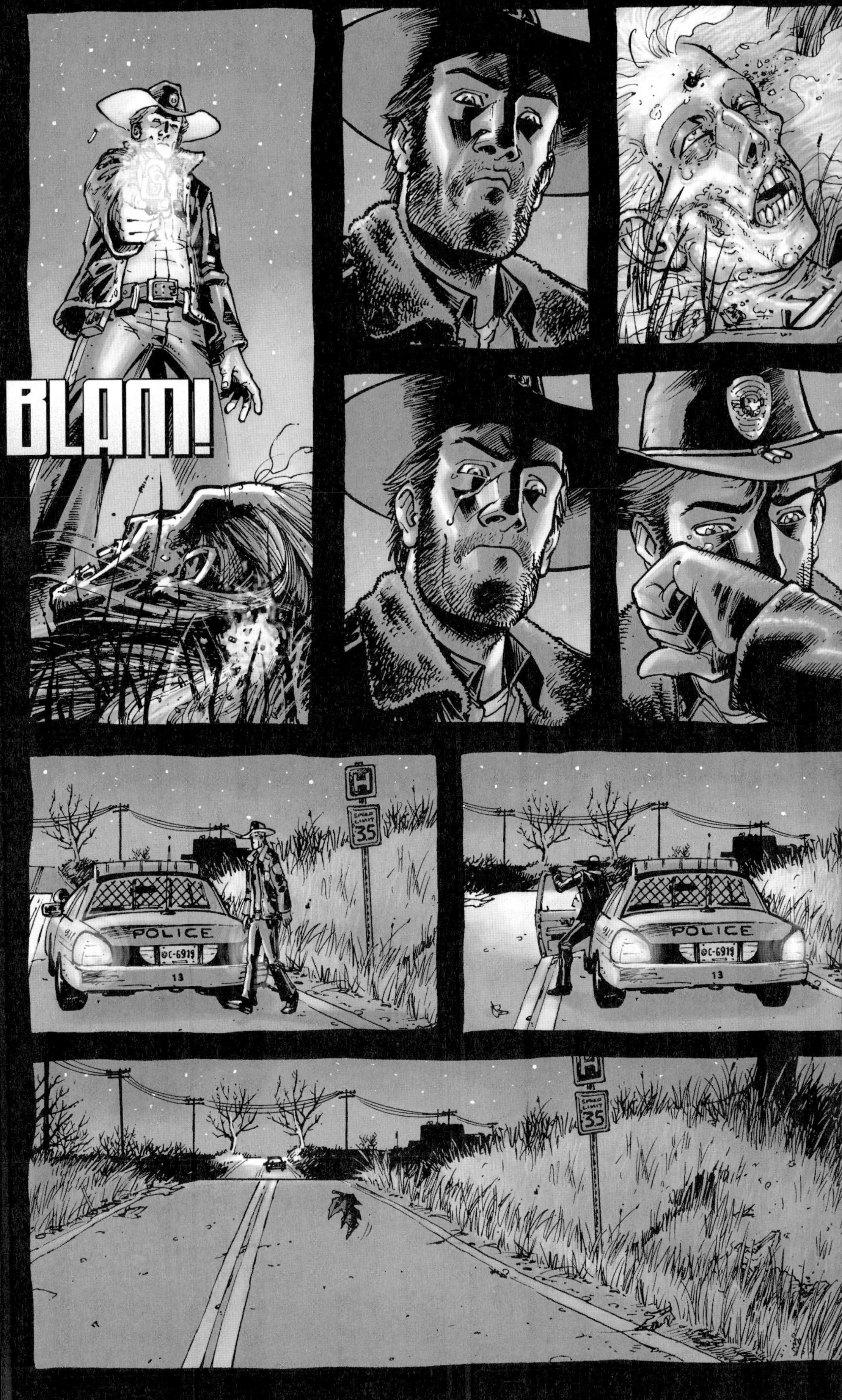
BLAM!
POLICE
C-6919
13
SPEED LIMIT 35
POLICE
C-6919
13
SPEED LIMIT 35

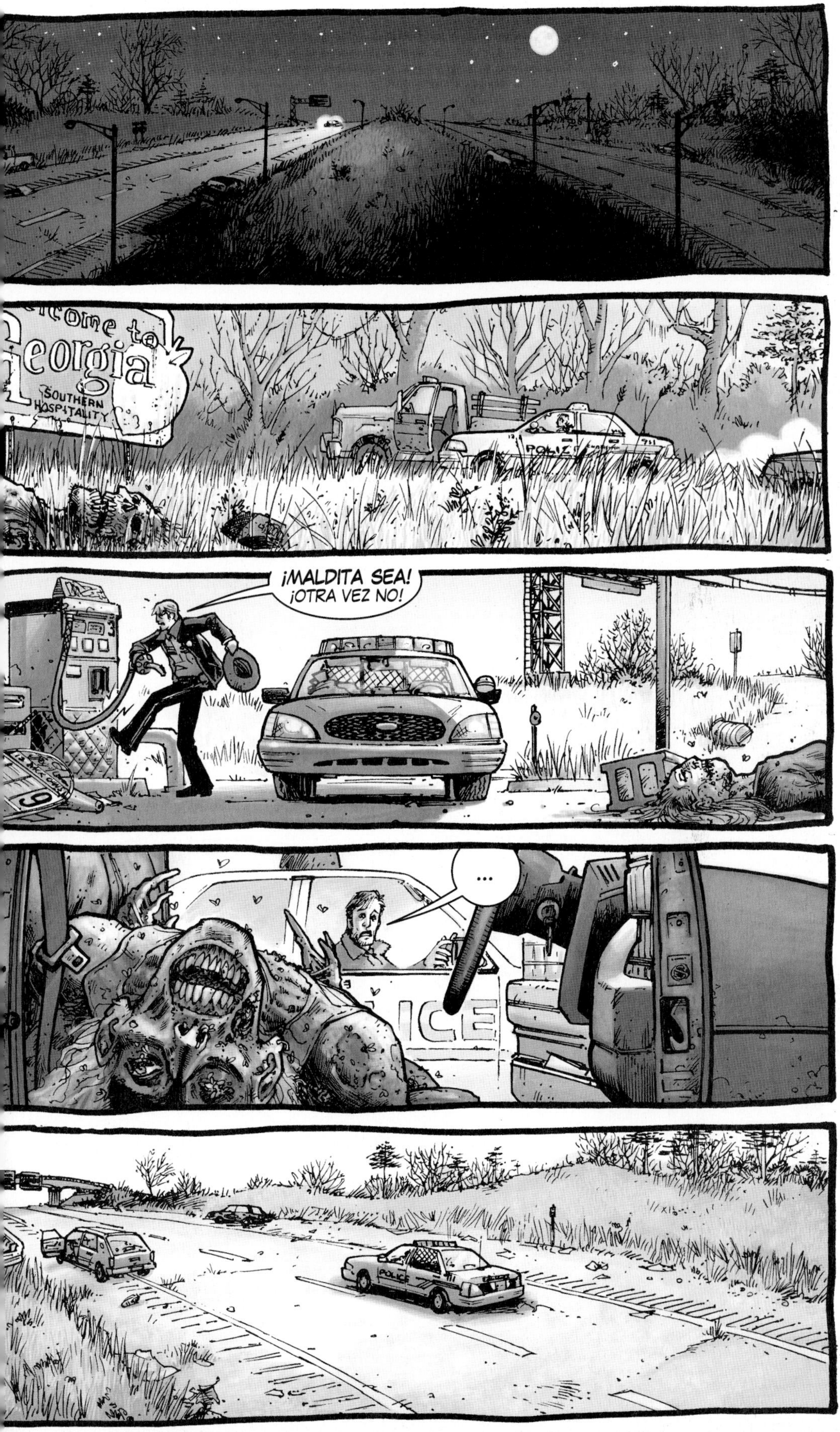
SOUTHERN HOSPITALITY
¡MALDITA SEA! ¡OTRA VEZ NO!
...
POLICE

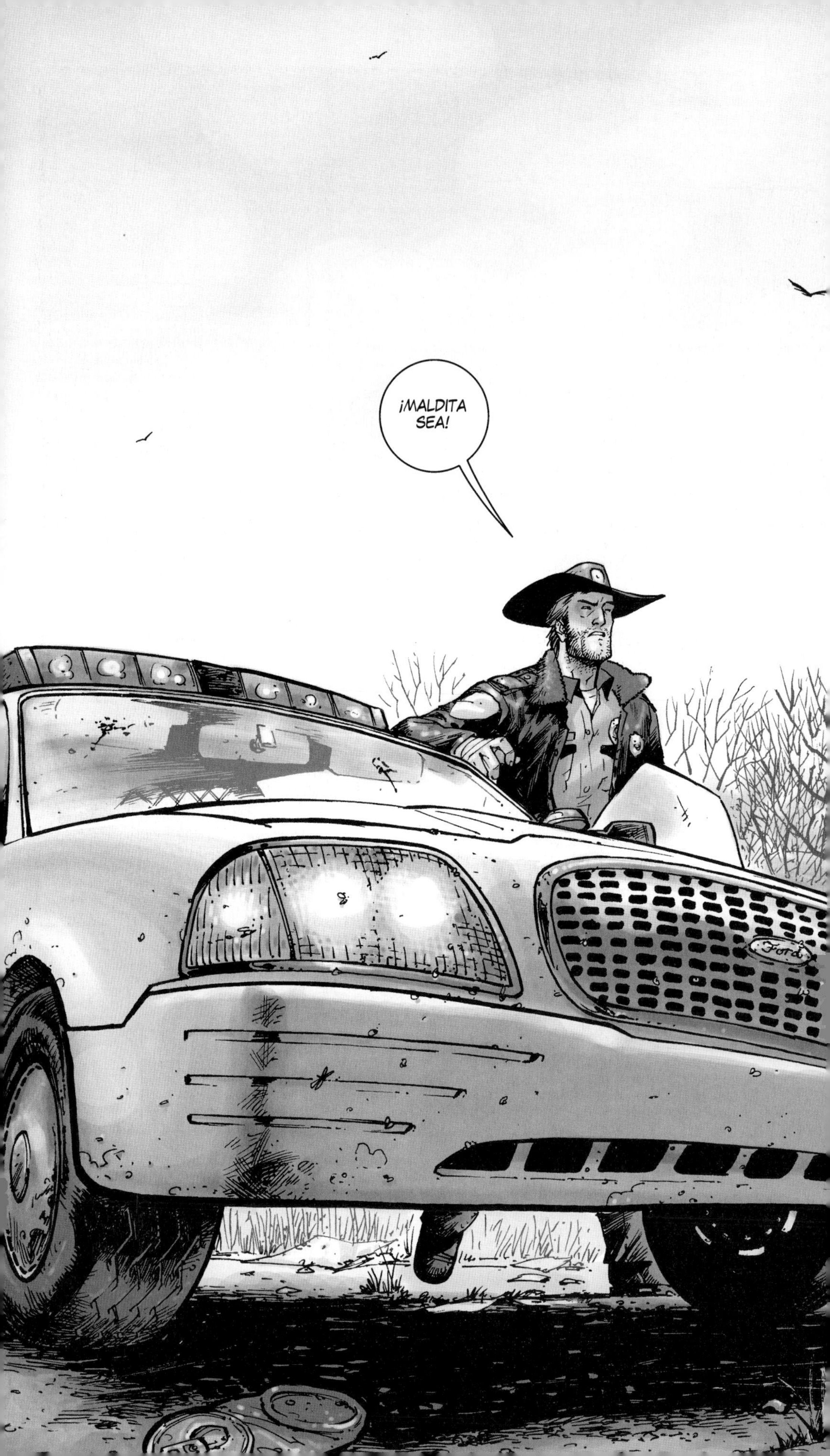
¡MALDITA SEA!

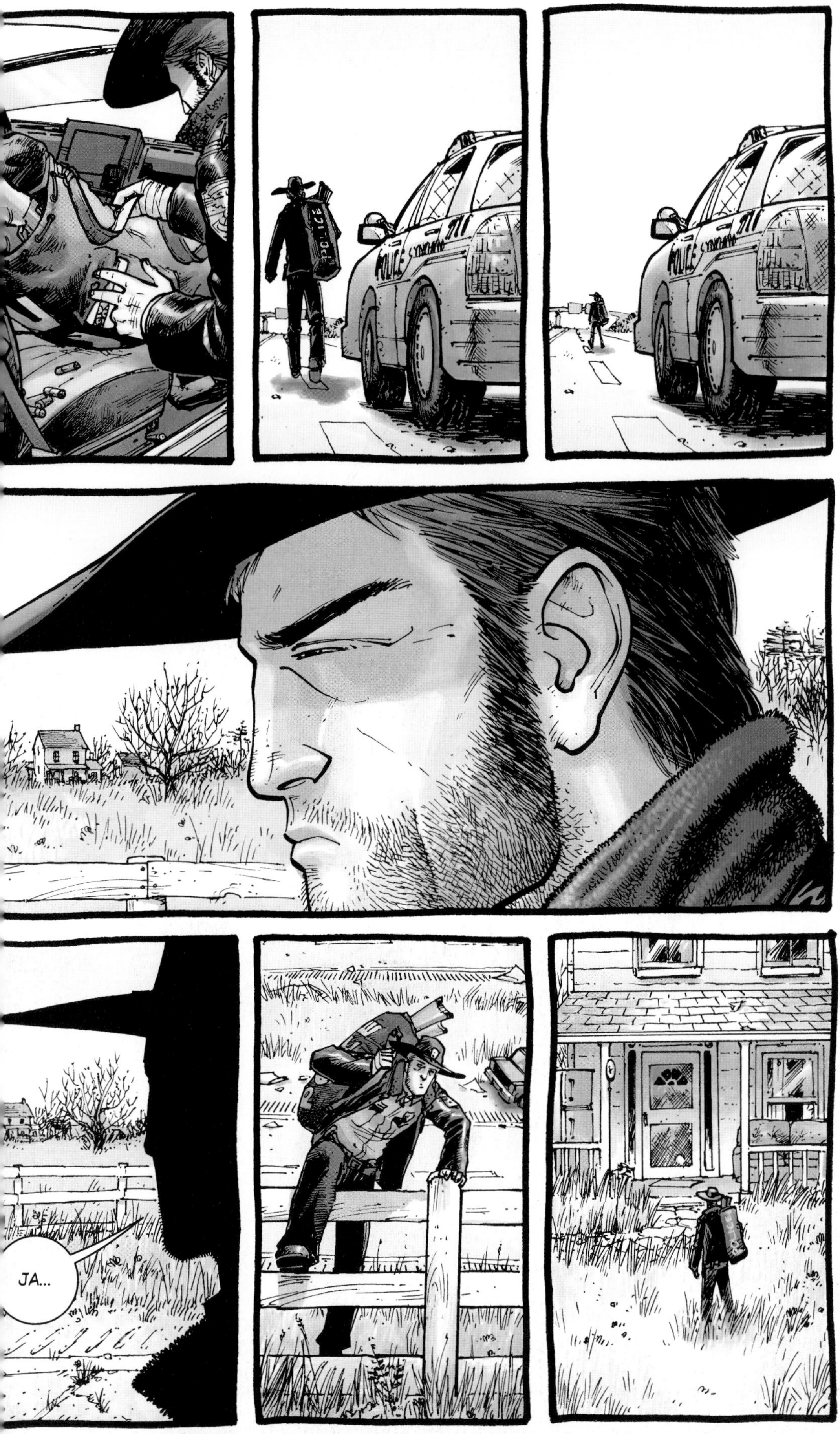
JA...

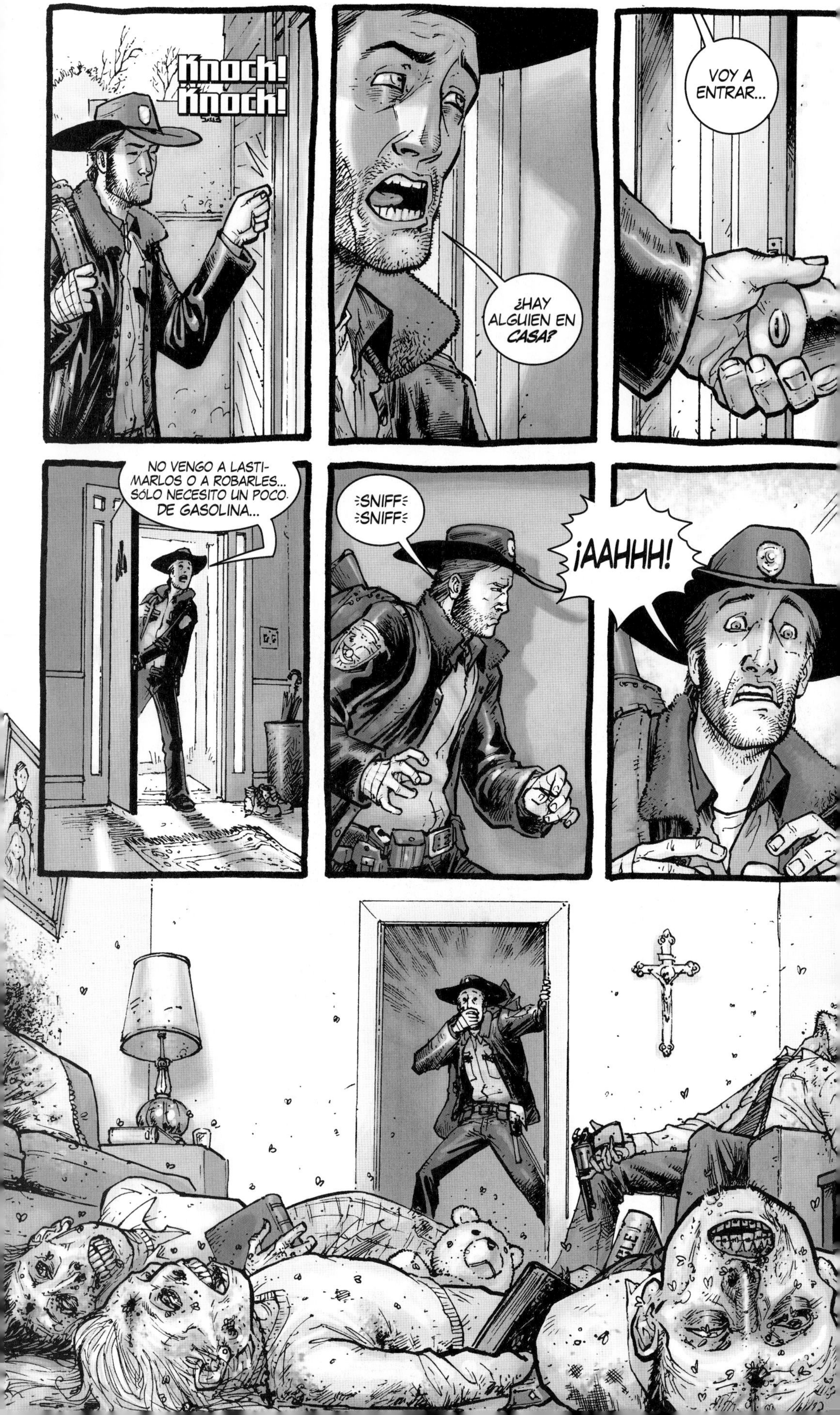
KNOCK! KNOCK!
¿HAY ALGUIEN EN CASA?
VOY A ENTRAR...
NO VENGO A LASTIMARLOS O A ROBARLES... SÓLO NECESITO UN POCO DE GASOLINA...
SNIFF SNIFF
¡AAHHH!

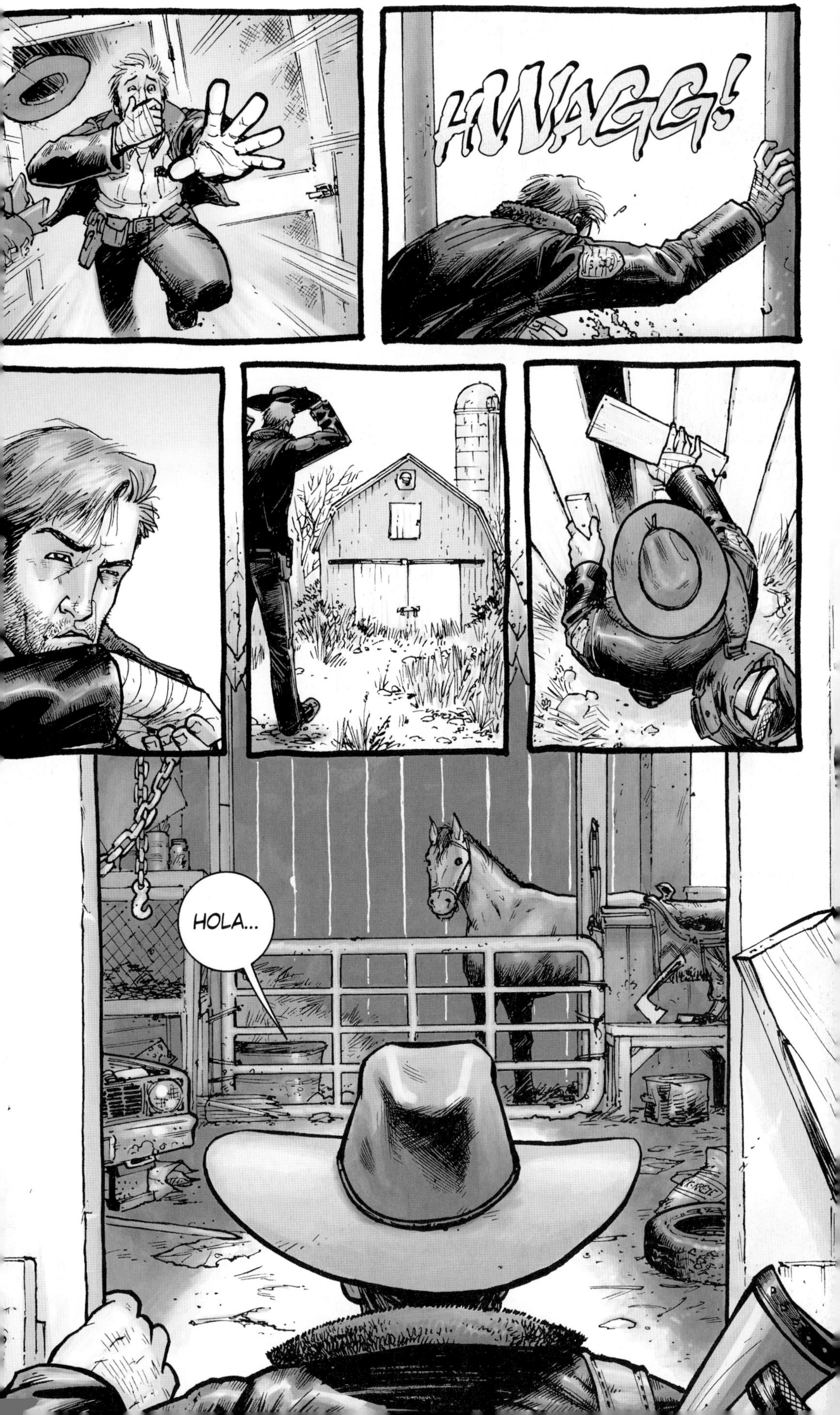
HWAGG!
HOLA...

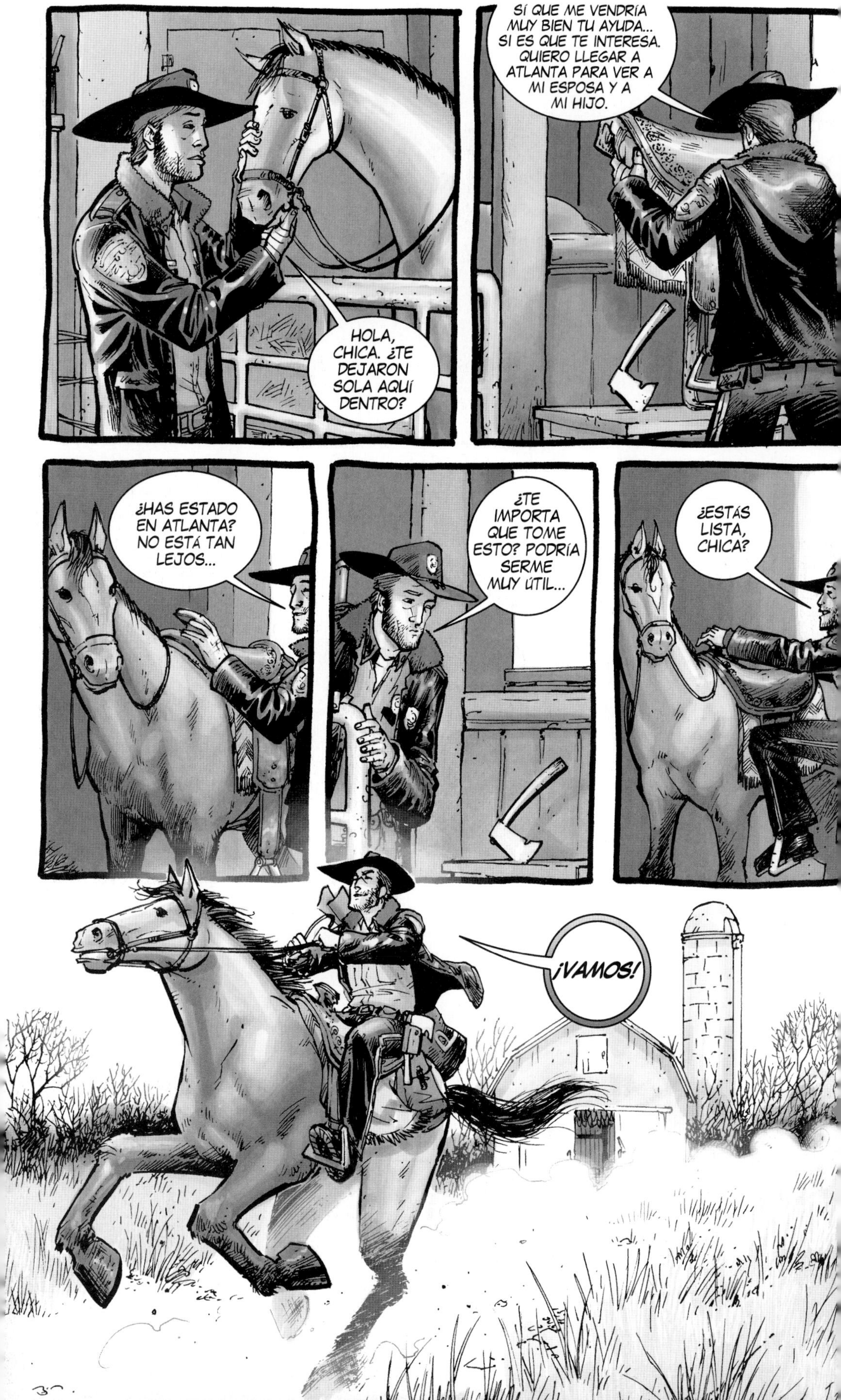
HOLA, CHICA. ¿TE DEJARON SOLA AQUÍ DENTRO?
SÍ QUE ME VENDRÍA MUY BIEN TU AYUDA... SI ES QUE TE INTERESA. QUIERO LLEGAR A ATLANTA PARA VER A MI ESPOSA Y A MI HIJO.
¿HAS ESTADO EN ATLANTA? NO ESTÁ TAN LEJOS...
¿TE IMPORTA QUE TOME ESTO? PODRÍA SERME MUY ÚTIL...
¿ESTÁS LISTA, CHICA?
¡VAMOS!

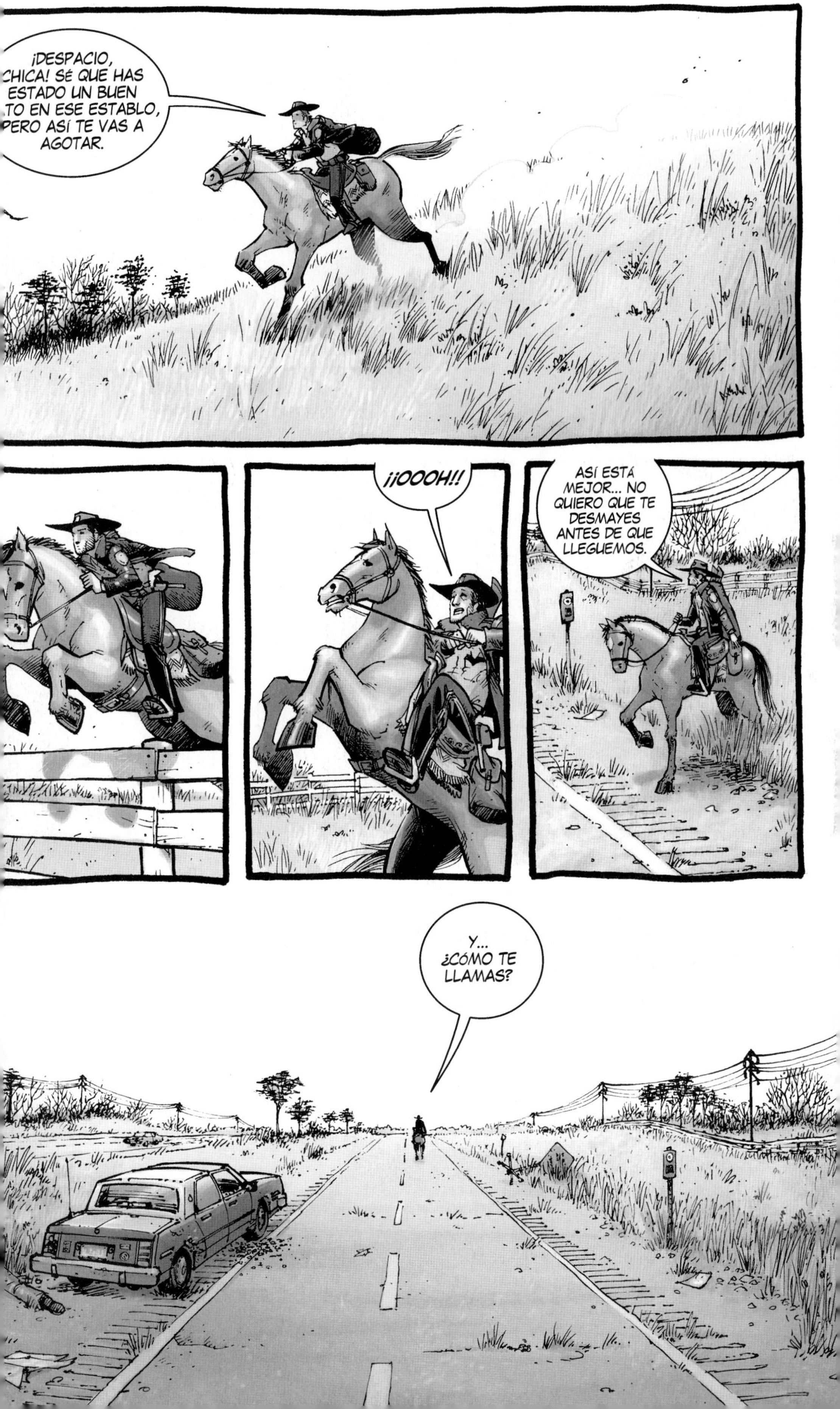
¡DESPACIO, CHICA! SÉ QUE HAS ESTADO UN BUEN TO EN ESE ESTABLO, PERO ASÍ TE VAS A AGOTAR.
¡¡OOOH!!
ASÍ ESTÁ MEJOR... NO QUIERO QUE TE DESMAYES ANTES DE QUE LLEGUEMOS.
Y... ¿CÓMO TE LLAMAS?

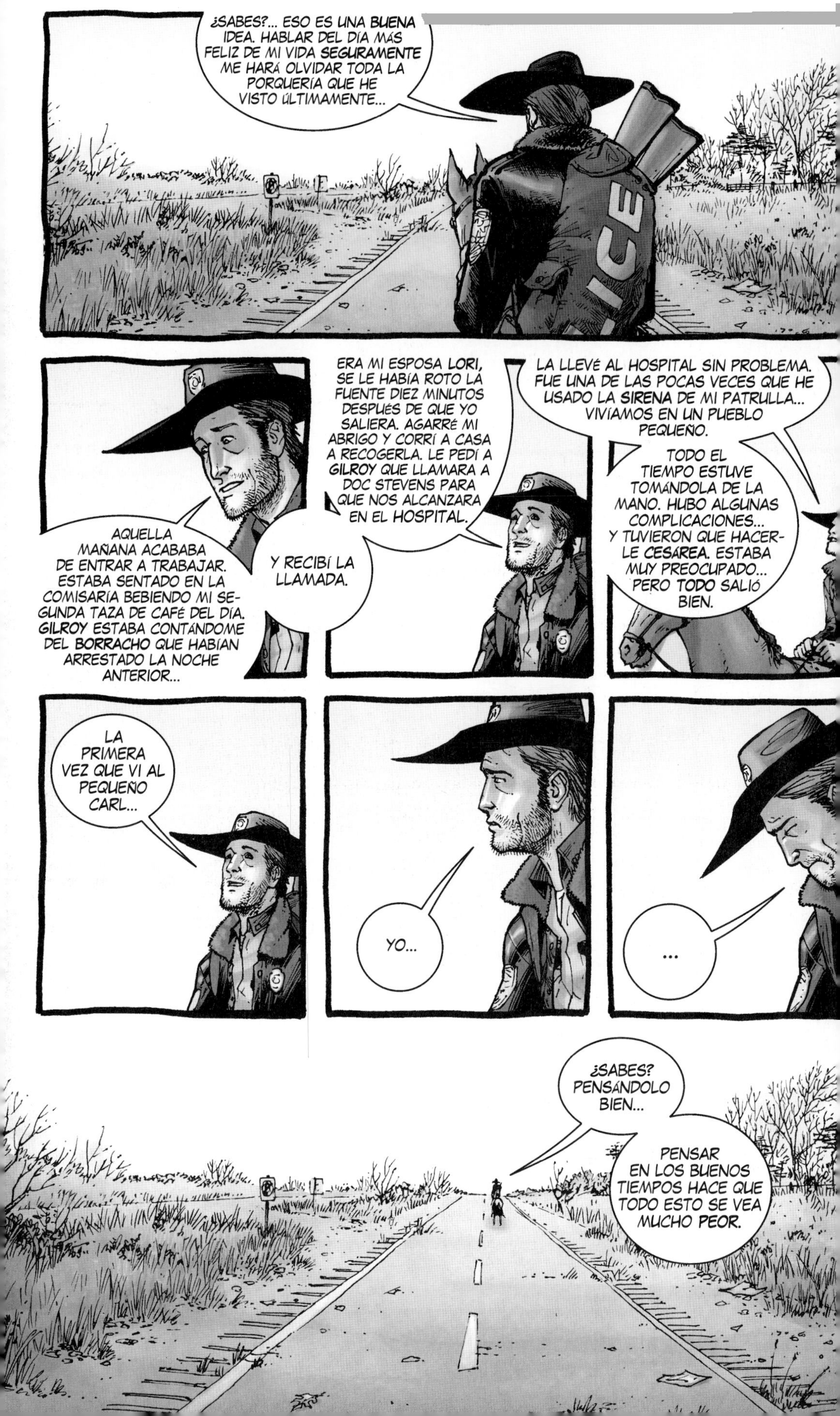
¿SABES?... ESO ES UNA BUENA IDEA. HABLAR DEL DÍA MÁS FELIZ DE MI VIDA SEGURAMENTE ME HARÁ OLVIDAR TODA LA PORQUERÍA QUE HE VISTO ÚLTIMAMENTE...
AQUELLA MAÑANA ACABABA DE ENTRAR A TRABAJAR. ESTABA SENTADO EN LA COMISARÍA BEBIENDO MI SEGUNDA TAZA DE CAFÉ DEL DÍA. GILROY ESTABA CONTÁNDOME DEL BORRACHO QUE HABÍAN ARRESTADO LA NOCHE ANTERIOR...
Y RECIBÍ LA LLAMADA.
ERA MI ESPOSA LORI, SE LE HABÍA ROTO LA FUENTE DIEZ MINUTOS DESPUÉS DE QUE YO SALIERA. AGARRÉ MI ABRIGO Y CORRÍ A CASA A RECOGERLA. LE PEDÍ A GILROY QUE LLAMARA A DOC STEVENS PARA QUE NOS ALCANZARA EN EL HOSPITAL.
LA LLEVÉ AL HOSPITAL SIN PROBLEMA. FUE UNA DE LAS POCAS VECES QUE HE USADO LA SIRENA DE MI PATRULLA... VIVÍAMOS EN UN PUEBLO PEQUEÑO.
TODO EL TIEMPO ESTUVE TOMÁNDOLA DE LA MANO. HUBO ALGUNAS COMPLICACIONES... Y TUVIERON QUE HACERLE CESÁREA. ESTABA MUY PREOCUPADO... PERO TODO SALIÓ BIEN.
LA PRIMERA VEZ QUE VI AL PEQUEÑO CARL...
YO...
...
¿SABES? PENSÁNDOLO BIEN...
PENSAR EN LOS BUENOS TIEMPOS HACE QUE TODO ESTO SE VEA MUCHO PEOR.

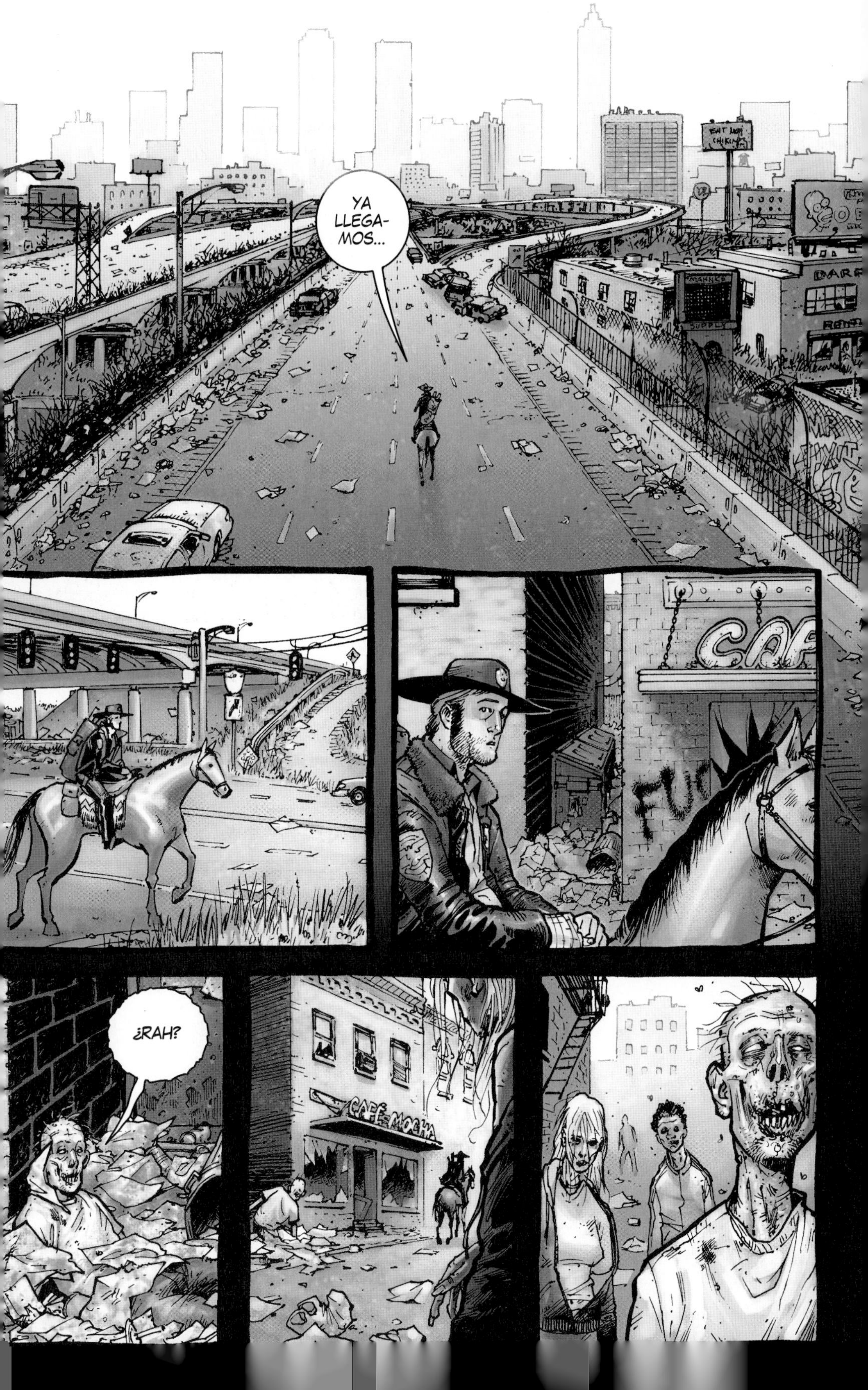
YA LLEGA-MOS...
¿RAH?
CAFÉ MOCHA

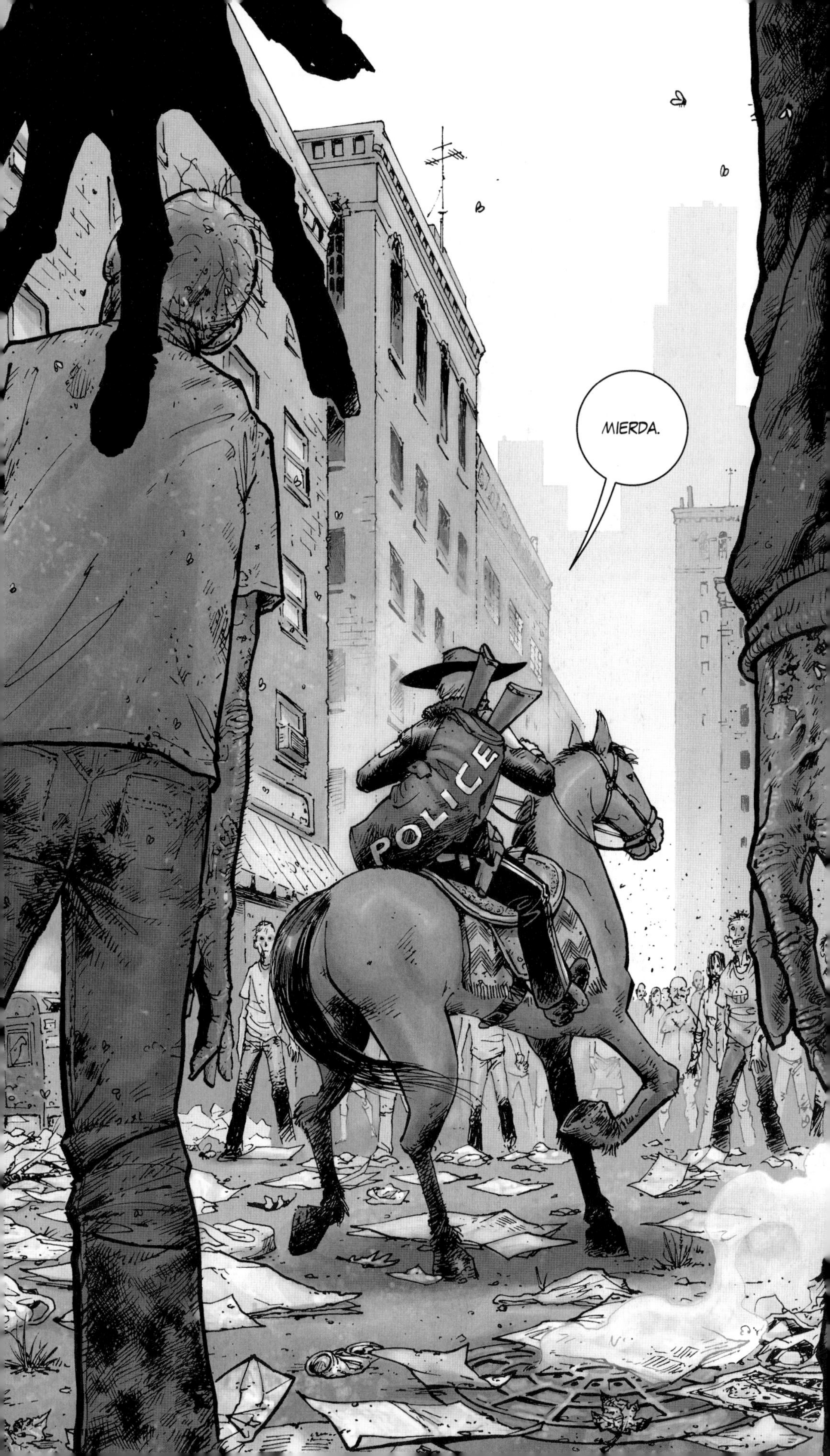
MIERDA.
POLICE

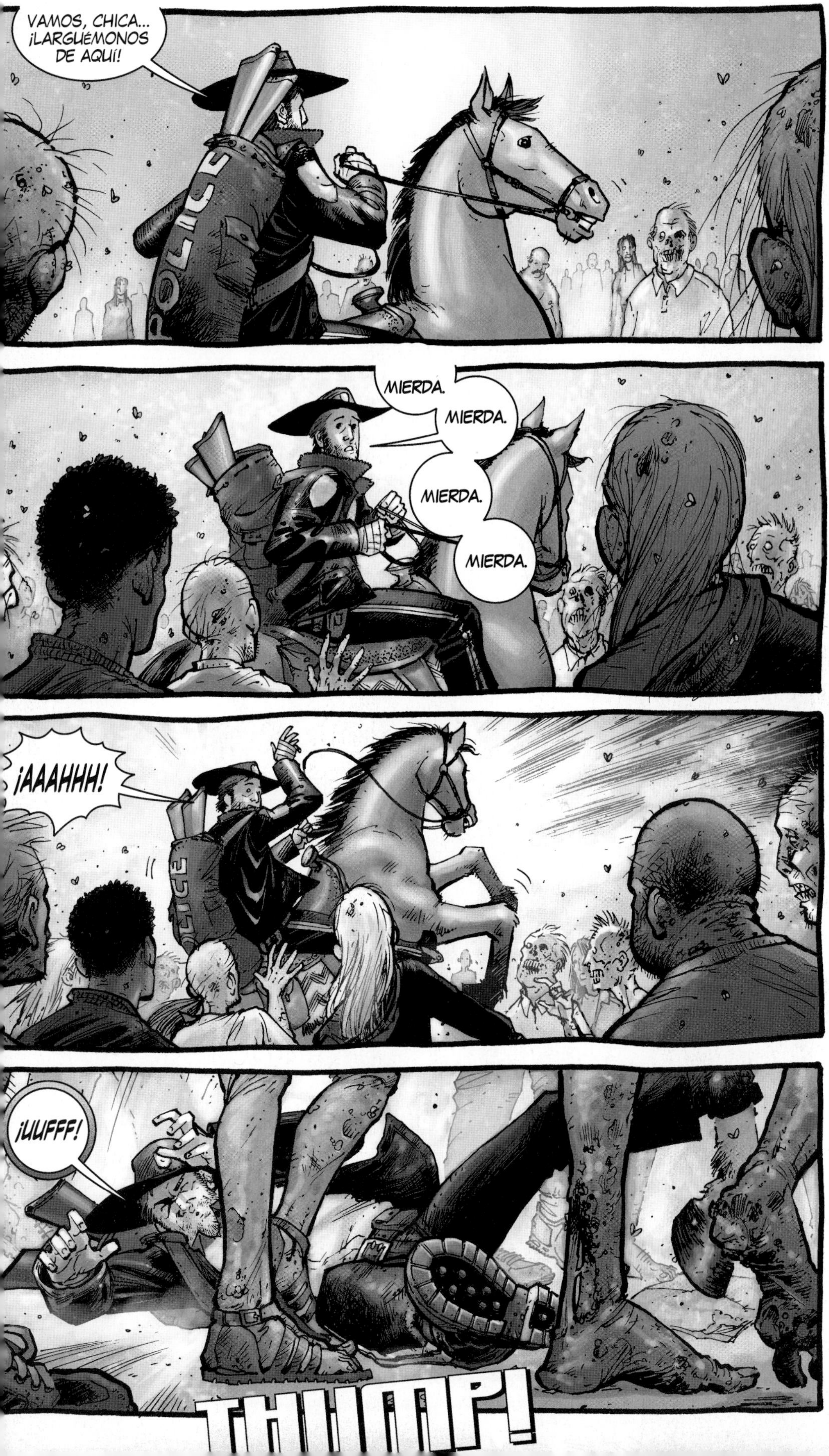
VAMOS, CHICA... ¡LARGUÉMONOS DE AQUÍ!
MIERDA.
MIERDA.
MIERDA.
MIERDA.
¡AAAHHH!
¡UUFFF!
THUMP!

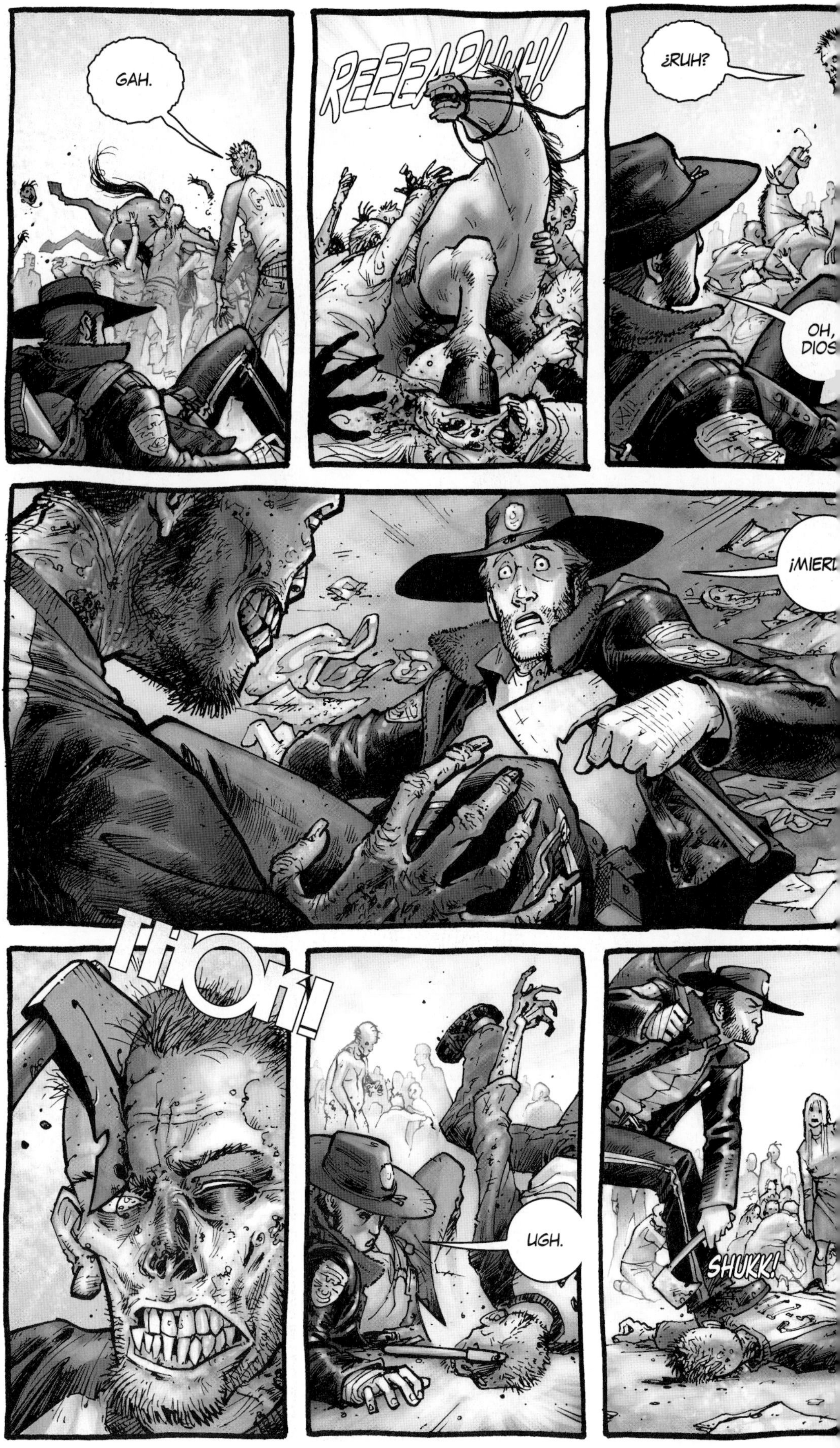
GAH.
REEEEARHHH!
¿RUH?
OH, DIOS
¡MIERD
THOK!
UGH.
SHUKK!

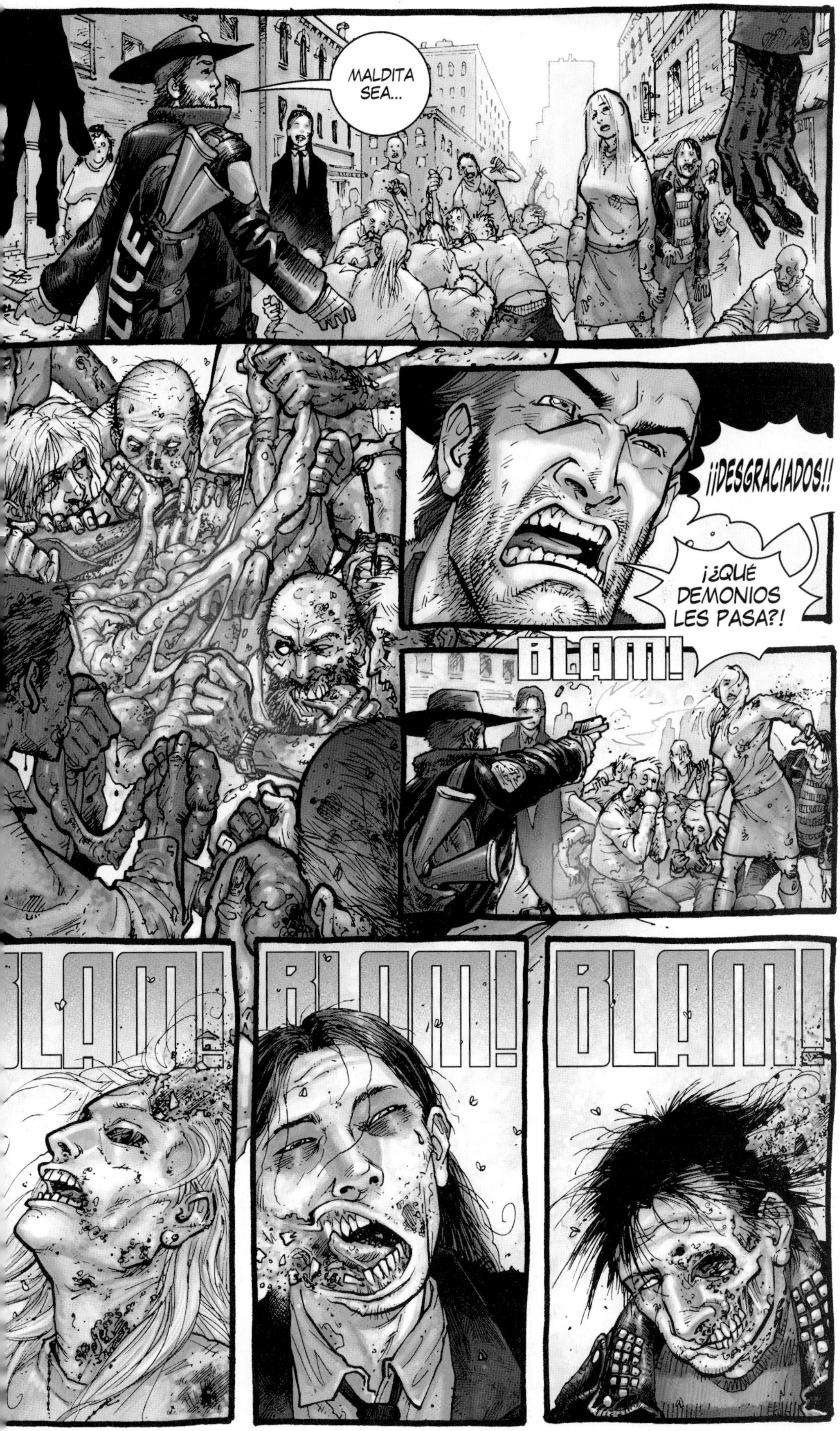

MALDITA SEA...
¡¡DESGRACIADOS!!
¡¿QUÉ DEMONIOS LES PASA?!
BLAM!
BLAM!
BLAM!
BLAM!

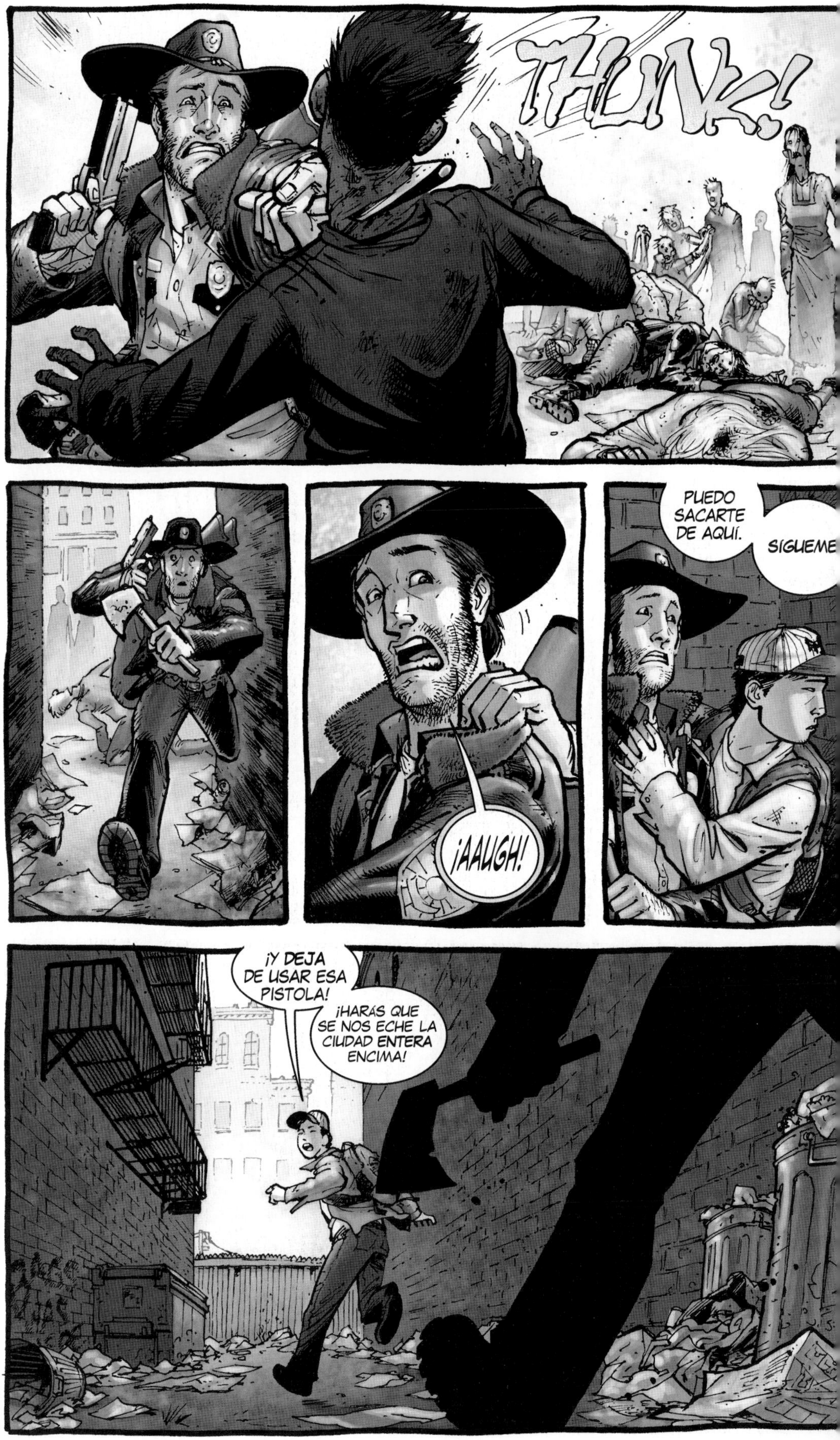
THUNK!
¡AAUGH!
PUEDO SACARTE DE AQUÍ.
SÍGUEME
¡Y DEJA DE USAR ESA PISTOLA!
¡HARÁS QUE SE NOS ECHE LA CIUDAD ENTERA ENCIMA!

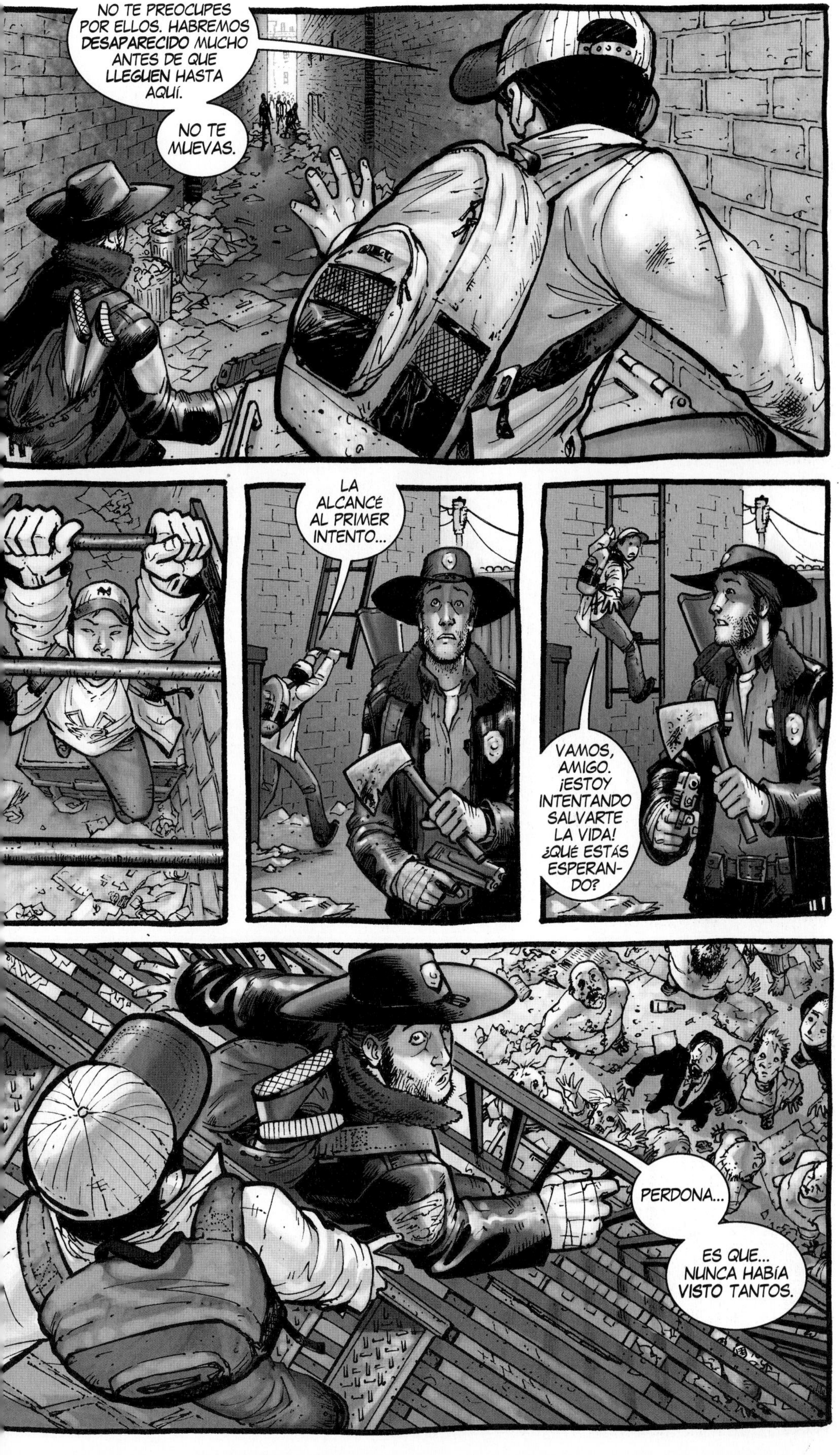
NO TE PREOCUPES POR ELLOS. HABREMOS DESAPARECIDO MUCHO ANTES DE QUE LLEGUEN HASTA AQUÍ.
NO TE MUEVAS.
LA ALCANCÉ AL PRIMER INTENTO...
VAMOS, AMIGO. ¡ESTOY INTENTANDO SALVARTE LA VIDA! ¿QUÉ ESTÁS ESPERANDO?
PERDONA...
ES QUE... NUNCA HABÍA VISTO TANTOS.

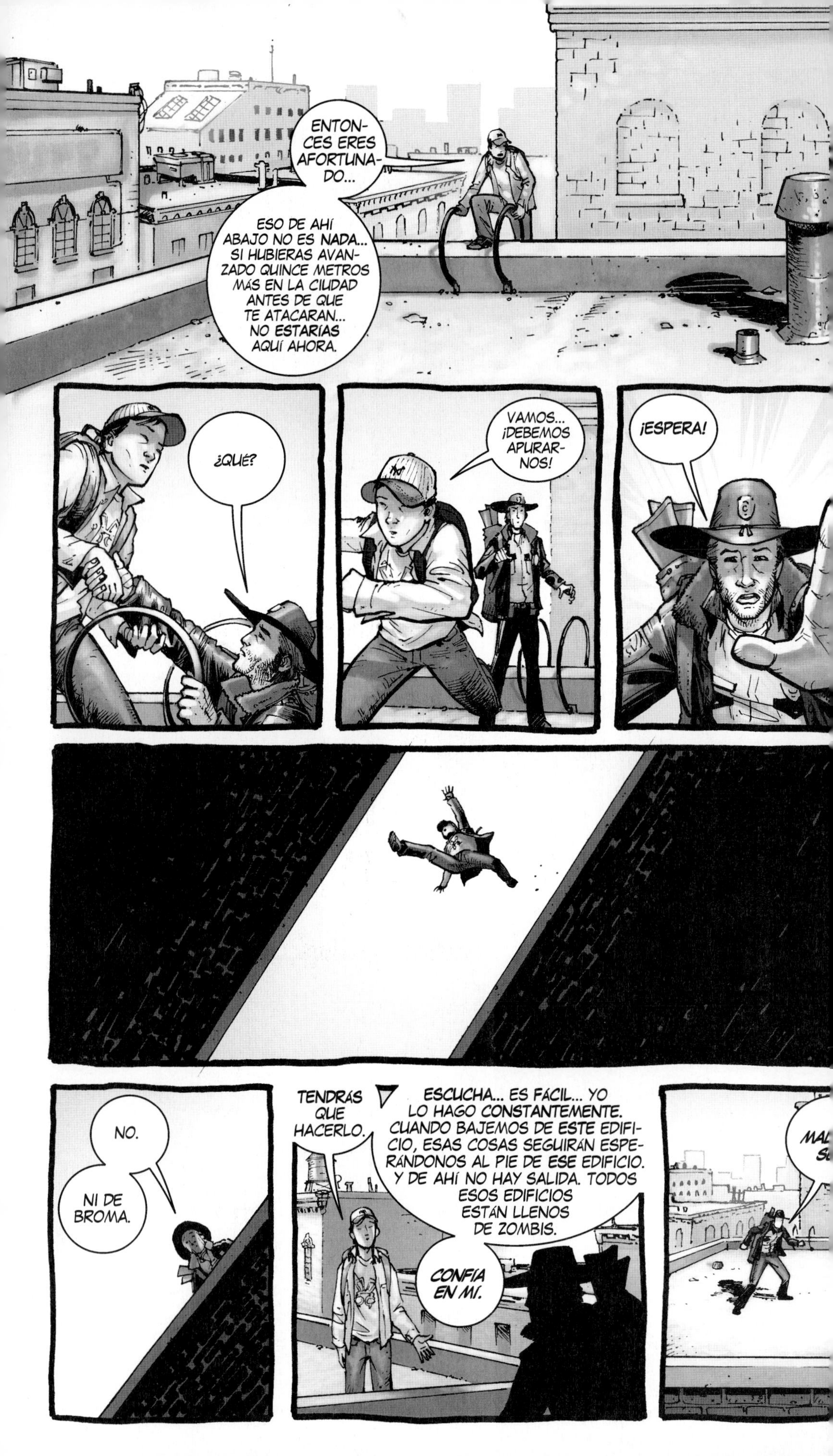
ENTONCES ERES AFORTUNADO...
ESO DE AHÍ ABAJO NO ES NADA... SI HUBIERAS AVANZADO QUINCE METROS MÁS EN LA CIUDAD ANTES DE QUE TE ATACARAN... NO ESTARÍAS AQUÍ AHORA.
¿QUÉ?
VAMOS... ¡DEBEMOS APURARNOS!
¡ESPERA!
NO.
NI DE BROMA.
TENDRÁS QUE HACERLO.
ESCUCHA... ES FÁCIL... YO LO HAGO CONSTANTEMENTE. CUANDO BAJEMOS DE ESTE EDIFICIO, ESAS COSAS SEGUIRÁN ESPERÁNDONOS AL PIE DE ESE EDIFICIO. Y DE AHÍ NO HAY SALIDA. TODOS ESOS EDIFICIOS ESTÁN LLENOS DE ZOMBIS.
CONFÍA EN MÍ.

FFF!

WUMP!

¡POR DIOS, AMIGO!

¡DEBERÍAS HABER ARROJADO ACÁ LA MOCHILA ANTES!

Y AHORA ME LO DICES.

TENEMOS
E DARNOS
A ANTES DE
SE DISPER-
N DE NUEVO.

CUANDO BAJEMOS DE ESTE EDIFICIO, PREPÁRATE PARA CORRER. NO TE PREOCUPES, NO TENEMOS QUE IR MUY LEJOS.

TODAVÍA NO ESTAMOS A SALVO... PERO ESTE EDIFICIO ESTÁ CERCA DEL BOSQUE A LA ORILLA DE LA CIUDAD. TENEMOS QUE CORRER COMO UNA CUADRA ANTES DE LLEGAR A ÉL... Y ES POSIBLE QUE HAYA ALGUNA DE ESTAS COSAS EN EL CAMINO. PERO MIENTRAS NO NOS DETENGAMOS... NO SERÁN CAPACES DE RODEARNOS.

ESAS COSAS SON DEMASIADO LENTAS, ASÍ QUE PODRÁS MANIOBRAR ALREDEDOR DE ELLAS. NO USES TU ARMA... Y NO DEJES QUE TE TOQUEN. UNA MORDIDA Y TODO HABRÁ TERMINADO PARA TI.

ENTENDIDO.

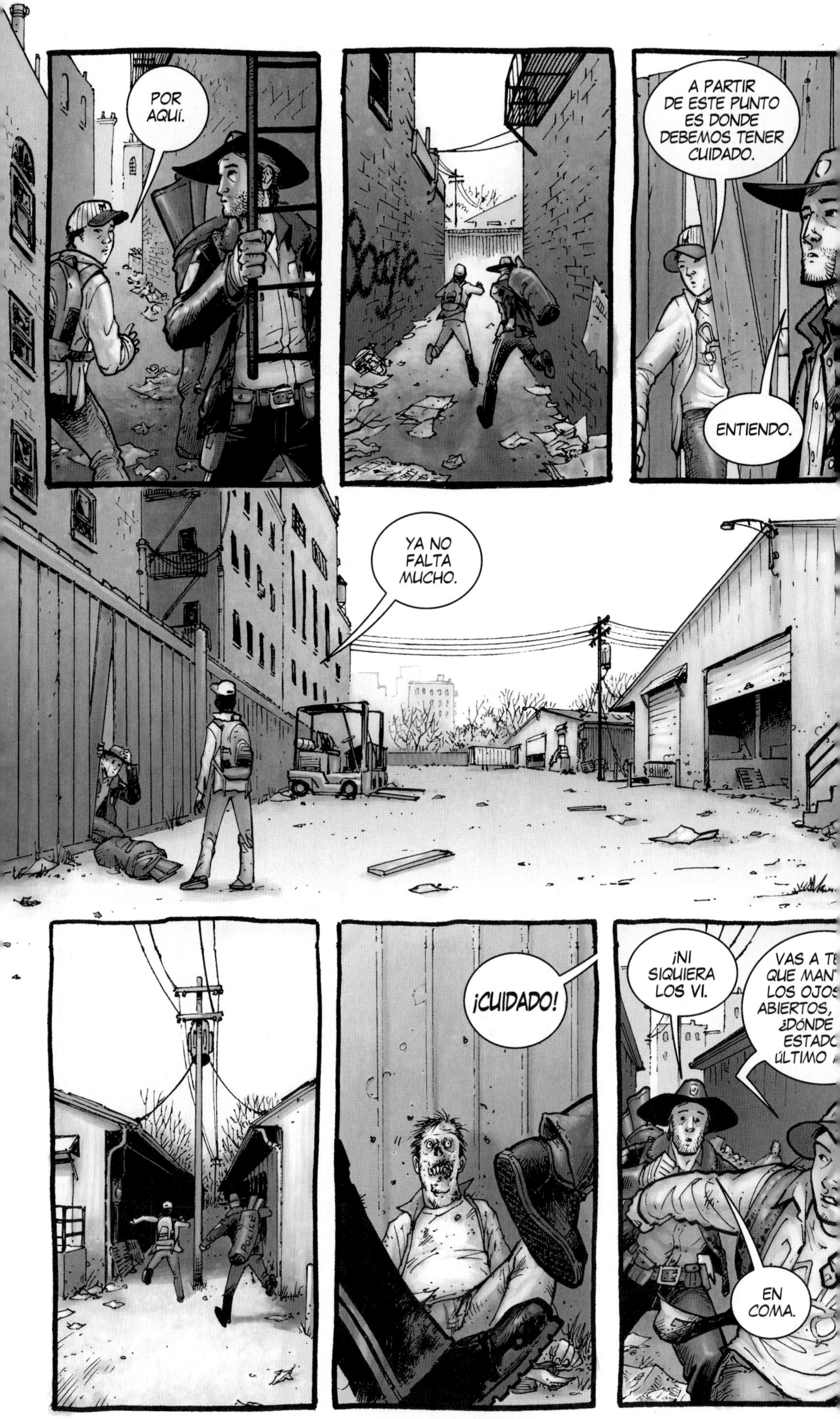
POR AQUÍ.
A PARTIR DE ESTE PUNTO ES DONDE DEBEMOS TENER CUIDADO.
ENTIENDO.
YA NO FALTA MUCHO.
¡CUIDADO!
¡NI SIQUIERA LOS VI.
EN COMA.

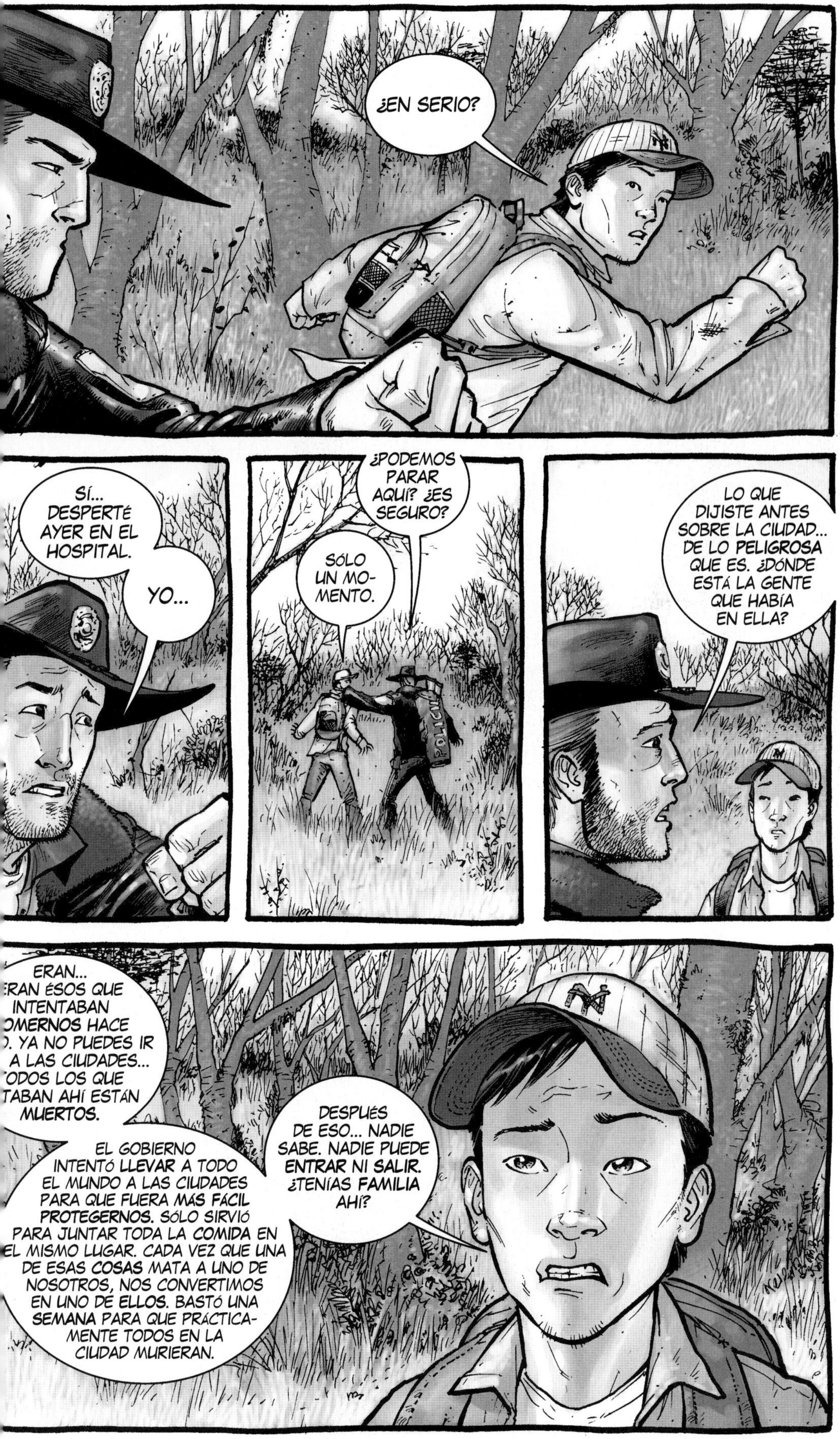
¿EN SERIO?
SÍ... DESPERTÉ AYER EN EL HOSPITAL.
YO...
¿PODEMOS PARAR AQUÍ? ¿ES SEGURO?
SÓLO UN MO-MENTO.
LO QUE DIJISTE ANTES SOBRE LA CIUDAD... DE LO PELIGROSA QUE ES. ¿DÓNDE ESTÁ LA GENTE QUE HABÍA EN ELLA?
ERAN... RAN ÉSOS QUE INTENTABAN OMERNOS HACE . YA NO PUEDES IR A LAS CIUDADES... ODOS LOS QUE TABAN AHÍ ESTÁN MUERTOS.
EL GOBIERNO INTENTÓ LLEVAR A TODO EL MUNDO A LAS CIUDADES PARA QUE FUERA MÁS FÁCIL PROTEGERNOS. SÓLO SIRVIÓ PARA JUNTAR TODA LA COMIDA EN L MISMO LUGAR. CADA VEZ QUE UNA DE ESAS COSAS MATA A UNO DE NOSOTROS, NOS CONVERTIMOS EN UNO DE ELLOS. BASTÓ UNA SEMANA PARA QUE PRÁCTICA-MENTE TODOS EN LA CIUDAD MURIERAN.
DESPUÉS DE ESO... NADIE SABE. NADIE PUEDE ENTRAR NI SALIR. ¿TENÍAS FAMILIA AHÍ?

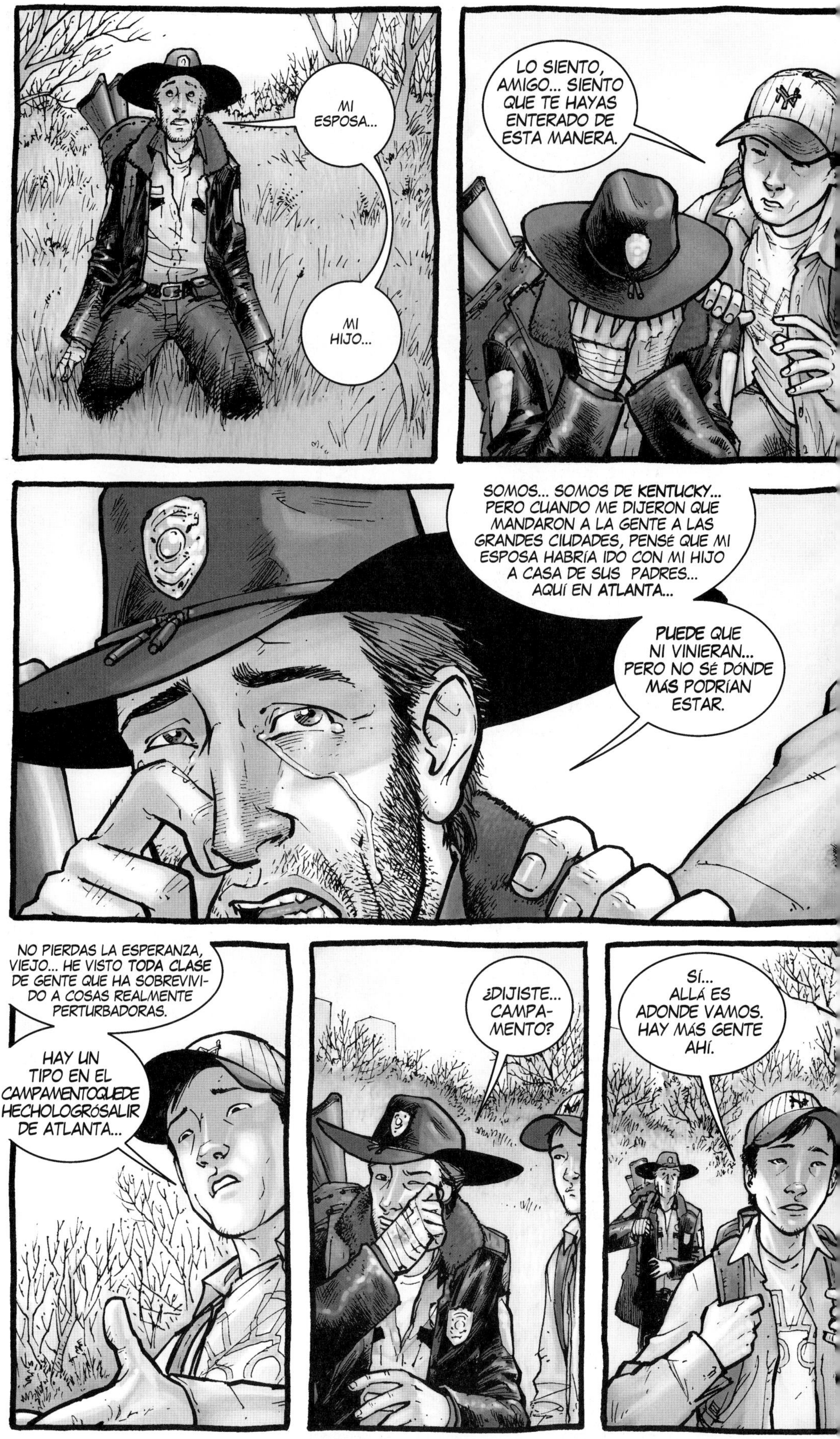
MI ESPOSA...
MI HIJO...
LO SIENTO, AMIGO... SIENTO QUE TE HAYAS ENTERADO DE ESTA MANERA.
SOMOS... SOMOS DE KENTUCKY... PERO CUANDO ME DIJERON QUE MANDARON A LA GENTE A LAS GRANDES CIUDADES, PENSÉ QUE MI ESPOSA HABRÍA IDO CON MI HIJO A CASA DE SUS PADRES... AQUÍ EN ATLANTA...
PUEDE QUE NI VINIERAN... PERO NO SÉ DÓNDE MÁS PODRÍAN ESTAR.
NO PIERDAS LA ESPERANZA, VIEJO... HE VISTO TODA CLASE DE GENTE QUE HA SOBREVIVIDO A COSAS REALMENTE PERTURBADORAS.
HAY UN TIPO EN EL CAMPAMENTOQUEDE HECHOLOGRÓSALIR DE ATLANTA...
¿DIJISTE... CAMPAMENTO?
SÍ... ALLÁ ES ADONDE VAMOS. HAY MÁS GENTE AHÍ.

YA CASI LLEGAMOS, VAMOS.

...AYORÍA SOMOS ...ADOS, GENTE QUE ... ENTRAR A ATLANTA ...ADO TARDE... COMO ...DIMOS ENTRAR, ASÍ ...TABLECIMOS AQUÍ ...CAMPAMENTO.

¿ASÍ QUE ESTÁN ACAMPANDO AQUÍ AFUERA NADA MÁS? ¿ESO ES SEGURO?

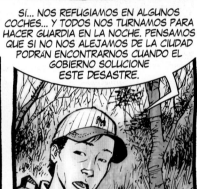

SÍ... NOS REFUGIAMOS EN ALGUNOS COCHES... Y TODOS NOS TURNAMOS PARA HACER GUARDIA EN LA NOCHE. PENSAMOS QUE SI NO NOS ALEJAMOS DE LA CIUDAD PODRÁN ENCONTRARNOS CUANDO EL GOBIERNO SOLUCIONE ESTE DESASTRE.

YA LLEGAMOS.

¡SANTO CIELO!

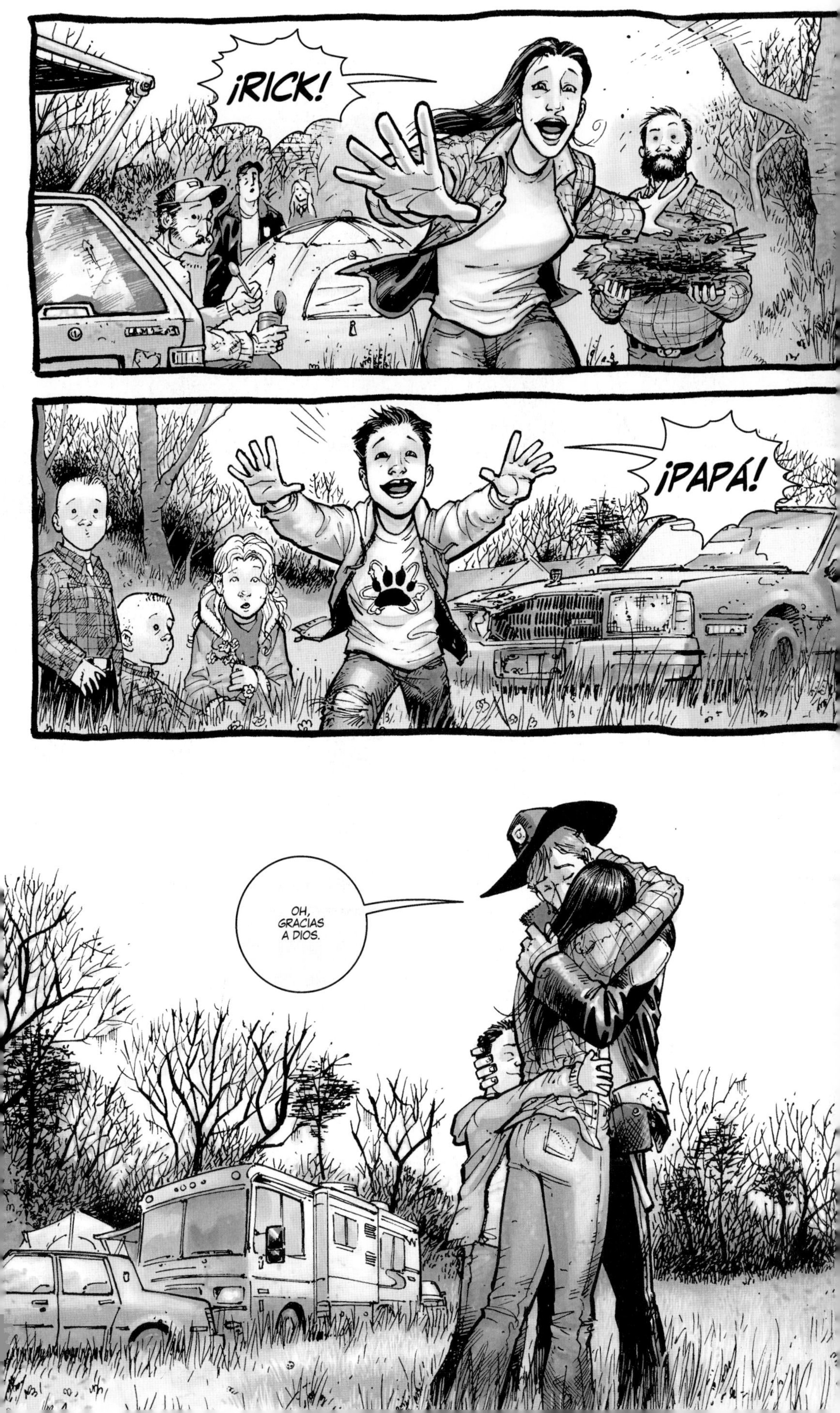
¡RICK!
¡PAPÁ!
OH, GRACIAS A DIOS.

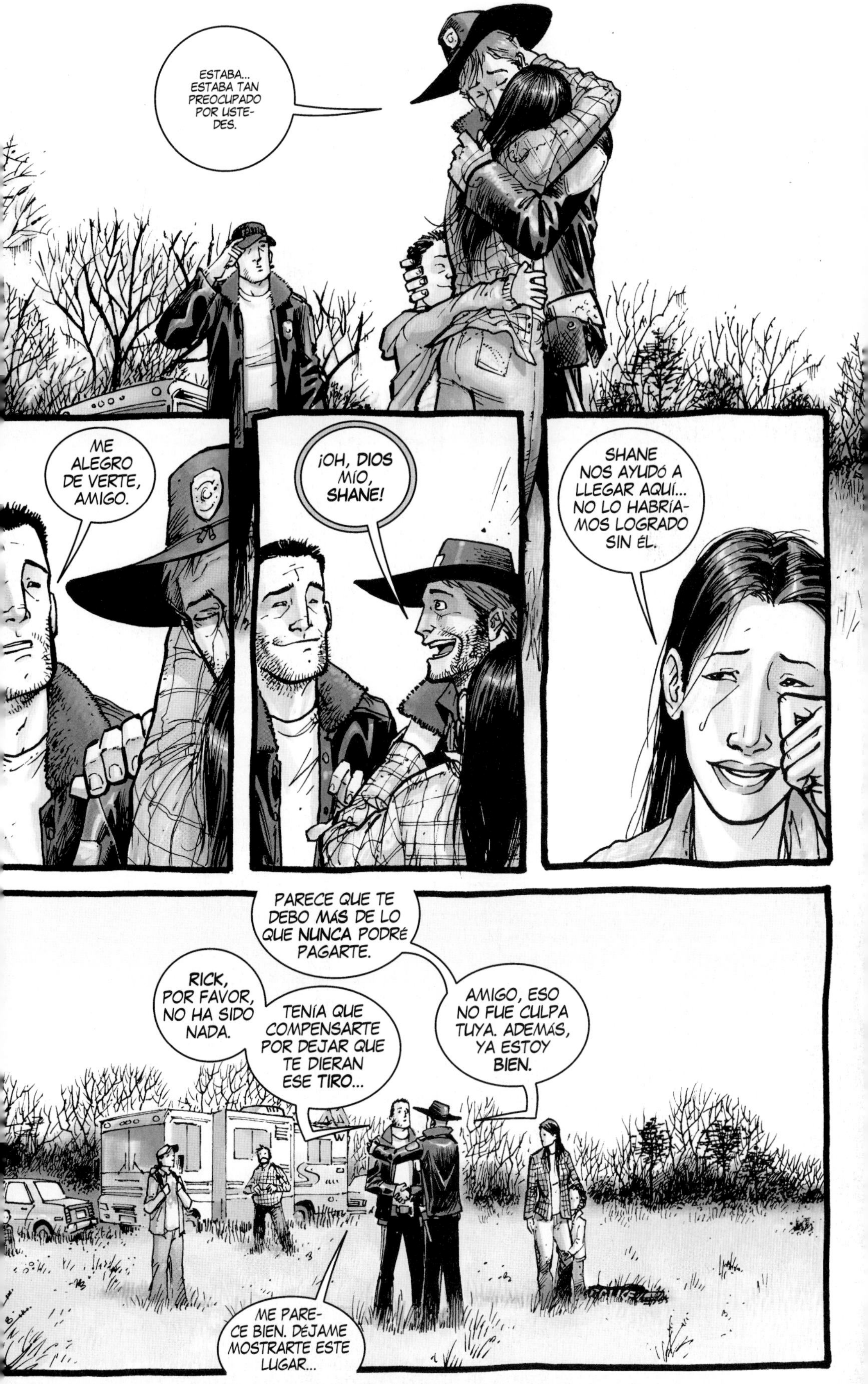

ESTABA... ESTABA TAN PREOCUPADO POR USTEDES.
ME ALEGRO DE VERTE, AMIGO.
¡OH, DIOS MÍO, SHANE!
SHANE NOS AYUDÓ A LLEGAR AQUÍ... NO LO HABRÍAMOS LOGRADO SIN ÉL.
PARECE QUE TE DEBO MÁS DE LO QUE NUNCA PODRÉ PAGARTE.
RICK, POR FAVOR, NO HA SIDO NADA.
TENÍA QUE COMPENSARTE POR DEJAR QUE TE DIERAN ESE TIRO...
AMIGO, ESO NO FUE CULPA TUYA. ADEMÁS, YA ESTOY BIEN.
ME PARECE BIEN. DÉJAME MOSTRARTE ESTE LUGAR...

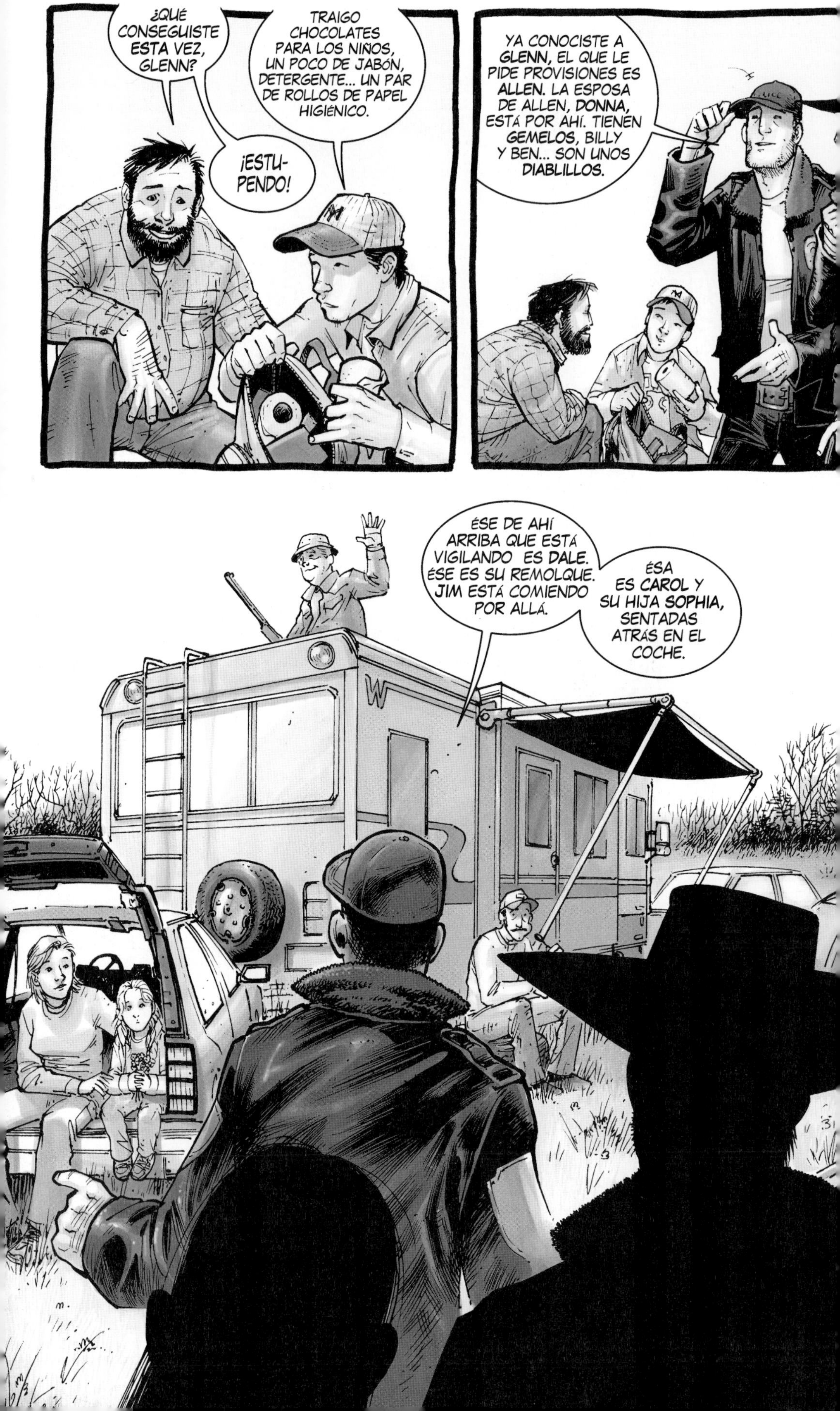
¿QUÉ CONSEGUISTE ESTA VEZ, GLENN?
TRAIGO CHOCOLATES PARA LOS NIÑOS, UN POCO DE JABÓN, DETERGENTE... UN PAR DE ROLLOS DE PAPEL HIGIÉNICO.
¡ESTUPENDO!
YA CONOCISTE A GLENN, EL QUE LE PIDE PROVISIONES ES ALLEN. LA ESPOSA DE ALLEN, DONNA, ESTÁ POR AHÍ. TIENEN GEMELOS, BILLY Y BEN... SON UNOS DIABLILLOS.
ÉSE DE AHÍ ARRIBA QUE ESTÁ VIGILANDO ES DALE. ÉSE ES SU REMOLQUE. JIM ESTÁ COMIENDO POR ALLÁ.
ÉSA ES CAROL Y SU HIJA SOPHIA, SENTADAS ATRÁS EN EL COCHE.

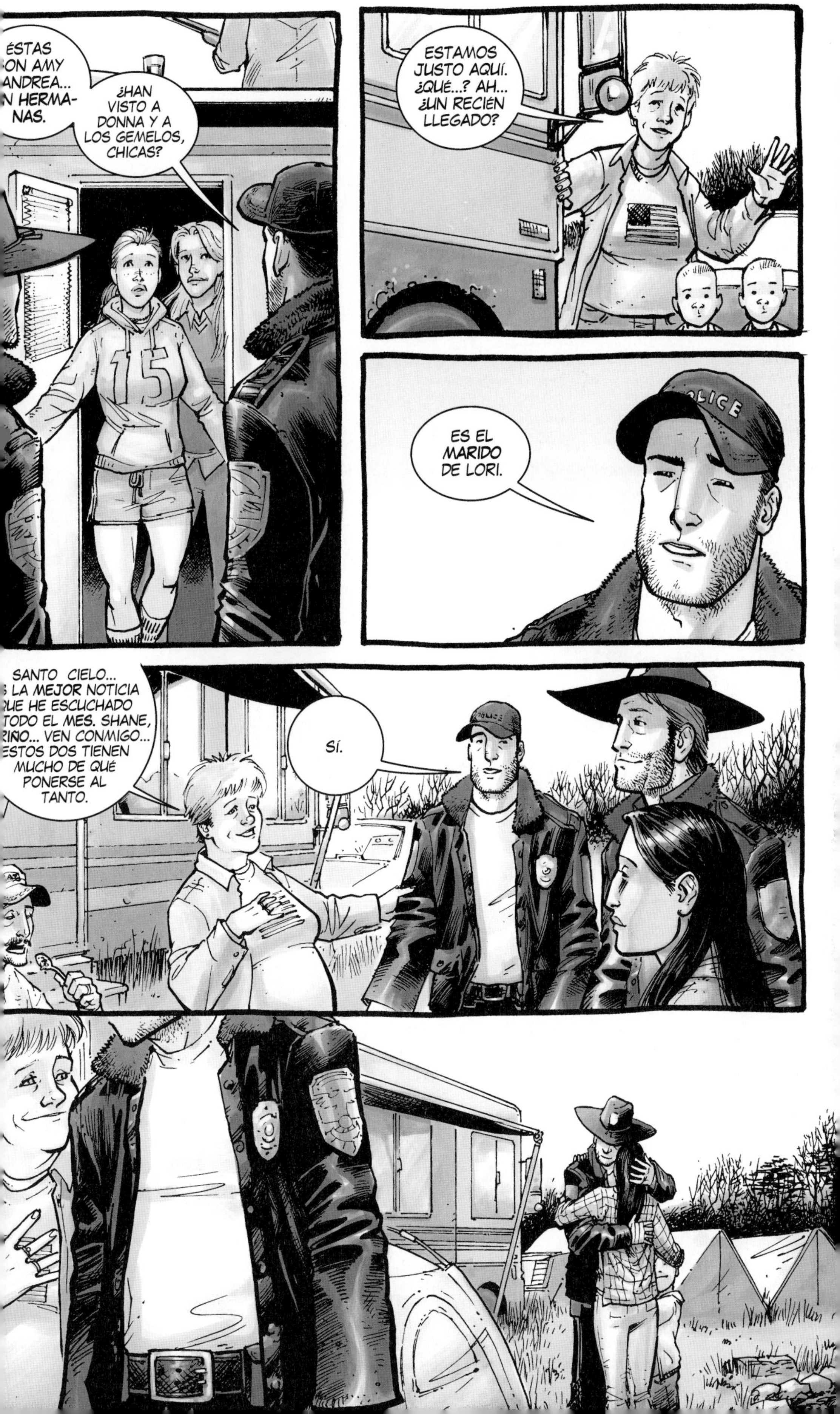
ÉSTAS
ON AMY
ANDREA...
N HERMA-
NAS.
¿HAN VISTO A DONNA Y A LOS GEMELOS, CHICAS?
ESTAMOS JUSTO AQUÍ. ¿QUÉ...? AH... ¿UN RECIÉN LLEGADO?
POLICE
ES EL MARIDO DE LORI.
SANTO CIELO...
S LA MEJOR NOTICIA
UE HE ESCUCHADO
TODO EL MES. SHANE,
RIÑO... VEN CONMIGO...
ESTOS DOS TIENEN
MUCHO DE QUÉ
PONERSE AL
TANTO.
SÍ.

ME ALEGRO TANTO DE QUE ME LO GUARDARAS. ME SENTÍA DESNUDO SIN ÉL.

¿YA SE DURMIÓ?

SÍ... POR FIN.

YA NO PUEDE DORMIR SI NO SIENTE QUE ESTOY JUSTO A SU LADO. NUNCA HABÍA TENIDO QUE ESCABULLIRME... NORMALMENTE ME QUEDO ACOSTADA MIRÁNDOLO... ÉL ES...

HAS SUFRIDO MUCHO.

LORI, POR FAVOR. COMPRENDO LAS CIRCUNSTANCIAS. PENSASTE QUE ATLANTA SERÍA MÁS SEGURO PARA CARL. YO HABRÍA HECHO LO MISMO.

CUAND NOS EVAC DIJERON C QUEDARÍA EN EL HOS POR LO QUE TASTE... DE DE ABANDO HOSPITAL DE UNA S DESPUÉS QUE N FUIMO

SÍ... SIENTO QUE TE HAYAMOS DEJADO, RICK.

HICISTE LO MEJOR PARA EL PEQUEÑO CARL. ME ALEGRO DE QUE SHANE ESTUVIERA AHÍ PARA AYUDARLOS A LLEGAR AQUÍ.

NO CREO QUE HUBIERA PODIDO LLEGAR AQUÍ SIN ÉL. Y MUCHO MENOS HABER SOBREVIVIDO DESPUÉS DE LLEGAR AQUÍ.

¡TU MANO!

ES DE LA AGUJA INTRAVENOSA. NO ES NADA GRAVE.

AH.

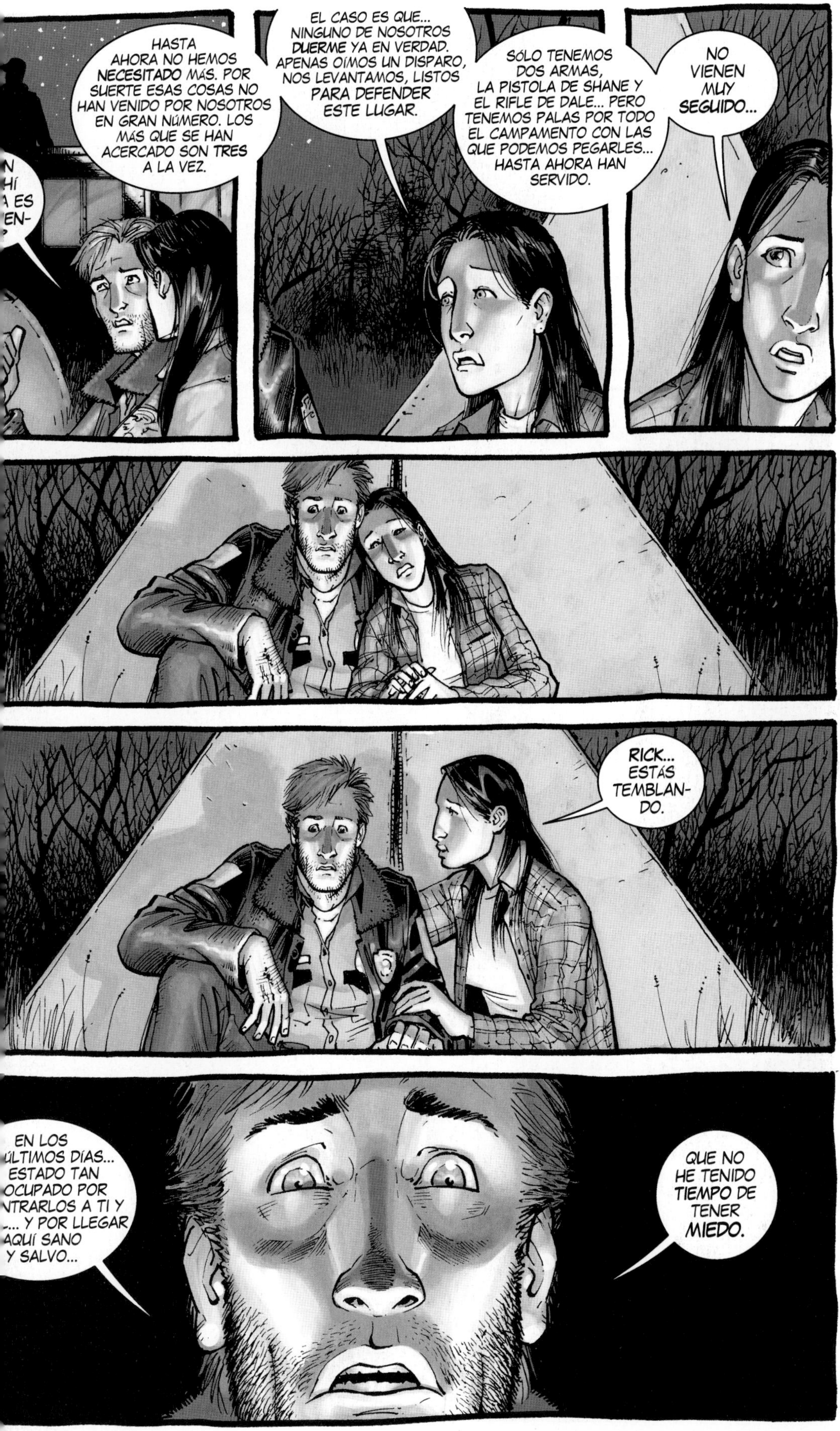
HASTA AHORA NO HEMOS NECESITADO MÁS. POR SUERTE ESAS COSAS NO HAN VENIDO POR NOSOTROS EN GRAN NÚMERO. LOS MÁS QUE SE HAN ACERCADO SON TRES A LA VEZ.
EL CASO ES QUE... NINGUNO DE NOSOTROS DUERME YA EN VERDAD. APENAS OÍMOS UN DISPARO, NOS LEVANTAMOS, LISTOS PARA DEFENDER ESTE LUGAR.
SÓLO TENEMOS DOS ARMAS, LA PISTOLA DE SHANE Y EL RIFLE DE DALE... PERO TENEMOS PALAS POR TODO EL CAMPAMENTO CON LAS QUE PODEMOS PEGARLES... HASTA AHORA HAN SERVIDO.
NO VIENEN MUY SEGUIDO...
RICK... ESTÁS TEMBLAN- DO.
EN LOS ÚLTIMOS DÍAS... ESTADO TAN OCUPADO POR NTRARLOS A TI Y ... Y POR LLEGAR AQUÍ SANO Y SALVO...
QUE NO HE TENIDO TIEMPO DE TENER MIEDO.

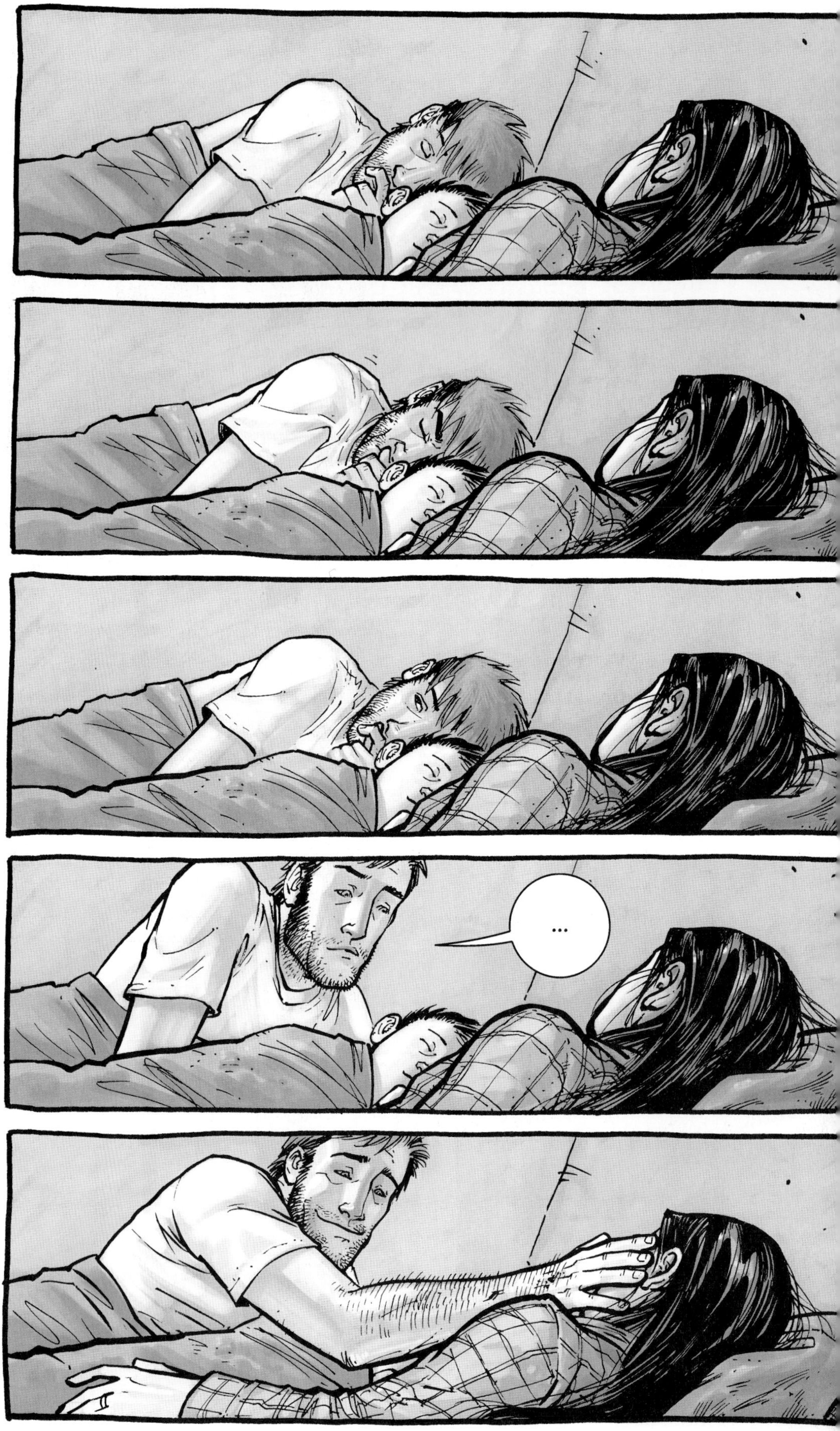
...

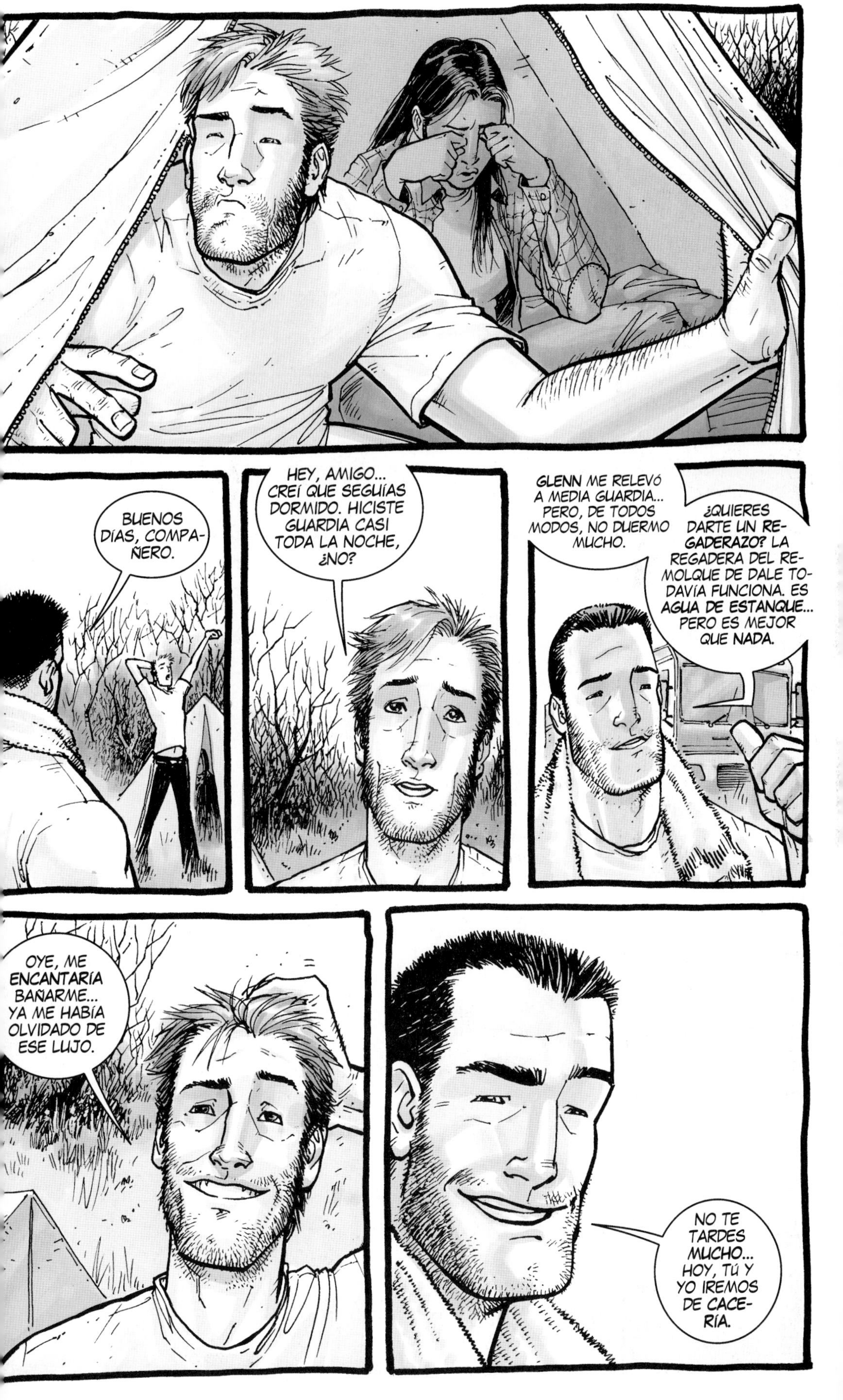

BUENOS DÍAS, COMPAÑERO.
HEY, AMIGO... CREÍ QUE SEGUÍAS DORMIDO. HICISTE GUARDIA CASI TODA LA NOCHE, ¿NO?
GLENN ME RELEVÓ A MEDIA GUARDIA... PERO, DE TODOS MODOS, NO DUERMO MUCHO.
¿QUIERES DARTE UN REGADERAZO? LA REGADERA DEL REMOLQUE DE DALE TODAVÍA FUNCIONA. ES AGUA DE ESTANQUE... PERO ES MEJOR QUE NADA.
OYE, ME ENCANTARÍA BAÑARME... YA ME HABÍA OLVIDADO DE ESE LUJO.
NO TE TARDES MUCHO... HOY, TÚ Y YO IREMOS DE CACERÍA.

¡AH, HEY!

NO TE HABÍA VISTO, AMIGO... CASI ME MATAS DEL SUSTO.

ASÍ QUE ERES EL ESPOSO DE LORI, ¿EH?

SÍ.

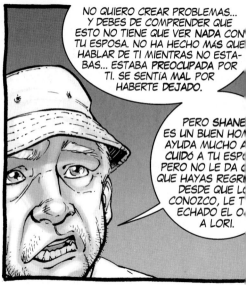

NO QUIERO CREAR PROBLEMAS... Y DEBES DE COMPRENDER QUE ESTO NO TIENE QUE VER NADA CON TU ESPOSA. NO HA HECHO MÁS QUE HABLAR DE TI MIENTRAS NO ESTA- BAS... ESTABA PREOCUPADA POR TI. SE SENTÍA MAL POR HABERTE DEJADO.

PERO SHANE ES UN BUEN HOM AYUDA MUCHO A CUIDÓ A TU ESP PERO NO LE DA QUE HAYAS REGR DESDE QUE L CONOZCO, LE T ECHADO EL O A LORI.

AGRADEZCO EL CONSEJO, PERO SHANE ES MI AMIGO. SÓLO LA ESTABA MANTENIENDO A SALVO. NO TENGO NADA DE QUÉ PREO- CUPARME.

YO NO LE CONFIARÍA A MI ESPOSA...

LO TENDRÉ EN MENTE.

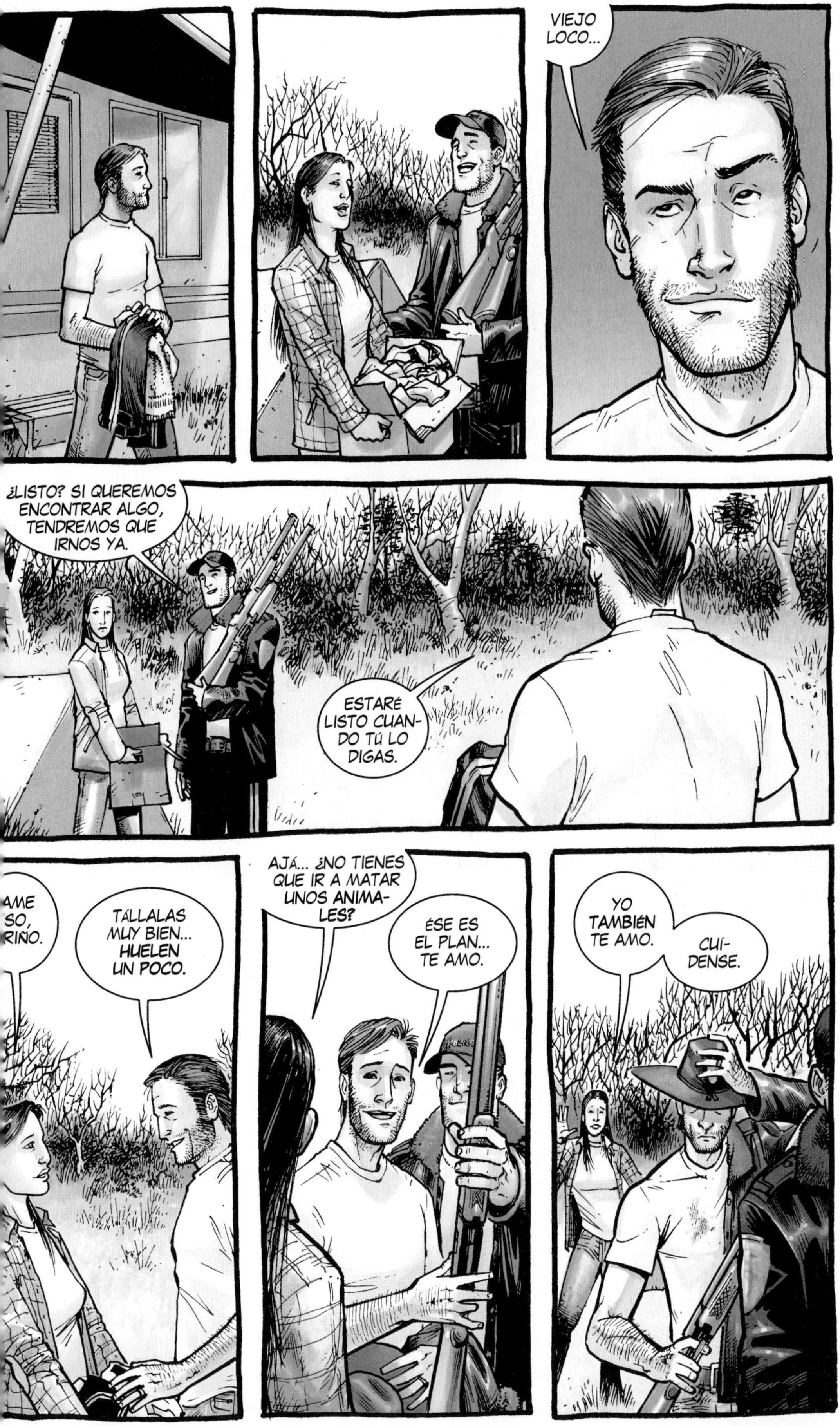
VIEJO LOCO...
¿LISTO? SI QUEREMOS ENCONTRAR ALGO, TENDREMOS QUE IRNOS YA.
ESTARÉ LISTO CUANDO TÚ LO DIGAS.
AME SO, RIÑO.
TÁLLALAS MUY BIEN... HUELEN UN POCO.
AJÁ... ¿NO TIENES QUE IR A MATAR UNOS ANIMALES?
ÉSE ES EL PLAN... TE AMO.
YO TAMBIÉN TE AMO.
CUÍDENSE.

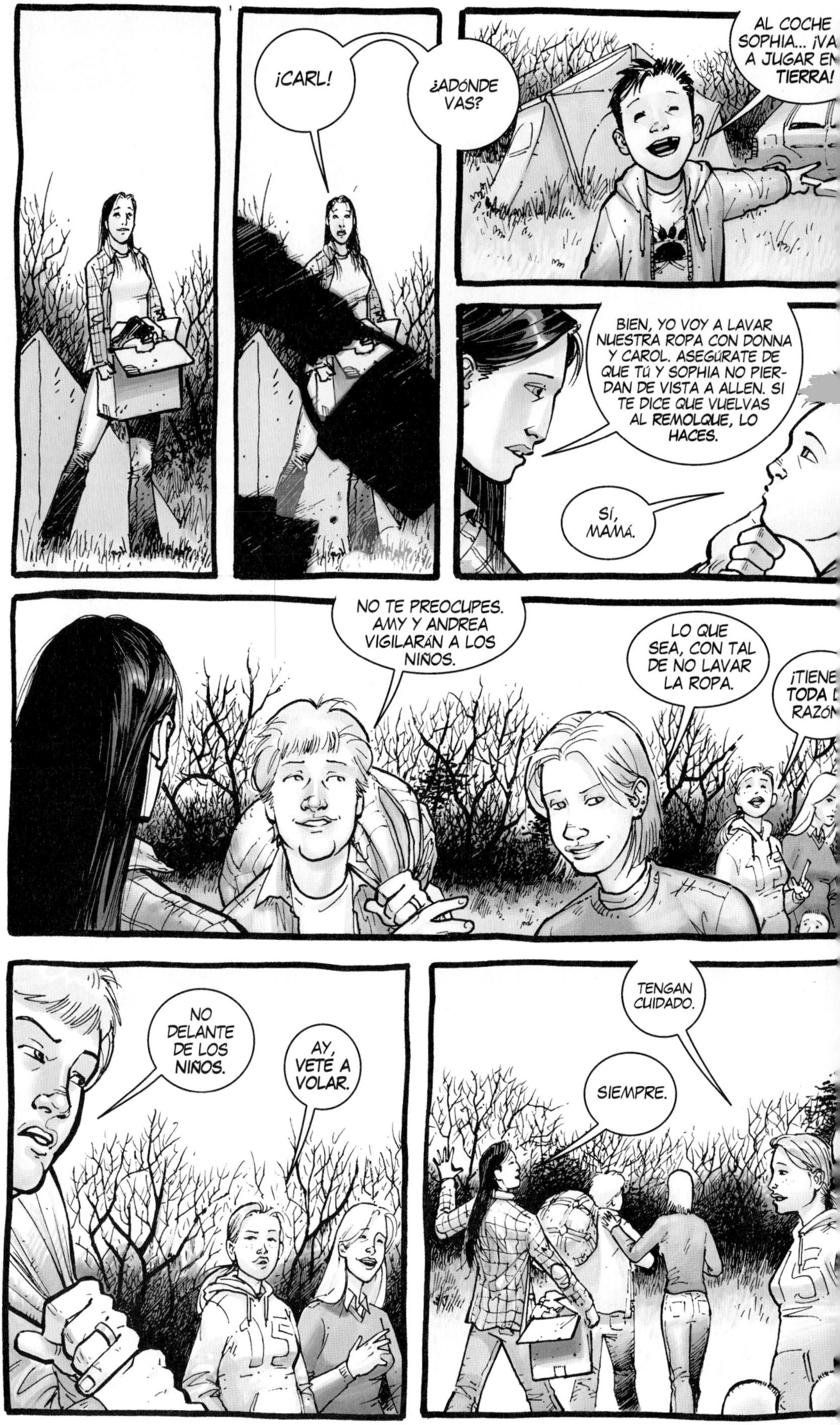

¡CARL!
¿ADÓNDE VAS?
AL COCHE SOPHIA... ¡VA A JUGAR EN TIERRA!
BIEN, YO VOY A LAVAR NUESTRA ROPA CON DONNA Y CAROL. ASEGÚRATE DE QUE TÚ Y SOPHIA NO PIERDAN DE VISTA A ALLEN. SI TE DICE QUE VUELVAS AL REMOLQUE, LO HACES.
SÍ, MAMÁ.
NO TE PREOCUPES. AMY Y ANDREA VIGILARÁN A LOS NIÑOS.
LO QUE SEA, CON TAL DE NO LAVAR LA ROPA.
¡TIENE TODA LA RAZÓN
NO DELANTE DE LOS NIÑOS.
AY, VETE A VOLAR.
TENGAN CUIDADO.
SIEMPRE.

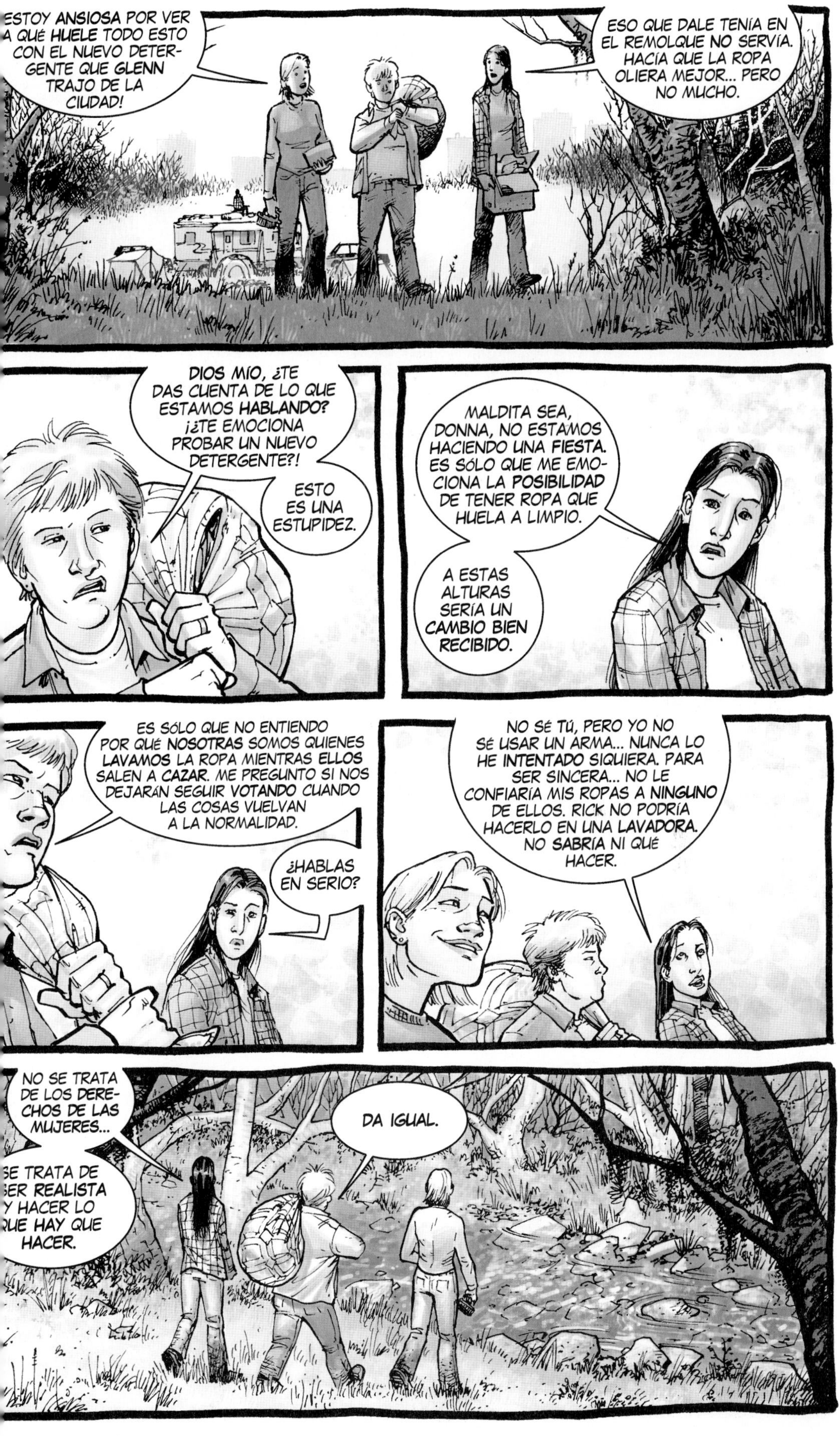
ESTOY ANSIOSA POR VER A QUÉ HUELE TODO ESTO CON EL NUEVO DETERGENTE QUE GLENN TRAJO DE LA CIUDAD!
ESO QUE DALE TENÍA EN EL REMOLQUE NO SERVÍA. HACÍA QUE LA ROPA OLIERA MEJOR... PERO NO MUCHO.
DIOS MÍO, ¿TE DAS CUENTA DE LO QUE ESTAMOS HABLANDO? ¡¿TE EMOCIONA PROBAR UN NUEVO DETERGENTE?!
ESTO ES UNA ESTUPIDEZ.
MALDITA SEA, DONNA, NO ESTAMOS HACIENDO UNA FIESTA. ES SÓLO QUE ME EMOCIONA LA POSIBILIDAD DE TENER ROPA QUE HUELA A LIMPIO.
A ESTAS ALTURAS SERÍA UN CAMBIO BIEN RECIBIDO.
ES SÓLO QUE NO ENTIENDO POR QUÉ NOSOTRAS SOMOS QUIENES LAVAMOS LA ROPA MIENTRAS ELLOS SALEN A CAZAR. ME PREGUNTO SI NOS DEJARÁN SEGUIR VOTANDO CUANDO LAS COSAS VUELVAN A LA NORMALIDAD.
¿HABLAS EN SERIO?
NO SÉ TÚ, PERO YO NO SÉ USAR UN ARMA... NUNCA LO HE INTENTADO SIQUIERA. PARA SER SINCERA... NO LE CONFIARÍA MIS ROPAS A NINGUNO DE ELLOS. RICK NO PODRÍA HACERLO EN UNA LAVADORA. NO SABRÍA NI QUÉ HACER.
NO SE TRATA DE LOS DERECHOS DE LAS MUJERES...
SE TRATA DE SER REALISTA Y HACER LO QUE HAY QUE HACER.
DA IGUAL.

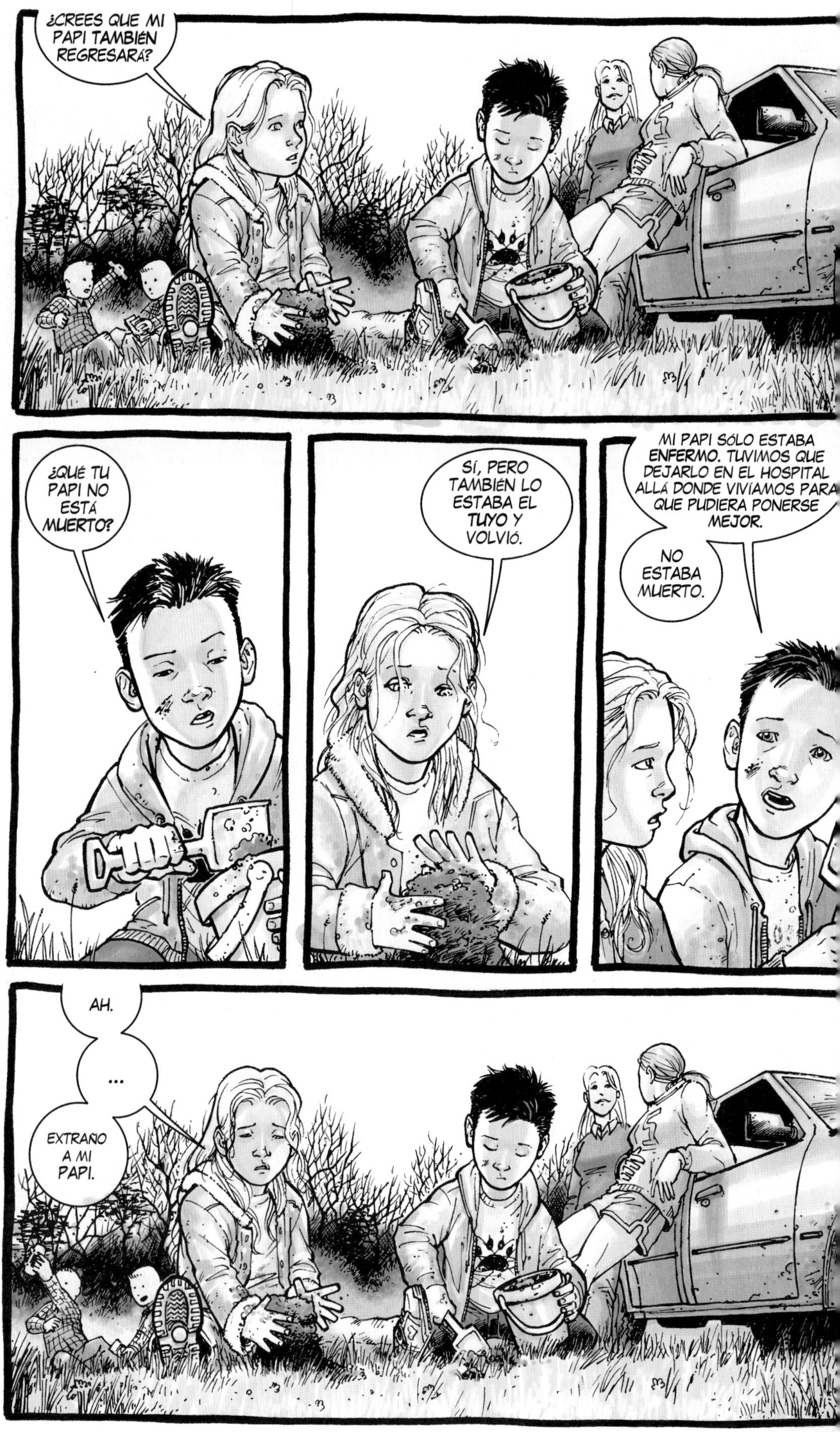
¿CREES QUE MI PAPI TAMBIÉN REGRESARÁ?
¿QUÉ TU PAPI NO ESTÁ MUERTO?
SÍ, PERO TAMBIÉN LO ESTABA EL TUYO Y VOLVIÓ.
MI PAPI SÓLO ESTABA ENFERMO. TUVIMOS QUE DEJARLO EN EL HOSPITAL ALLÁ DONDE VIVÍAMOS PARA QUE PUDIERA PONERSE MEJOR.
NO ESTABA MUERTO.
AH.
...
EXTRAÑO A MI PAPI.

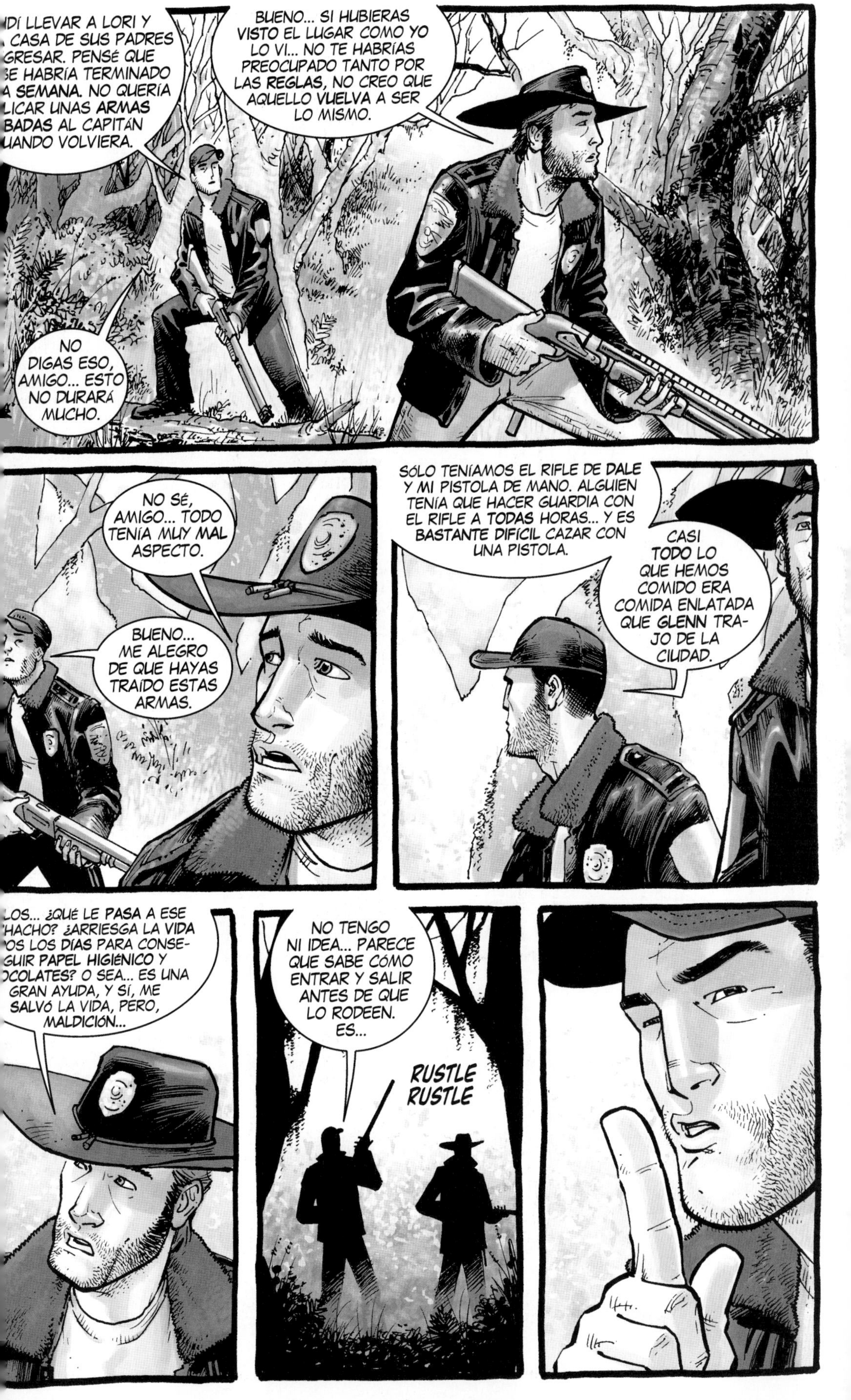
DÍ LLEVAR A LORI Y CASA DE SUS PADRES GRESAR. PENSÉ QUE E HABRÍA TERMINADO A SEMANA. NO QUERÍA LICAR UNAS ARMAS BADAS AL CAPITÁN UANDO VOLVIERA.
BUENO... SI HUBIERAS VISTO EL LUGAR COMO YO LO VI... NO TE HABRÍAS PREOCUPADO TANTO POR LAS REGLAS, NO CREO QUE AQUELLO VUELVA A SER LO MISMO.
NO DIGAS ESO, AMIGO... ESTO NO DURARÁ MUCHO.
NO SÉ, AMIGO... TODO TENÍA MUY MAL ASPECTO.
BUENO... ME ALEGRO DE QUE HAYAS TRAÍDO ESTAS ARMAS.
SÓLO TENÍAMOS EL RIFLE DE DALE Y MI PISTOLA DE MANO. ALGUIEN TENÍA QUE HACER GUARDIA CON EL RIFLE A TODAS HORAS... Y ES BASTANTE DIFÍCIL CAZAR CON UNA PISTOLA.
CASI TODO LO QUE HEMOS COMIDO ERA COMIDA ENLATADA QUE GLENN TRAJO DE LA CIUDAD.
LOS... ¿QUÉ LE PASA A ESE HACHO? ¿ARRIESGA LA VIDA OS LOS DÍAS PARA CONSEGUIR PAPEL HIGIÉNICO Y OCOLATES? O SEA... ES UNA GRAN AYUDA, Y SÍ, ME SALVÓ LA VIDA, PERO, MALDICIÓN...
NO TENGO NI IDEA... PARECE QUE SABE CÓMO ENTRAR Y SALIR ANTES DE QUE LO RODEEN. ES...
RUSTLE RUSTLE

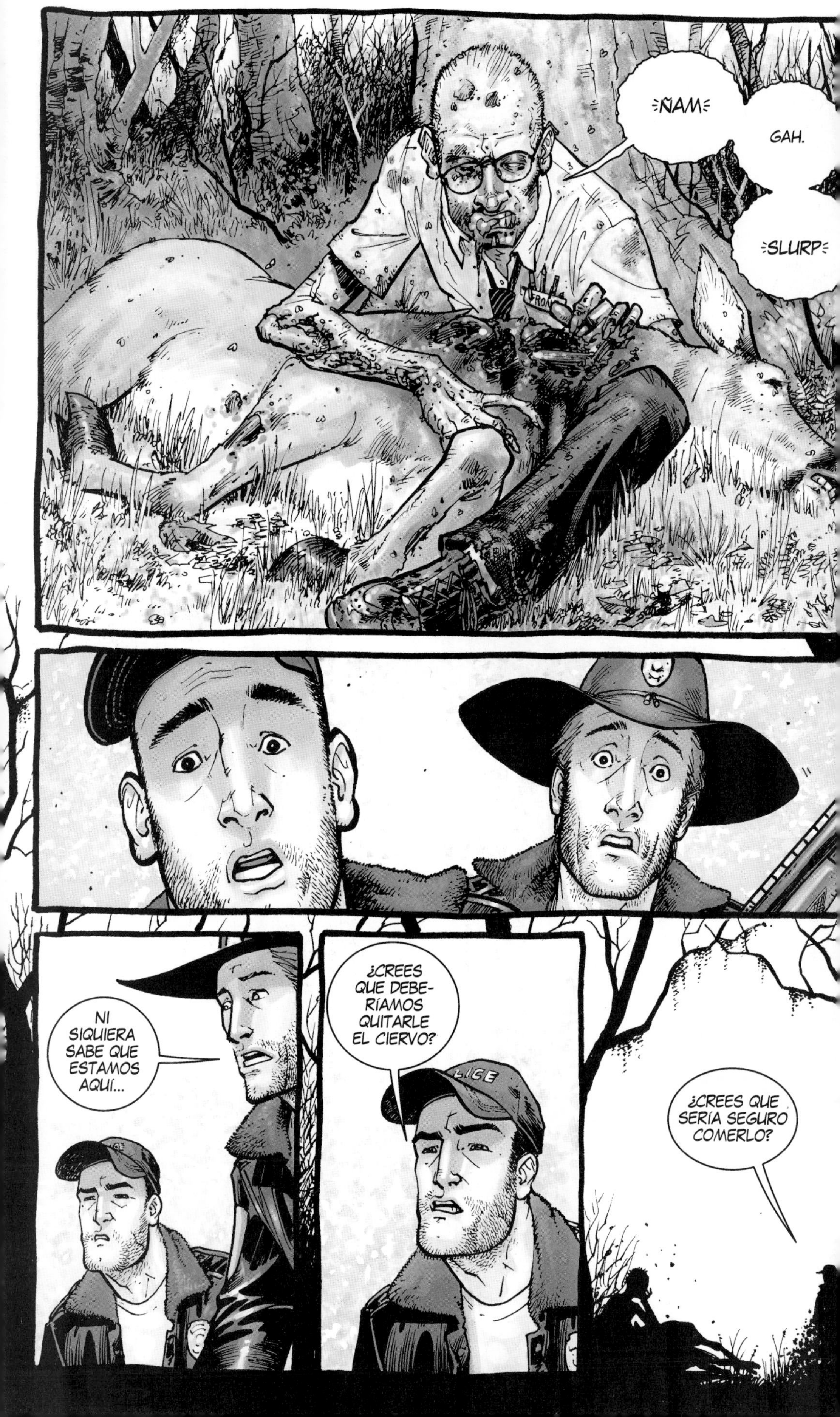
ÑAM
GAH.
SLURP
NI SIQUIERA SABE QUE ESTAMOS AQUÍ...
¿CREES QUE DEBERÍAMOS QUITARLE EL CIERVO?
¿CREES QUE SERÍA SEGURO COMERLO?

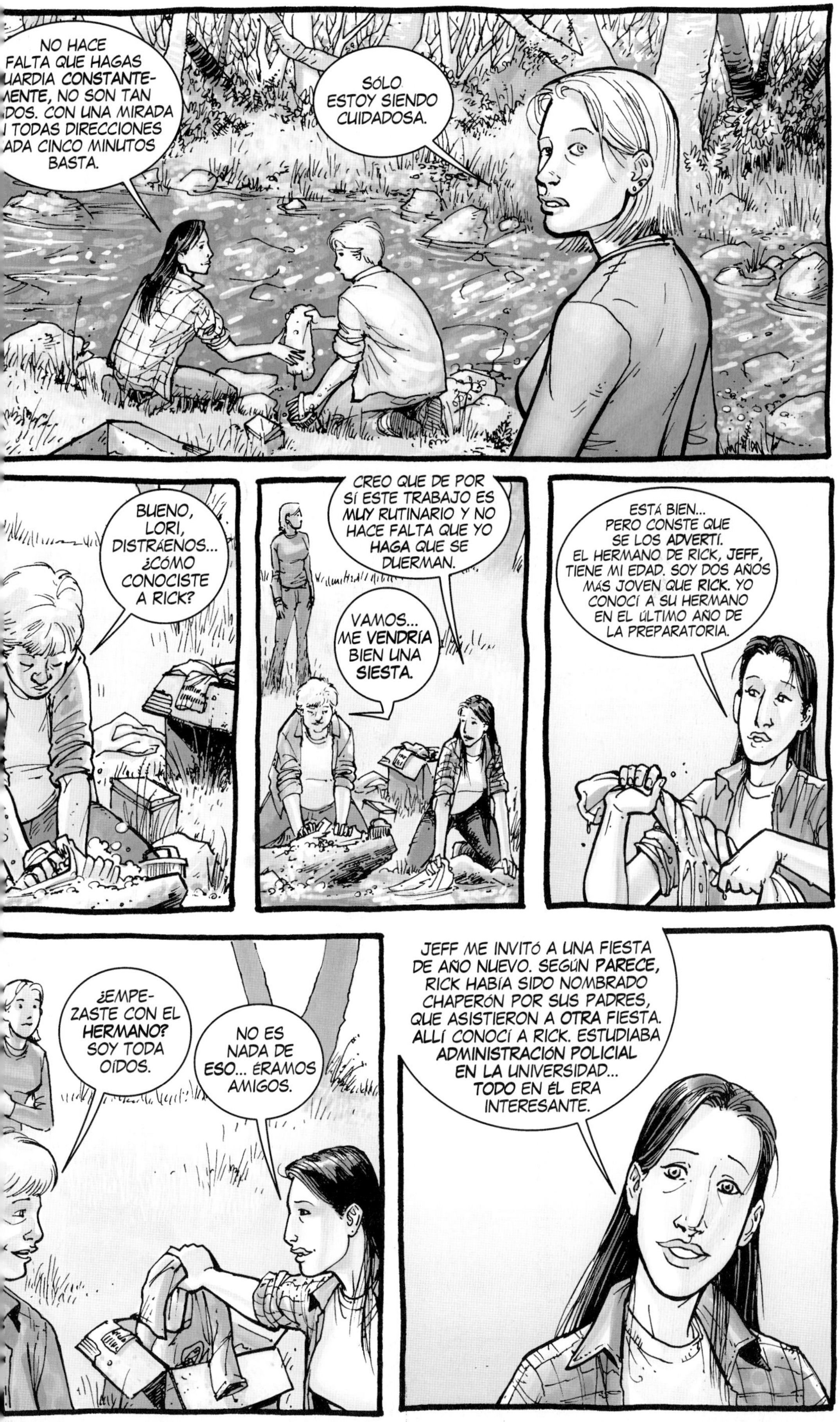

NO HACE FALTA QUE HAGAS UARDIA CONSTANTE- MENTE, NO SON TAN DOS. CON UNA MIRADA TODAS DIRECCIONES ADA CINCO MINUTOS BASTA.
SÓLO ESTOY SIENDO CUIDADOSA.
BUENO, LORI, DISTRÁENOS... ¿CÓMO CONOCISTE A RICK?
CREO QUE DE POR SÍ ESTE TRABAJO ES MUY RUTINARIO Y NO HACE FALTA QUE YO HAGA QUE SE DUERMAN.
VAMOS... ME VENDRÍA BIEN UNA SIESTA.
ESTÁ BIEN... PERO CONSTE QUE SE LOS ADVERTÍ. EL HERMANO DE RICK, JEFF, TIENE MI EDAD. SOY DOS AÑOS MÁS JOVEN QUE RICK. YO CONOCÍ A SU HERMANO EN EL ÚLTIMO AÑO DE LA PREPARATORIA.
¿EMPEZASTE CON EL HERMANO? SOY TODA OÍDOS.
NO ES NADA DE ESO... ÉRAMOS AMIGOS.
JEFF ME INVITÓ A UNA FIESTA DE AÑO NUEVO. SEGÚN PARECE, RICK HABÍA SIDO NOMBRADO CHAPERÓN POR SUS PADRES, QUE ASISTIERON A OTRA FIESTA. ALLÍ CONOCÍ A RICK. ESTUDIABA ADMINISTRACIÓN POLICIAL EN LA UNIVERSIDAD... TODO EN ÉL ERA INTERESANTE.

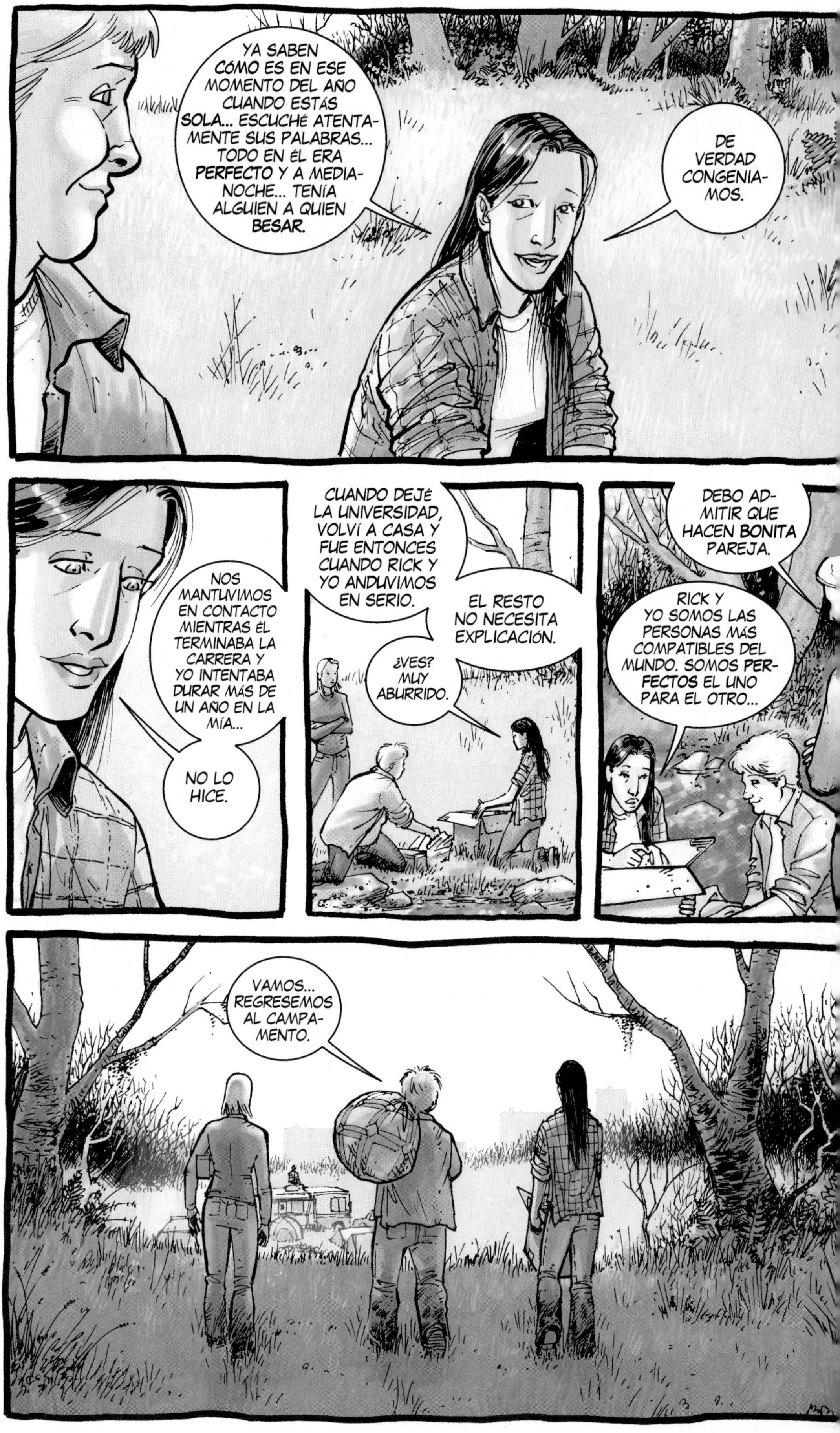
YA SABEN CÓMO ES EN ESE MOMENTO DEL AÑO CUANDO ESTÁS SOLA... ESCUCHÉ ATENTAMENTE SUS PALABRAS... TODO EN ÉL ERA PERFECTO Y A MEDIANOCHE... TENÍA ALGUIEN A QUIEN BESAR.
DE VERDAD CONGENIAMOS.
NOS MANTUVIMOS EN CONTACTO MIENTRAS ÉL TERMINABA LA CARRERA Y YO INTENTABA DURAR MÁS DE UN AÑO EN LA MÍA...
NO LO HICE.
CUANDO DEJÉ LA UNIVERSIDAD, VOLVÍ A CASA Y FUE ENTONCES CUANDO RICK Y YO ANDUVIMOS EN SERIO.
EL RESTO NO NECESITA EXPLICACIÓN.
¿VES? MUY ABURRIDO.
DEBO ADMITIR QUE HACEN BONITA PAREJA.
RICK Y YO SOMOS LAS PERSONAS MÁS COMPATIBLES DEL MUNDO. SOMOS PERFECTOS EL UNO PARA EL OTRO...
VAMOS... REGRESEMOS AL CAMPAMENTO.

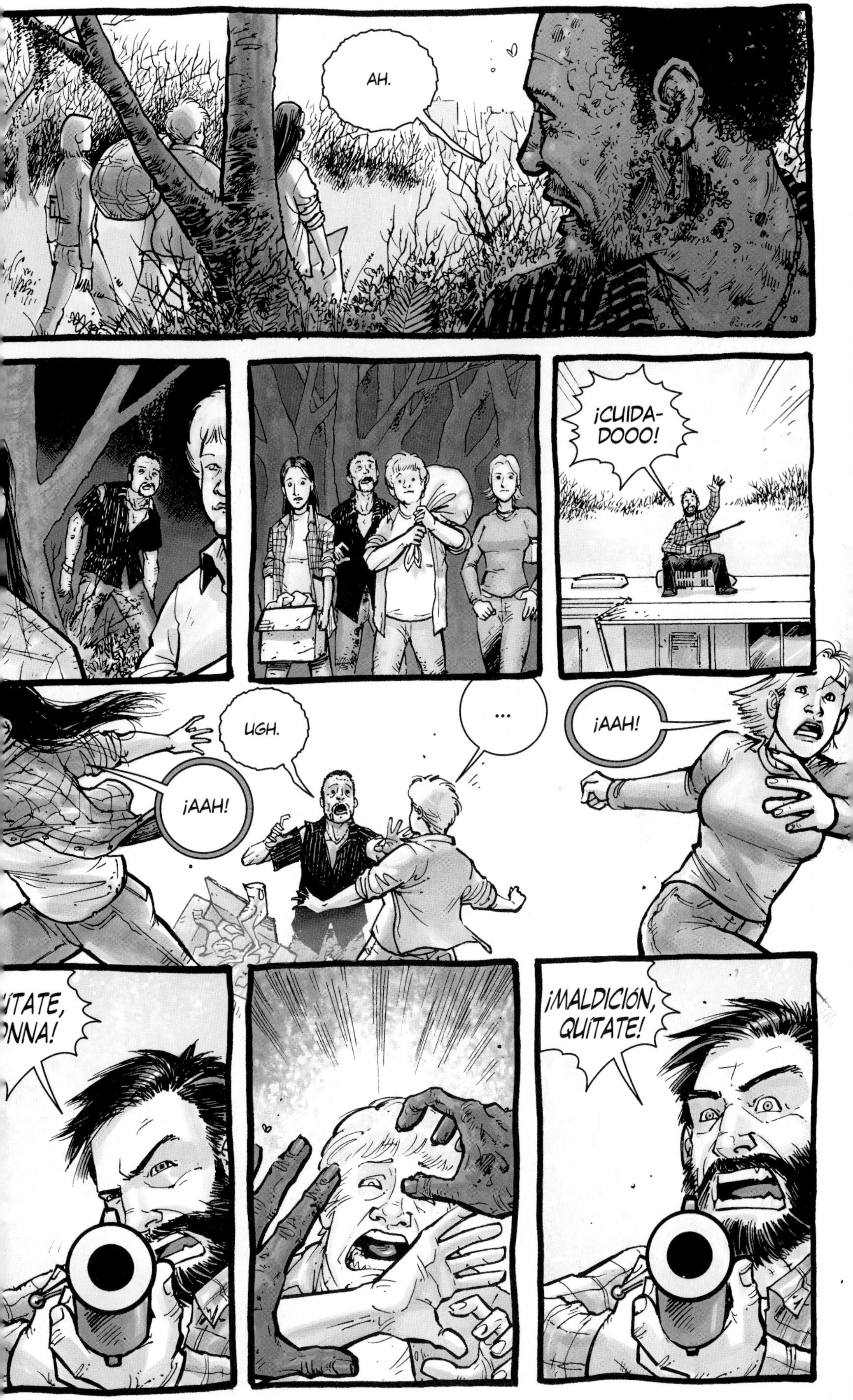
AH.
¡CUIDA-
DOOO!
¡AAH!
UGH.
...
¡AAH!
ÍTATE,
ONNA!
¡MALDICIÓN,
QUÍTATE!

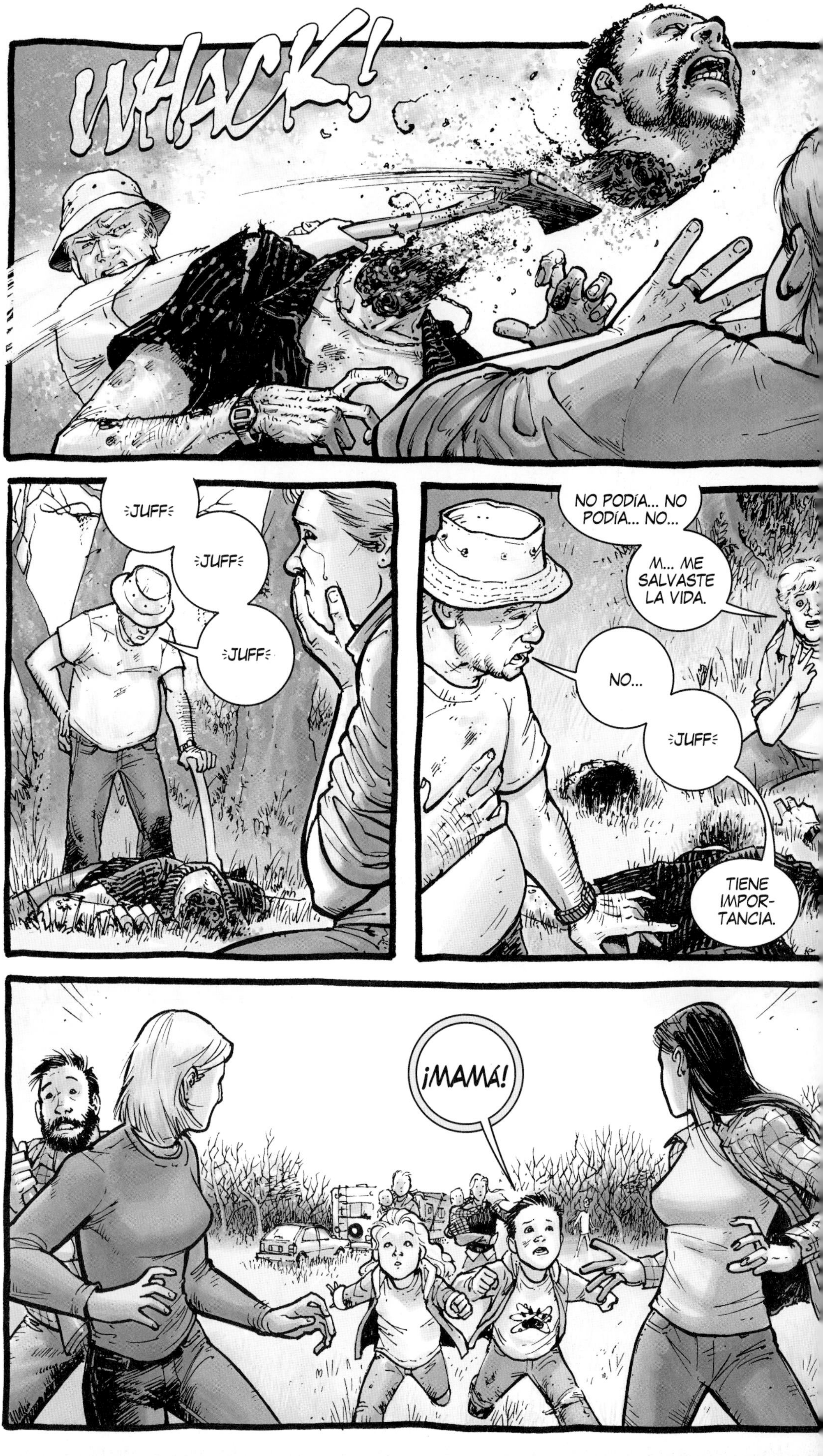

WHACK!
JUFF
JUFF
JUFF
NO PODÍA... NO PODÍA... NO...
M... ME SALVASTE LA VIDA.
NO...
JUFF
TIENE IMPORTANCIA.
¡MAMÁ!

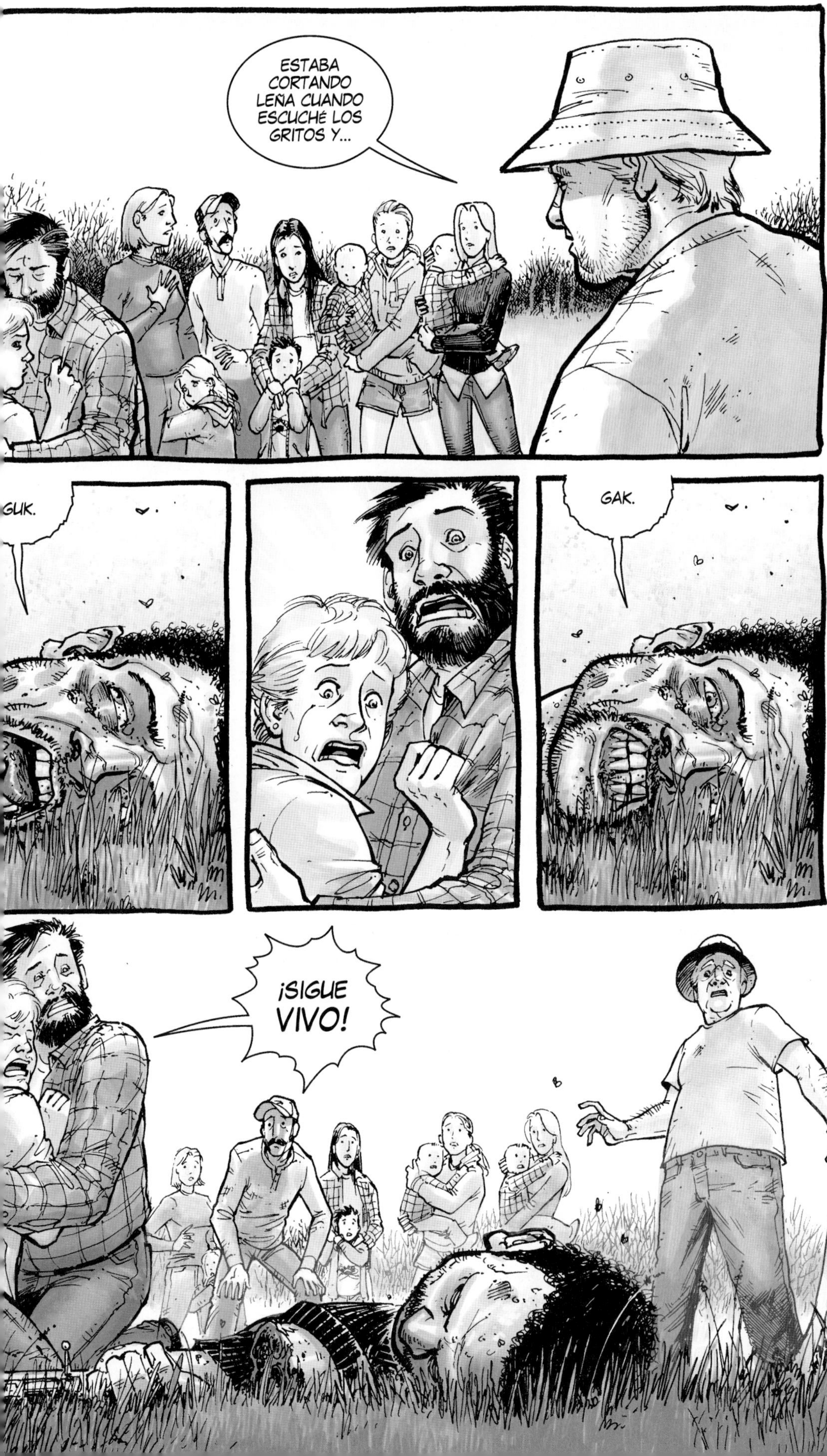
ESTABA CORTANDO LEÑA CUANDO ESCUCHÉ LOS GRITOS Y...
GUK.
GAK.
¡SIGUE VIVO!

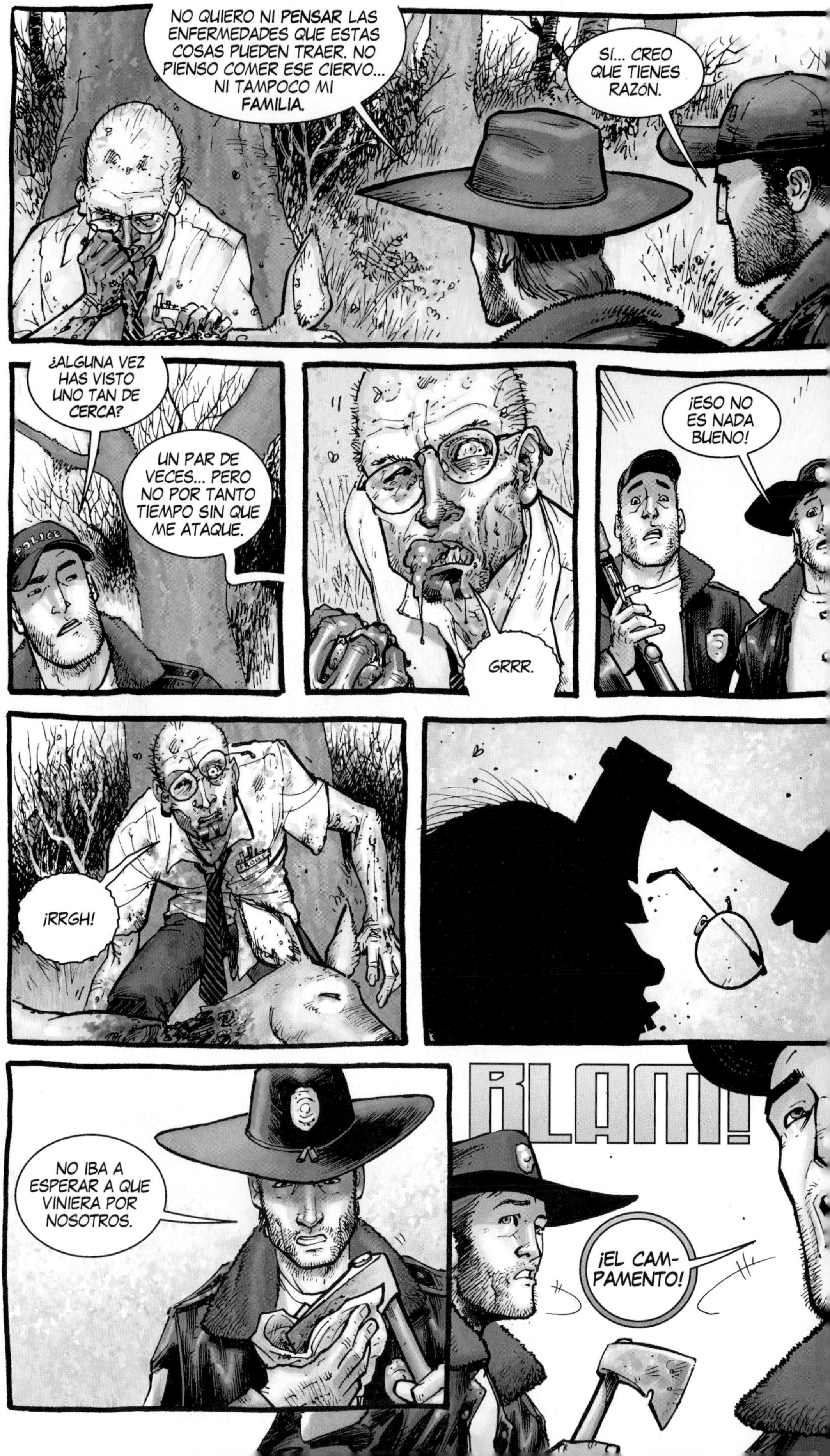
NO QUIERO NI PENSAR LAS ENFERMEDADES QUE ESTAS COSAS PUEDEN TRAER. NO PIENSO COMER ESE CIERVO... NI TAMPOCO MI FAMILIA.
SÍ... CREO QUE TIENES RAZÓN.
¿ALGUNA VEZ HAS VISTO UNO TAN DE CERCA?
UN PAR DE VECES... PERO NO POR TANTO TIEMPO SIN QUE ME ATAQUE.
GRRR.
¡ESO NO ES NADA BUENO!
¡RRGH!
BLAM!
NO IBA A ESPERAR A QUE VINIERA POR NOSOTROS.
¡EL CAMPAMENTO!

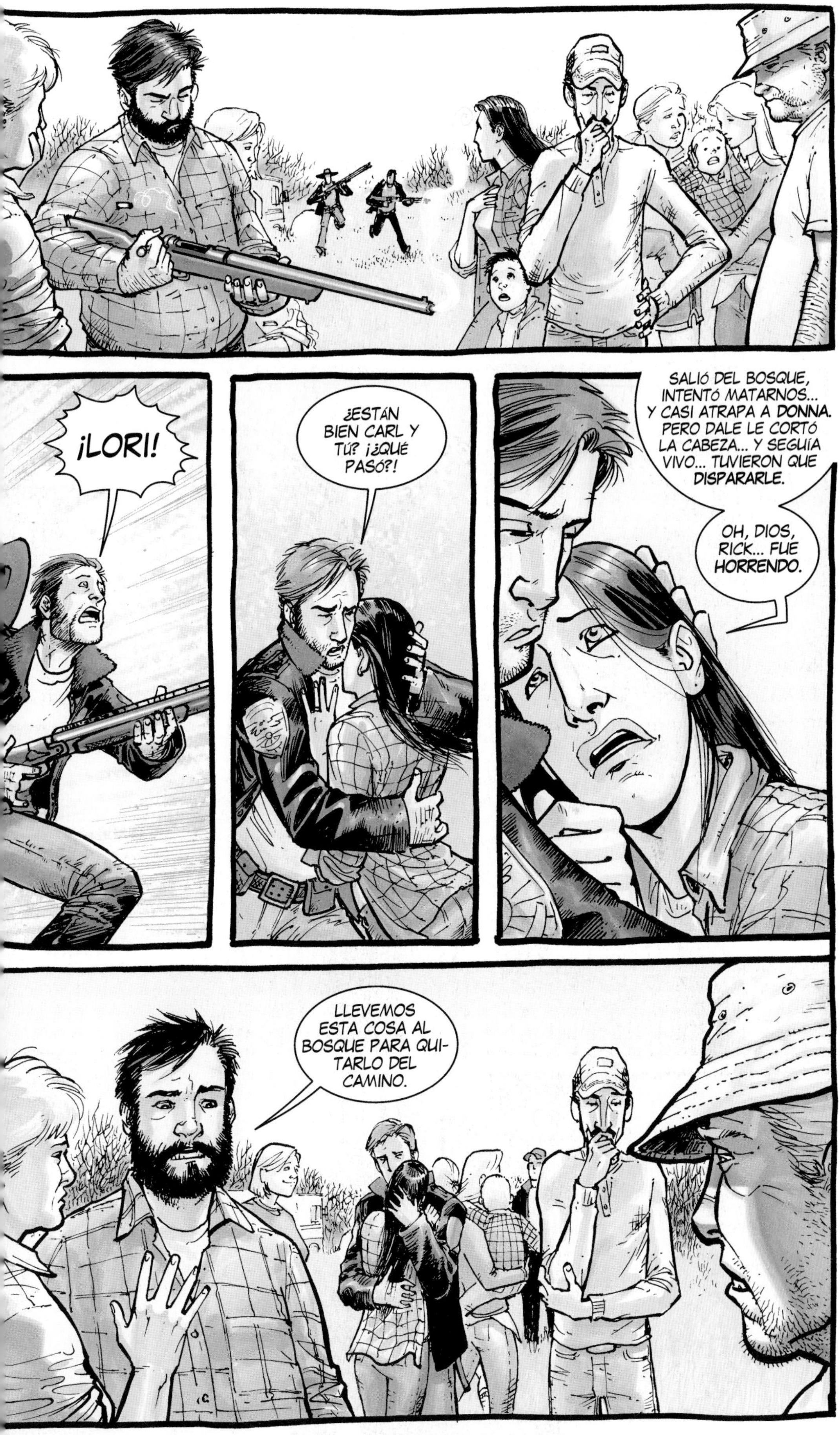

¡LORI!
¿ESTÁN BIEN CARL Y TÚ? ¡¿QUÉ PASÓ?!
SALIÓ DEL BOSQUE, INTENTÓ MATARNOS... Y CASI ATRAPA A DONNA. PERO DALE LE CORTÓ LA CABEZA... Y SEGUÍA VIVO... TUVIERON QUE DISPARARLE.
OH, DIOS, RICK... FUE HORRENDO.
LLEVEMOS ESTA COSA AL BOSQUE PARA QUI-TARLO DEL CAMINO.

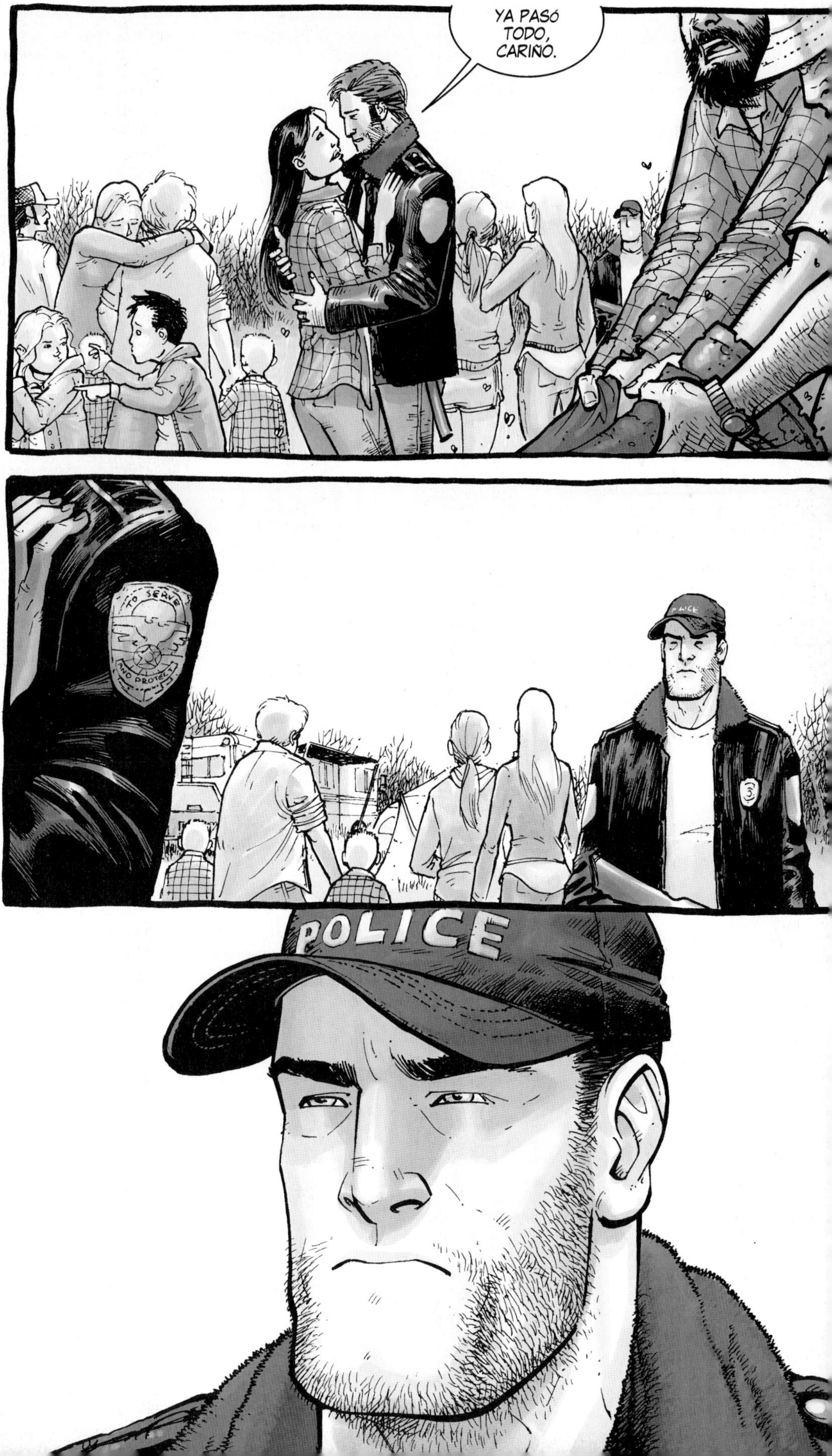
YA PASÓ TODO, CARIÑO.
TO SERVE AND PROTECT
POLICE

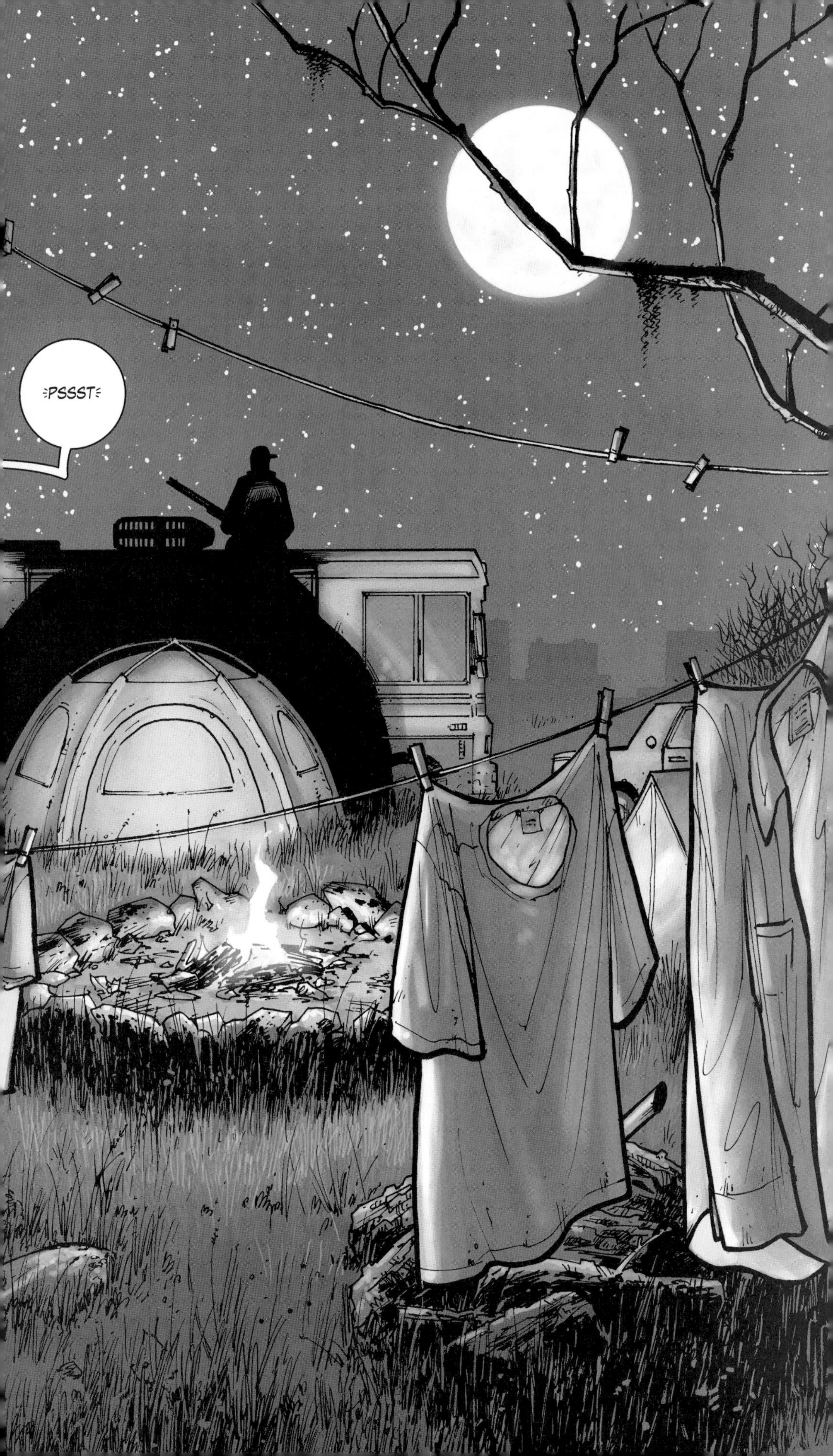
PSSST

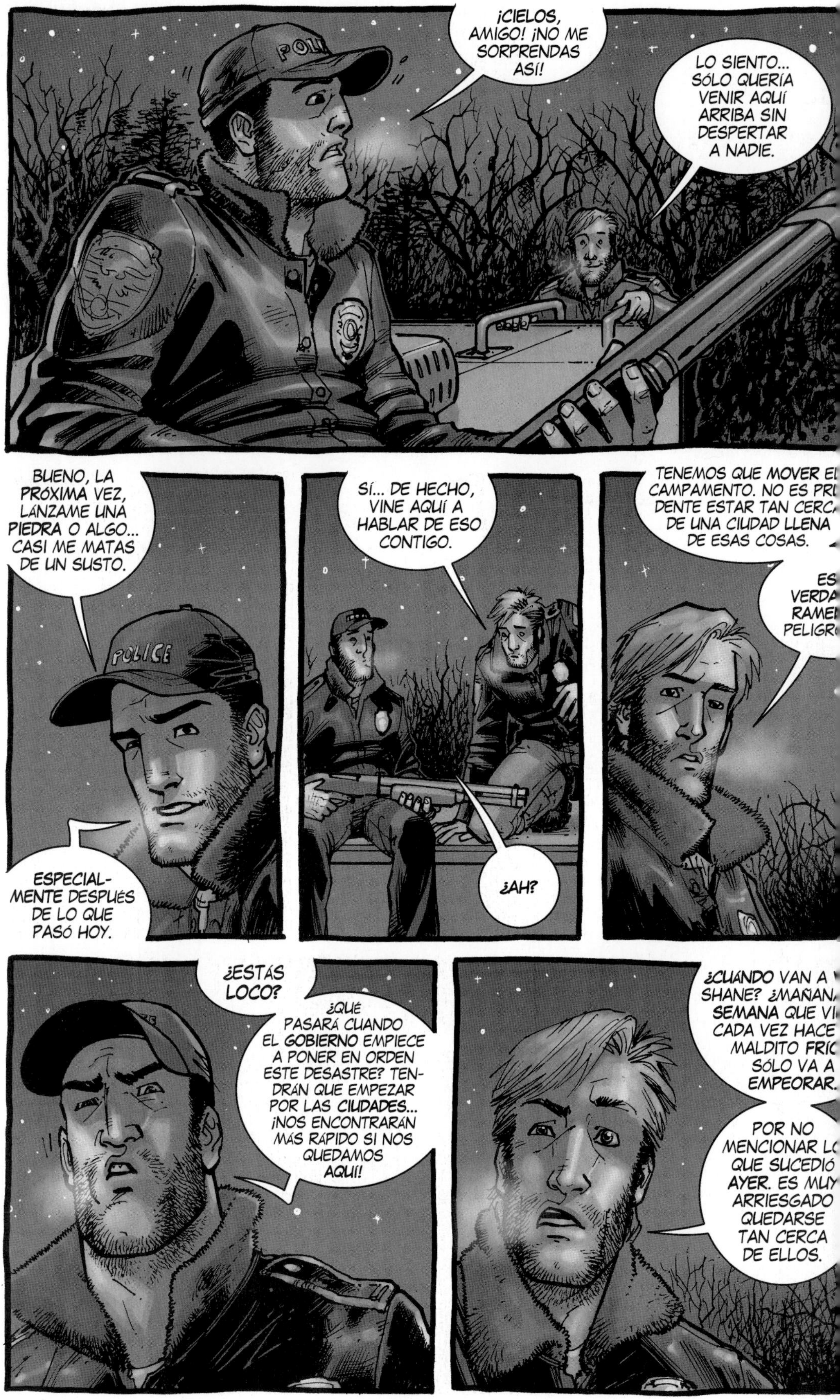
¡CIELOS, AMIGO! ¡NO ME SORPRENDAS ASÍ!
LO SIENTO... SÓLO QUERÍA VENIR AQUÍ ARRIBA SIN DESPERTAR A NADIE.
BUENO, LA PRÓXIMA VEZ, LÁNZAME UNA PIEDRA O ALGO... CASI ME MATAS DE UN SUSTO.
ESPECIAL-MENTE DESPUÉS DE LO QUE PASÓ HOY.
SÍ... DE HECHO, VINE AQUÍ A HABLAR DE ESO CONTIGO.
¿AH?
TENEMOS QUE MOVER EL CAMPAMENTO. NO ES PRU- DENTE ESTAR TAN CERCA DE UNA CIUDAD LLENA DE ESAS COSAS.
ES VERDA RAME PELIGR
¿ESTÁS LOCO?
¿QUÉ PASARÁ CUANDO EL GOBIERNO EMPIECE A PONER EN ORDEN ESTE DESASTRE? TEN- DRÁN QUE EMPEZAR POR LAS CIUDADES... ¡NOS ENCONTRARÁN MÁS RÁPIDO SI NOS QUEDAMOS AQUÍ!
¿CUÁNDO VAN A SHANE? ¿MAÑANA SEMANA QUE VI CADA VEZ HACE MALDITO FRÍ SÓLO VA A EMPEORAR.
POR NO MENCIONAR LO QUE SUCEDIÓ AYER. ES MUY ARRIESGADO QUEDARSE TAN CERCA DE ELLOS.

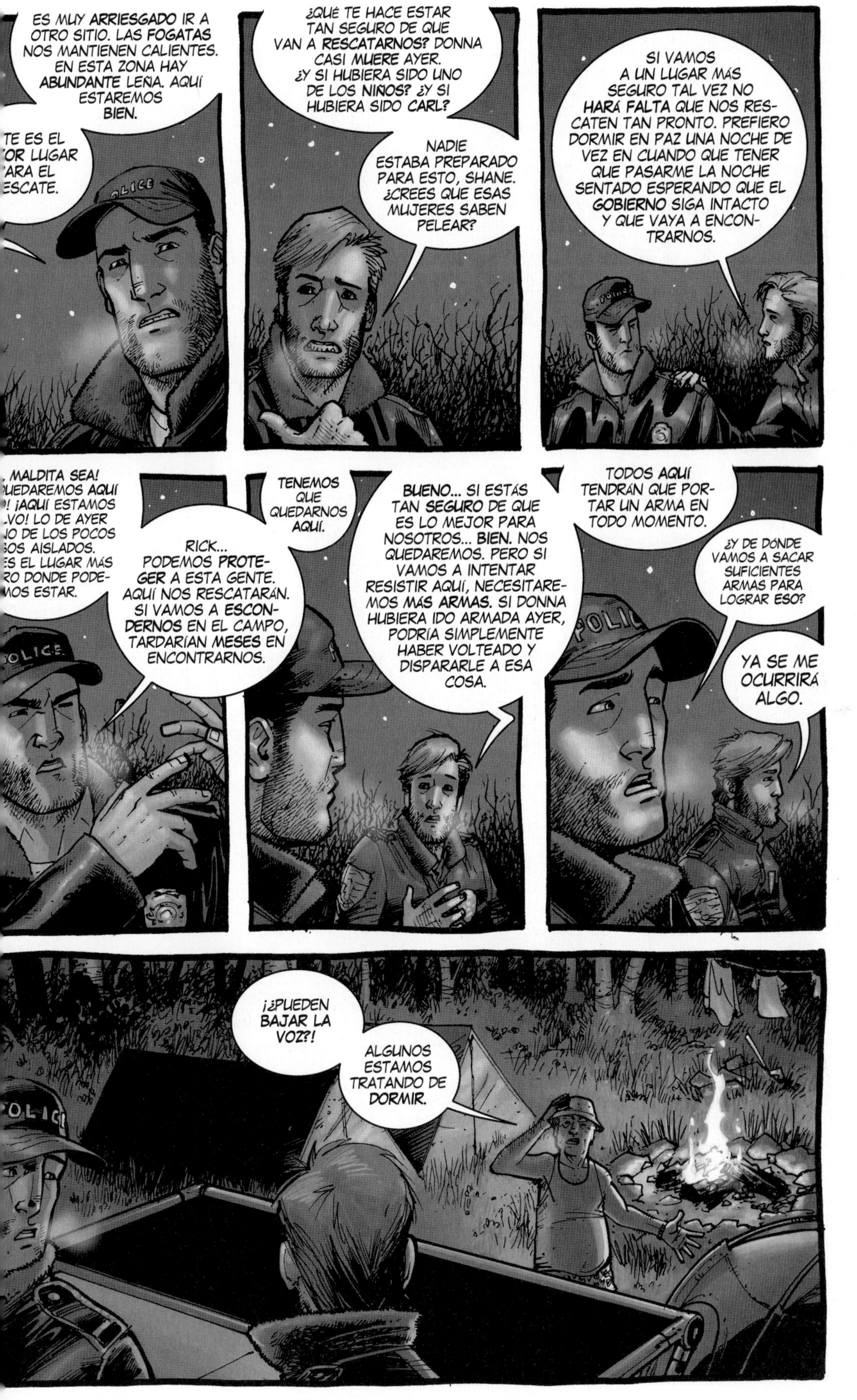

ES MUY ARRIESGADO IR A OTRO SITIO. LAS FOGATAS NOS MANTIENEN CALIENTES. EN ESTA ZONA HAY ABUNDANTE LEÑA. AQUÍ ESTAREMOS BIEN.
TE ES EL
OR LUGAR
ARA EL
ESCATE.
¿QUÉ TE HACE ESTAR TAN SEGURO DE QUE VAN A RESCATARNOS? DONNA CASI MUERE AYER. ¿Y SI HUBIERA SIDO UNO DE LOS NIÑOS? ¿Y SI HUBIERA SIDO CARL?
NADIE ESTABA PREPARADO PARA ESTO, SHANE. ¿CREES QUE ESAS MUJERES SABEN PELEAR?
SI VAMOS A UN LUGAR MÁS SEGURO TAL VEZ NO HARÁ FALTA QUE NOS RESCATEN TAN PRONTO. PREFIERO DORMIR EN PAZ UNA NOCHE DE VEZ EN CUANDO QUE TENER QUE PASARME LA NOCHE SENTADO ESPERANDO QUE EL GOBIERNO SIGA INTACTO Y QUE VAYA A ENCONTRARNOS.
, MALDITA SEA!
UEDAREMOS AQUÍ
! ¡AQUÍ ESTAMOS
VO! LO DE AYER
NO DE LOS POCOS
SOS AISLADOS.
ES EL LUGAR MÁS
RO DONDE PODE-
MOS ESTAR.
RICK... PODEMOS PROTEGER A ESTA GENTE. AQUÍ NOS RESCATARÁN. SI VAMOS A ESCONDERNOS EN EL CAMPO, TARDARÍAN MESES EN ENCONTRARNOS.
TENEMOS QUE QUEDARNOS AQUÍ.
BUENO... SI ESTÁS TAN SEGURO DE QUE ES LO MEJOR PARA NOSOTROS... BIEN. NOS QUEDAREMOS. PERO SI VAMOS A INTENTAR RESISTIR AQUÍ, NECESITAREMOS MÁS ARMAS. SI DONNA HUBIERA IDO ARMADA AYER, PODRÍA SIMPLEMENTE HABER VOLTEADO Y DISPARARLE A ESA COSA.
TODOS AQUÍ TENDRÁN QUE PORTAR UN ARMA EN TODO MOMENTO.
¿Y DE DÓNDE VAMOS A SACAR SUFICIENTES ARMAS PARA LOGRAR ESO?
YA SE ME OCURRIRÁ ALGO.
¡¿PUEDEN BAJAR LA VOZ?!
ALGUNOS ESTAMOS TRATANDO DE DORMIR.

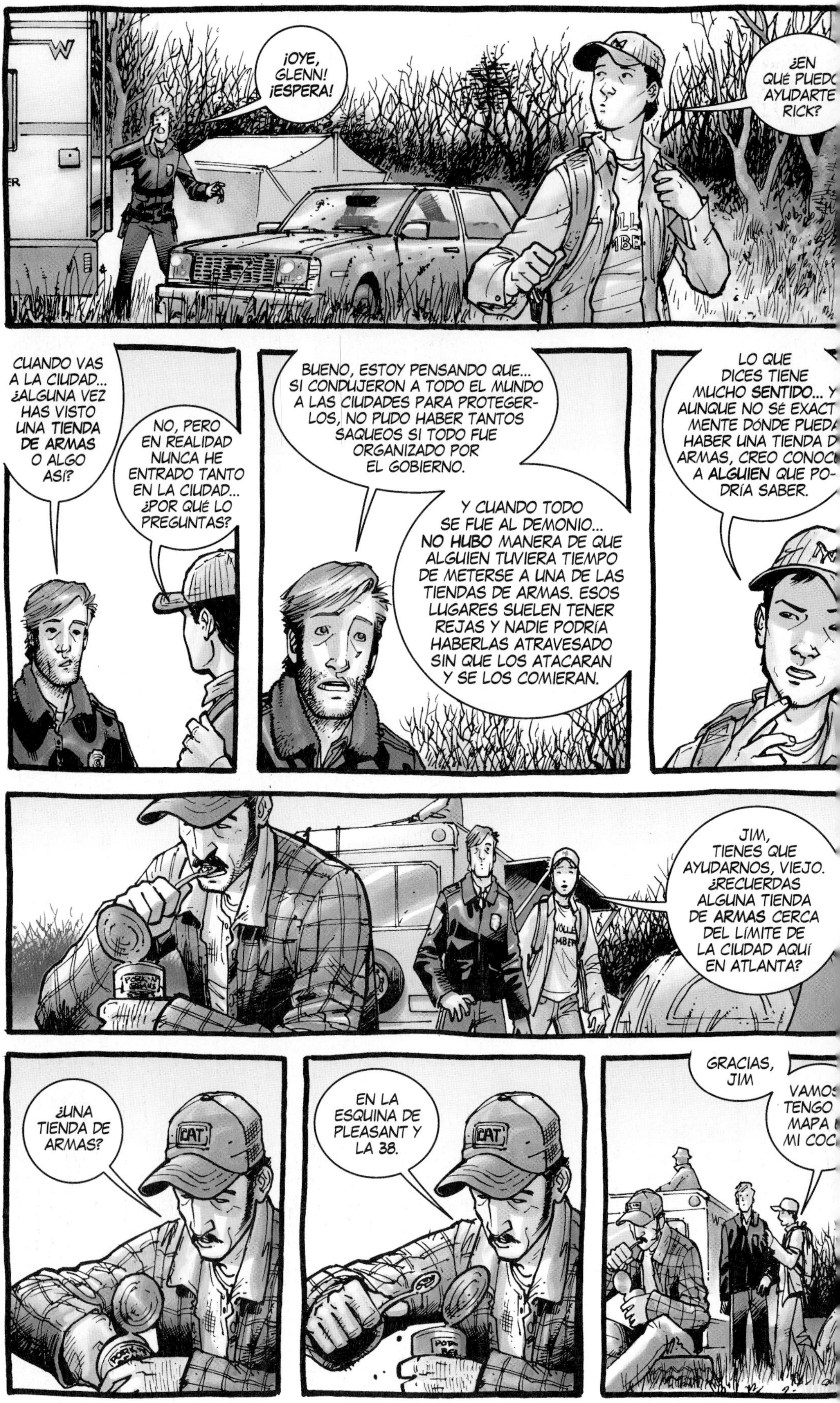
¡OYE, GLENN! ¡ESPERA!
¿EN QUÉ PUED AYUDARTE RICK?
CUANDO VAS A LA CIUDAD... ¿ALGUNA VEZ HAS VISTO UNA **TIENDA DE ARMAS** O ALGO ASÍ?
NO, PERO EN REALIDAD NUNCA HE ENTRADO TANTO EN LA CIUDAD... ¿POR QUÉ LO PREGUNTAS?
BUENO, ESTOY PENSANDO QUE... SI CONDUJERON A TODO EL MUNDO A LAS CIUDADES PARA PROTEGERLOS, NO PUDO HABER TANTOS SAQUEOS SI TODO FUE ORGANIZADO POR EL GOBIERNO.
Y CUANDO TODO SE FUE AL DEMONIO... **NO HUBO** MANERA DE QUE ALGUIEN TUVIERA TIEMPO DE METERSE A UNA DE LAS TIENDAS DE ARMAS. ESOS LUGARES SUELEN TENER REJAS Y NADIE PODRÍA HABERLAS ATRAVESADO SIN QUE LOS ATACARAN Y SE LOS COMIERAN.
LO QUE DICES TIENE MUCHO **SENTIDO...** Y AUNQUE NO SÉ EXACT MENTE DÓNDE PUED HABER UNA TIENDA D ARMAS, CREO CONOC A **ALGUIEN** QUE PODRÍA SABER.
JIM, TIENES QUE AYUDARNOS, VIEJO. ¿RECUERDAS ALGUNA TIENDA DE **ARMAS** CERCA DEL LÍMITE DE LA CIUDAD AQUÍ EN ATLANTA?
¿UNA TIENDA DE ARMAS?
EN LA ESQUINA DE PLEASANT Y LA 38.
GRACIAS, JIM
VAMOS TENGO MAPA MI COC

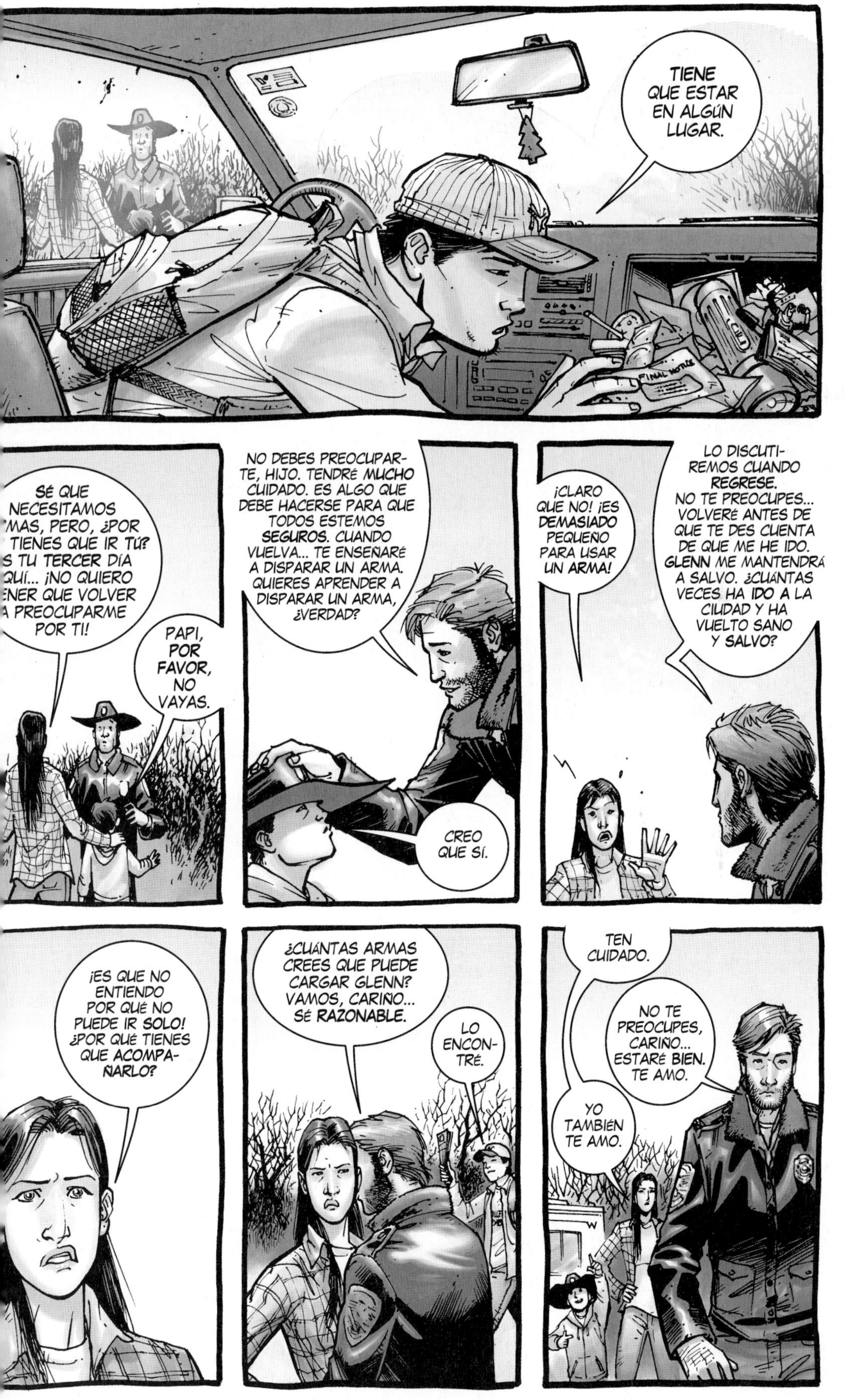
TIENE QUE ESTAR EN ALGÚN LUGAR.
SÉ QUE NECESITAMOS MAS, PERO, ¿POR TIENES QUE IR TÚ? S TU TERCER DÍA QUÍ... ¡NO QUIERO ENER QUE VOLVER A PREOCUPARME POR TI!
PAPI, POR FAVOR, NO VAYAS.
NO DEBES PREOCUPARTE, HIJO. TENDRÉ MUCHO CUIDADO. ES ALGO QUE DEBE HACERSE PARA QUE TODOS ESTEMOS SEGUROS. CUANDO VUELVA... TE ENSEÑARÉ A DISPARAR UN ARMA. QUIERES APRENDER A DISPARAR UN ARMA, ¿VERDAD?
CREO QUE SÍ.
¡CLARO QUE NO! ¡ES DEMASIADO PEQUEÑO PARA USAR UN ARMA!
LO DISCUTIREMOS CUANDO REGRESE. NO TE PREOCUPES... VOLVERÉ ANTES DE QUE TE DES CUENTA DE QUE ME HE IDO. GLENN ME MANTENDRÁ A SALVO. ¿CUÁNTAS VECES HA IDO A LA CIUDAD Y HA VUELTO SANO Y SALVO?
¡ES QUE NO ENTIENDO POR QUÉ NO PUEDE IR SOLO! ¿POR QUÉ TIENES QUE ACOMPAÑARLO?
¿CUÁNTAS ARMAS CREES QUE PUEDE CARGAR GLENN? VAMOS, CARIÑO... SÉ RAZONABLE.
LO ENCONTRÉ.
TEN CUIDADO.
NO TE PREOCUPES, CARIÑO... ESTARÉ BIEN. TE AMO.
YO TAMBIÉN TE AMO.

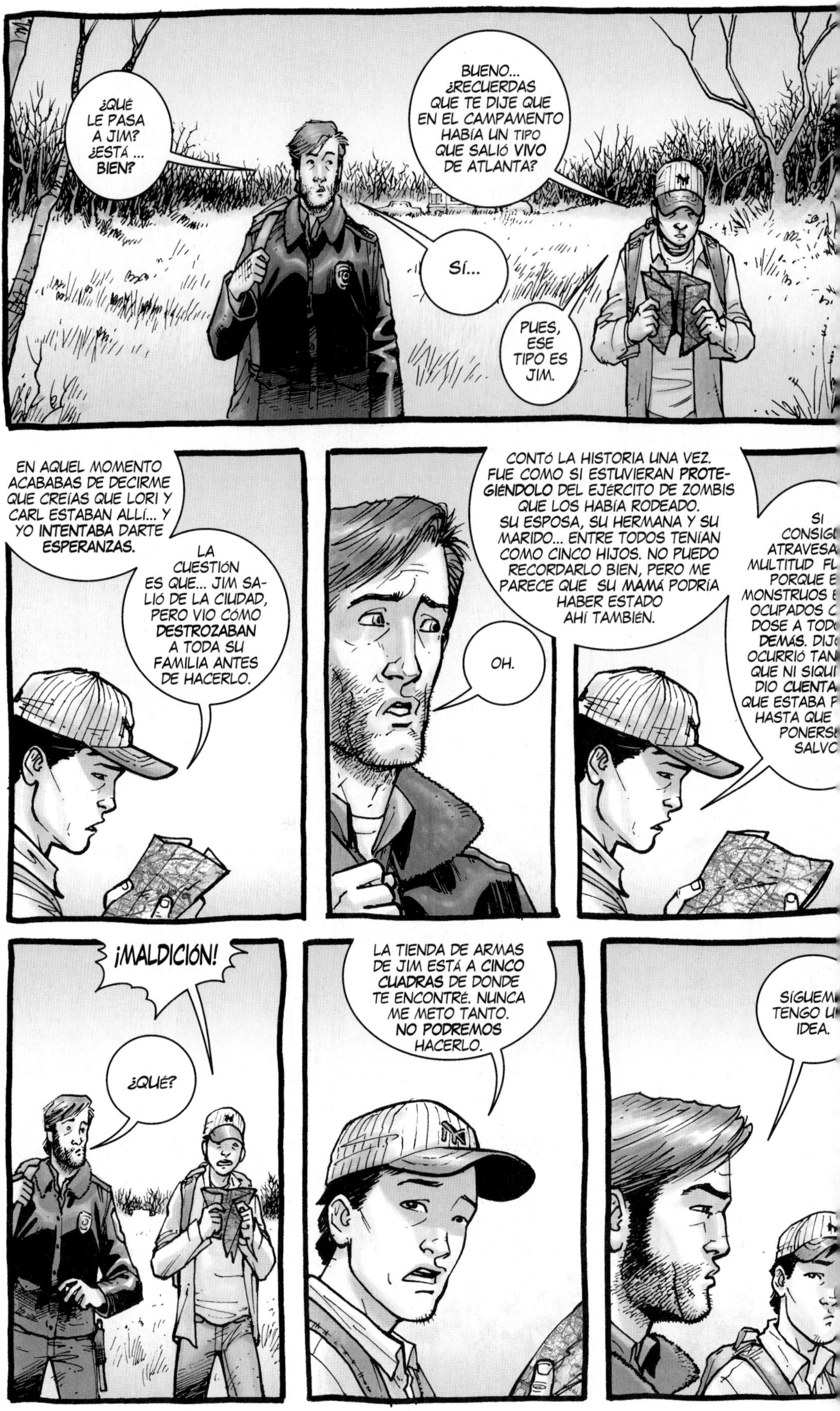
¿QUÉ LE PASA A JIM? ¿ESTÁ ... BIEN?
BUENO... ¿RECUERDAS QUE TE DIJE QUE EN EL CAMPAMENTO HABÍA UN TIPO QUE SALIÓ VIVO DE ATLANTA?
SÍ...
PUES, ESE TIPO ES JIM.
EN AQUEL MOMENTO ACABABAS DE DECIRME QUE CREÍAS QUE LORI Y CARL ESTABAN ALLÍ... Y YO INTENTABA DARTE ESPERANZAS.
LA CUESTIÓN ES QUE... JIM SALIÓ DE LA CIUDAD, PERO VIO CÓMO DESTROZABAN A TODA SU FAMILIA ANTES DE HACERLO.
CONTÓ LA HISTORIA UNA VEZ. FUE COMO SI ESTUVIERAN PROTEGIÉNDOLO DEL EJÉRCITO DE ZOMBIS QUE LOS HABÍA RODEADO. SU ESPOSA, SU HERMANA Y SU MARIDO... ENTRE TODOS TENÍAN COMO CINCO HIJOS. NO PUEDO RECORDARLO BIEN, PERO ME PARECE QUE SU MAMÁ PODRÍA HABER ESTADO AHÍ TAMBIÉN.
OH.
SI CONSIG ATRAVESA MULTITUD FL PORQUE E MONSTRUOS E OCUPADOS C DOSE A TOD DEMÁS. DIJ OCURRIÓ TAN QUE NI SIQU DIO CUENTA QUE ESTABA P HASTA QUE PONERS SALVO
¡MALDICIÓN!
¿QUÉ?
LA TIENDA DE ARMAS DE JIM ESTÁ A CINCO CUADRAS DE DONDE TE ENCONTRÉ. NUNCA ME METO TANTO. NO PODREMOS HACERLO.
SÍGUEM TENGO U IDEA.

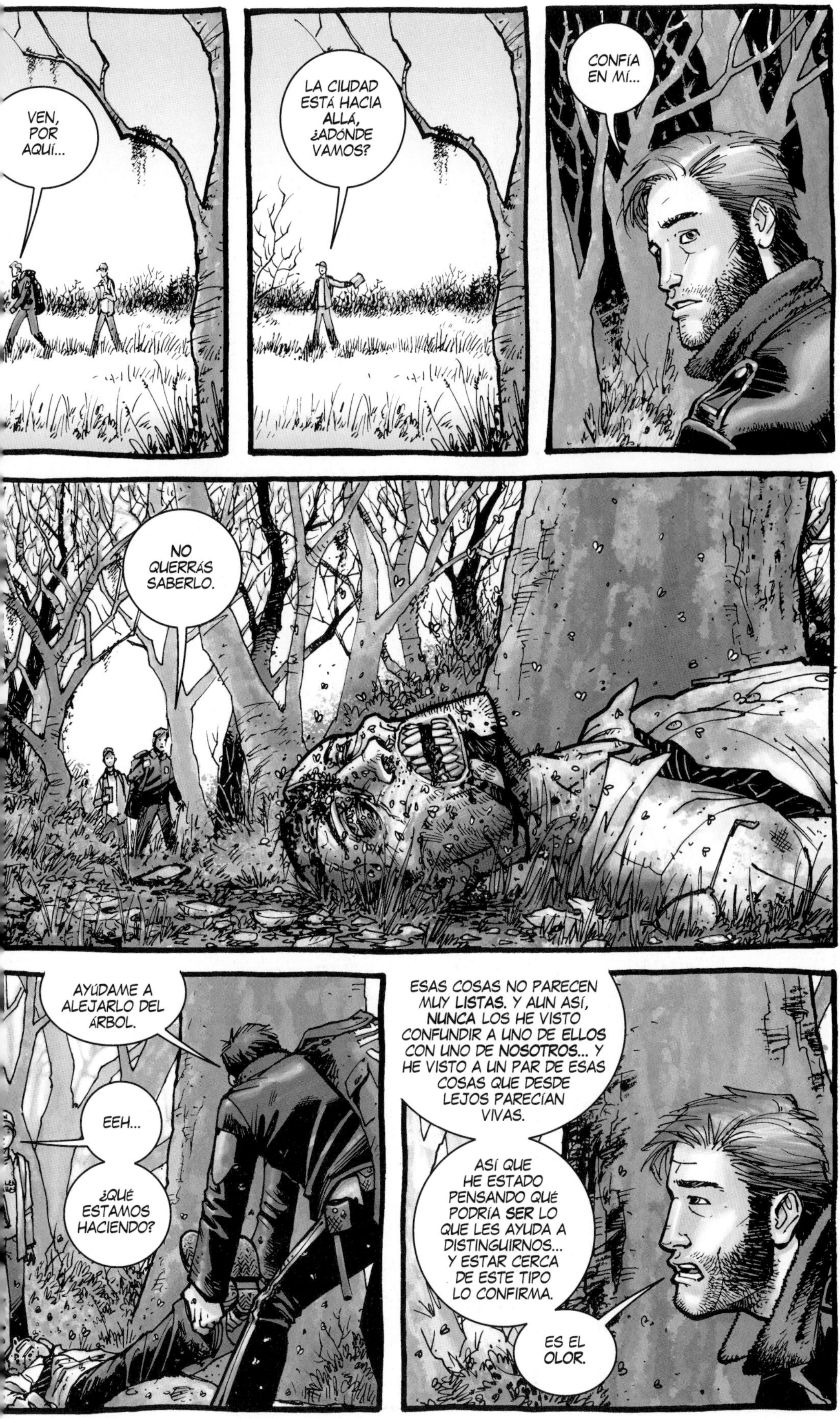
VEN, POR AQUÍ...
LA CIUDAD ESTÁ HACIA ALLÁ, ¿ADÓNDE VAMOS?
CONFÍA EN MÍ...
NO QUERRÁS SABERLO.
AYÚDAME A ALEJARLO DEL ÁRBOL.
EEH...
¿QUÉ ESTAMOS HACIENDO?
ESAS COSAS NO PARECEN MUY LISTAS. Y AUN ASÍ, NUNCA LOS HE VISTO CONFUNDIR A UNO DE ELLOS CON UNO DE NOSOTROS... Y HE VISTO A UN PAR DE ESAS COSAS QUE DESDE LEJOS PARECÍAN VIVAS.
ASÍ QUE HE ESTADO PENSANDO QUÉ PODRÍA SER LO QUE LES AYUDA A DISTINGUIRNOS... Y ESTAR CERCA DE ESTE TIPO LO CONFIRMA.
ES EL OLOR.

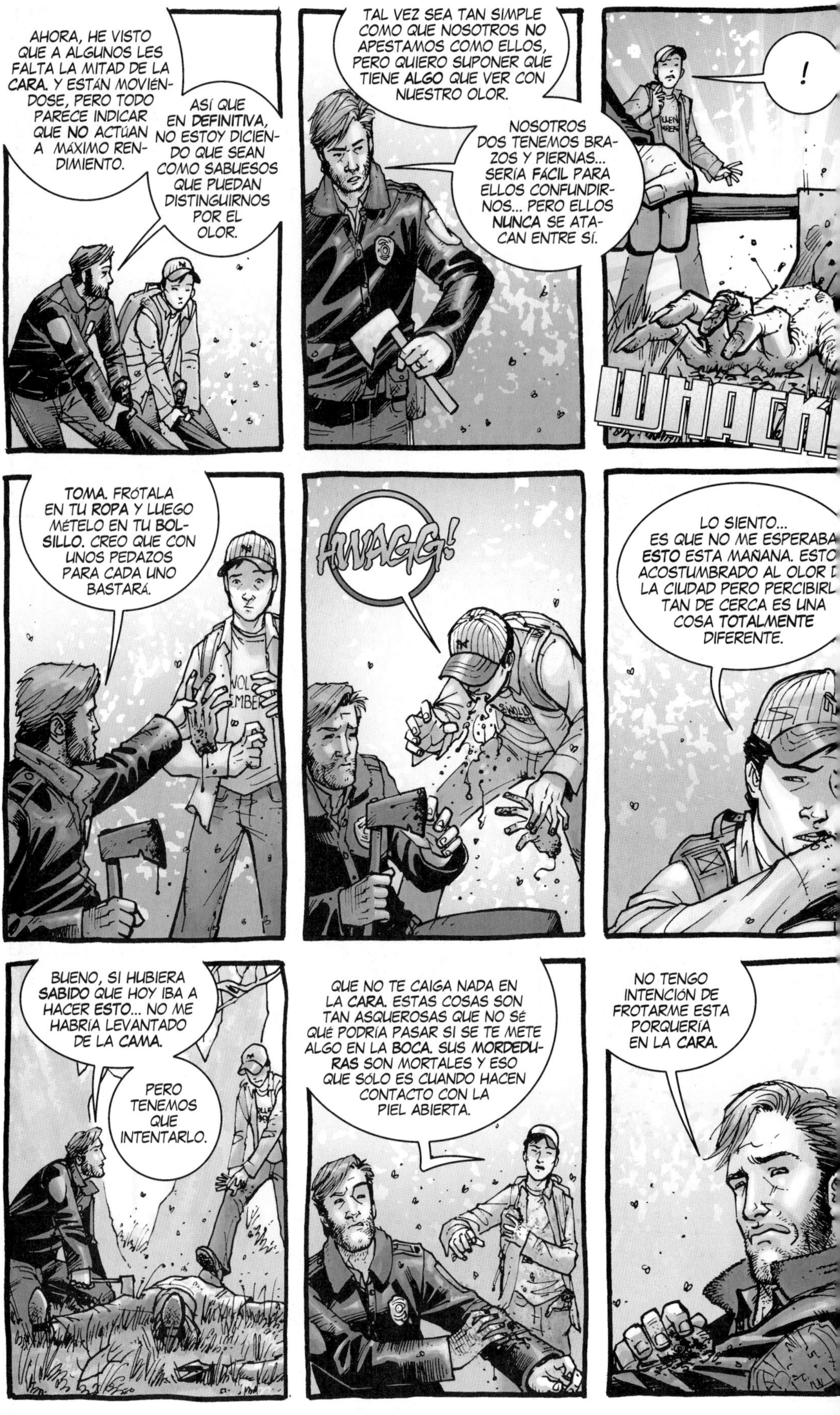
AHORA, HE VISTO QUE A ALGUNOS LES FALTA LA MITAD DE LA CARA. Y ESTÁN MOVIÉNDOSE, PERO TODO PARECE INDICAR QUE NO ACTÚAN A MÁXIMO RENDIMIENTO.
ASÍ QUE EN DEFINITIVA, NO ESTOY DICIENDO QUE SEAN COMO SABUESOS QUE PUEDAN DISTINGUIRNOS POR EL OLOR.
TAL VEZ SEA TAN SIMPLE COMO QUE NOSOTROS NO APESTAMOS COMO ELLOS, PERO QUIERO SUPONER QUE TIENE ALGO QUE VER CON NUESTRO OLOR.
NOSOTROS DOS TENEMOS BRAZOS Y PIERNAS... SERÍA FÁCIL PARA ELLOS CONFUNDIRNOS... PERO ELLOS NUNCA SE ATACAN ENTRE SÍ.
!
WHACK
TOMA. FRÓTALA EN TU ROPA Y LUEGO MÉTELO EN TU BOLSILLO. CREO QUE CON UNOS PEDAZOS PARA CADA UNO BASTARÁ.
HWAGG!
LO SIENTO... ES QUE NO ME ESPERABA ESTO ESTA MAÑANA. ESTO ACOSTUMBRADO AL OLOR D LA CIUDAD PERO PERCIBIRL TAN DE CERCA ES UNA COSA TOTALMENTE DIFERENTE.
BUENO, SI HUBIERA SABIDO QUE HOY IBA A HACER ESTO... NO ME HABRÍA LEVANTADO DE LA CAMA.
PERO TENEMOS QUE INTENTARLO.
QUE NO TE CAIGA NADA EN LA CARA. ESTAS COSAS SON TAN ASQUEROSAS QUE NO SÉ QUÉ PODRÍA PASAR SI SE TE METE ALGO EN LA BOCA. SUS MORDEDURAS SON MORTALES Y ESO QUE SÓLO ES CUANDO HACEN CONTACTO CON LA PIEL ABIERTA.
NO TENGO INTENCIÓN DE FROTARME ESTA PORQUERÍA EN LA CARA.

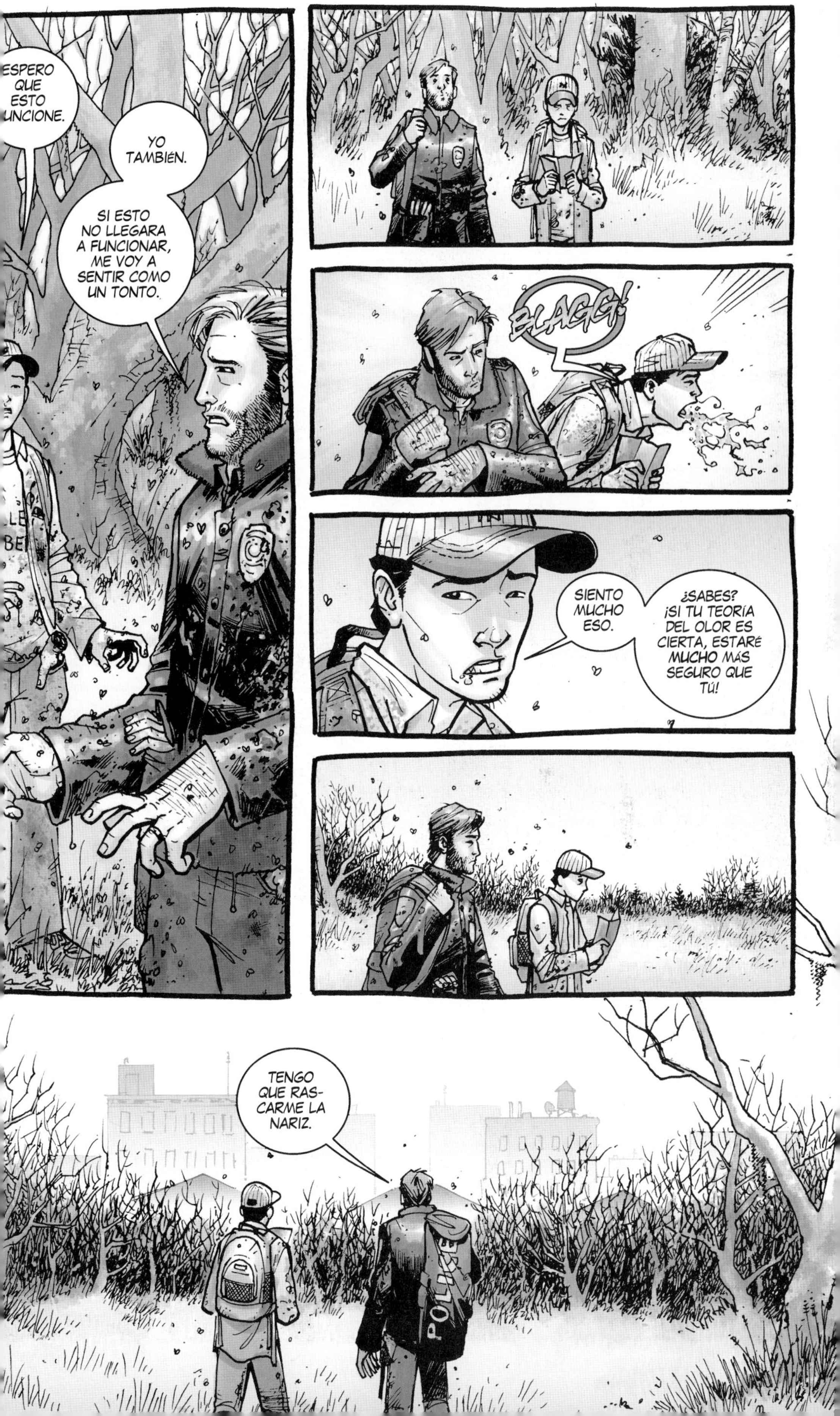

ESPERO QUE ESTO FUNCIONE.
YO TAMBIÉN.
SI ESTO NO LLEGARA A FUNCIONAR, ME VOY A SENTIR COMO UN TONTO.
BLAGG!
SIENTO MUCHO ESO.
¿SABES? ¡SI TU TEORÍA DEL OLOR ES CIERTA, ESTARÉ MUCHO MÁS SEGURO QUE TÚ!
TENGO QUE RAS-CARME LA NARIZ.

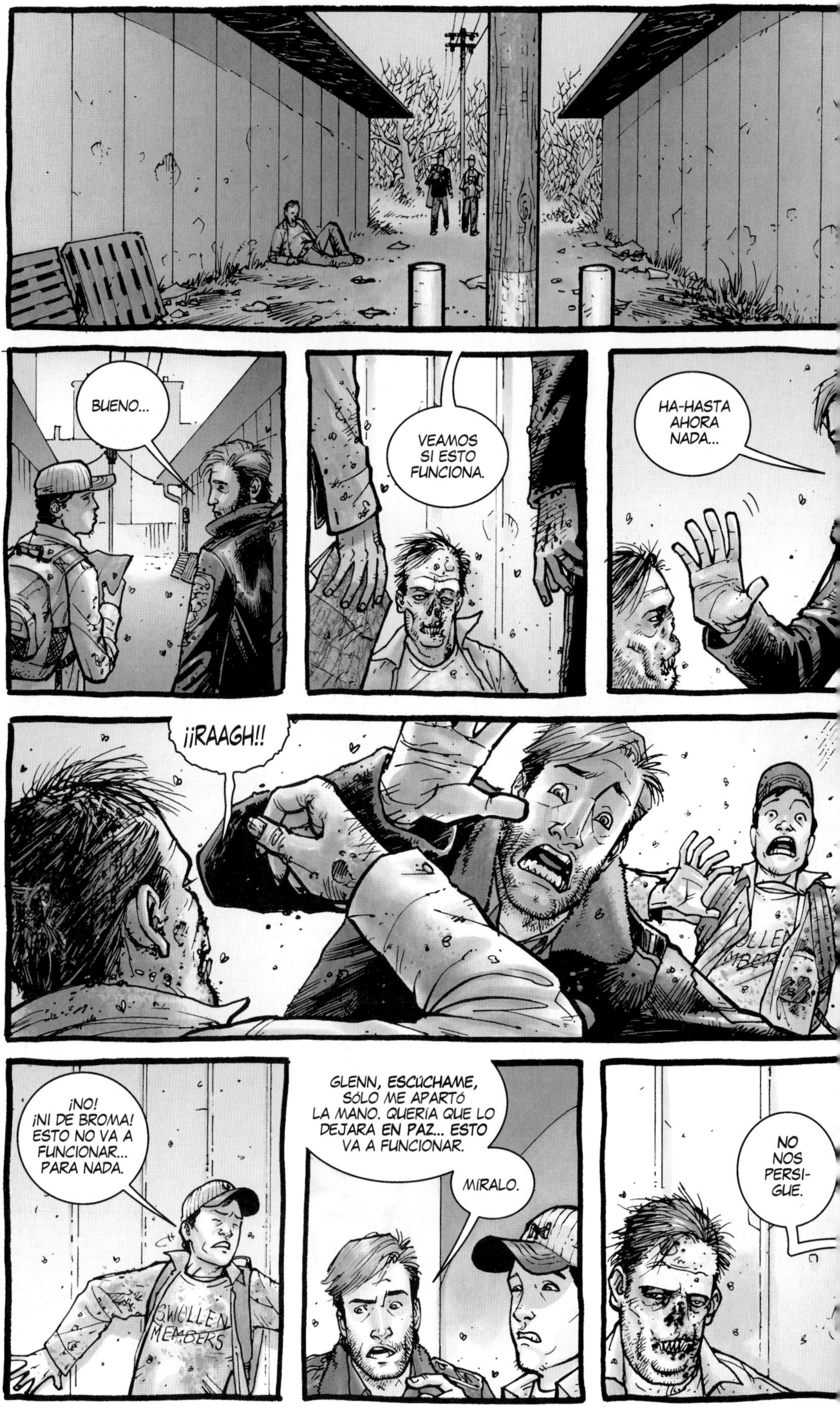
BUENO...
VEAMOS SI ESTO FUNCIONA.
HA-HASTA AHORA NADA...
¡¡RAAGH!!
¡NO! ¡NI DE BROMA! ESTO NO VA A FUNCIONAR... PARA NADA.
GLENN, ESCÚCHAME, SÓLO ME APARTÓ LA MANO. QUERÍA QUE LO DEJARA EN PAZ... ESTO VA A FUNCIONAR.
MÍRALO.
NO NOS PERSI-GUE.
SWOLLEN MEMBERS

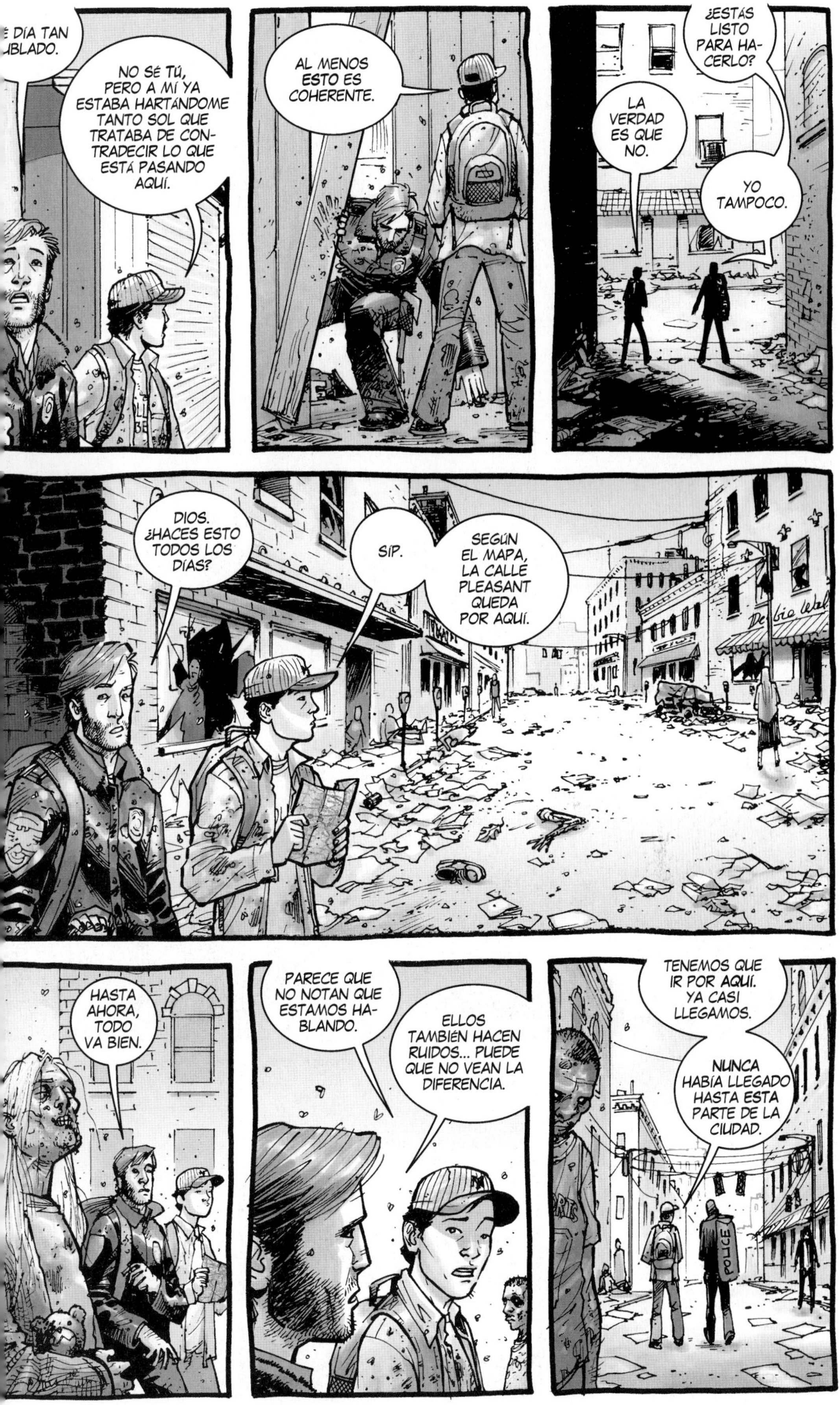

...É DÍA TAN ...UBLADO.
NO SÉ TÚ, PERO A MÍ YA ESTABA HARTÁNDOME TANTO SOL QUE TRATABA DE CONTRADECIR LO QUE ESTÁ PASANDO AQUÍ.
AL MENOS ESTO ES COHERENTE.
¿ESTÁS LISTO PARA HACERLO?
LA VERDAD ES QUE NO.
YO TAMPOCO.
DIOS. ¿HACES ESTO TODOS LOS DÍAS?
SÍP.
SEGÚN EL MAPA, LA CALLE PLEASANT QUEDA POR AQUÍ.
HASTA AHORA, TODO VA BIEN.
PARECE QUE NO NOTAN QUE ESTAMOS HABLANDO.
ELLOS TAMBIÉN HACEN RUIDOS... PUEDE QUE NO VEAN LA DIFERENCIA.
TENEMOS QUE IR POR AQUÍ. YA CASI LLEGAMOS.
NUNCA HABÍA LLEGADO HASTA ESTA PARTE DE LA CIUDAD.
POLICE

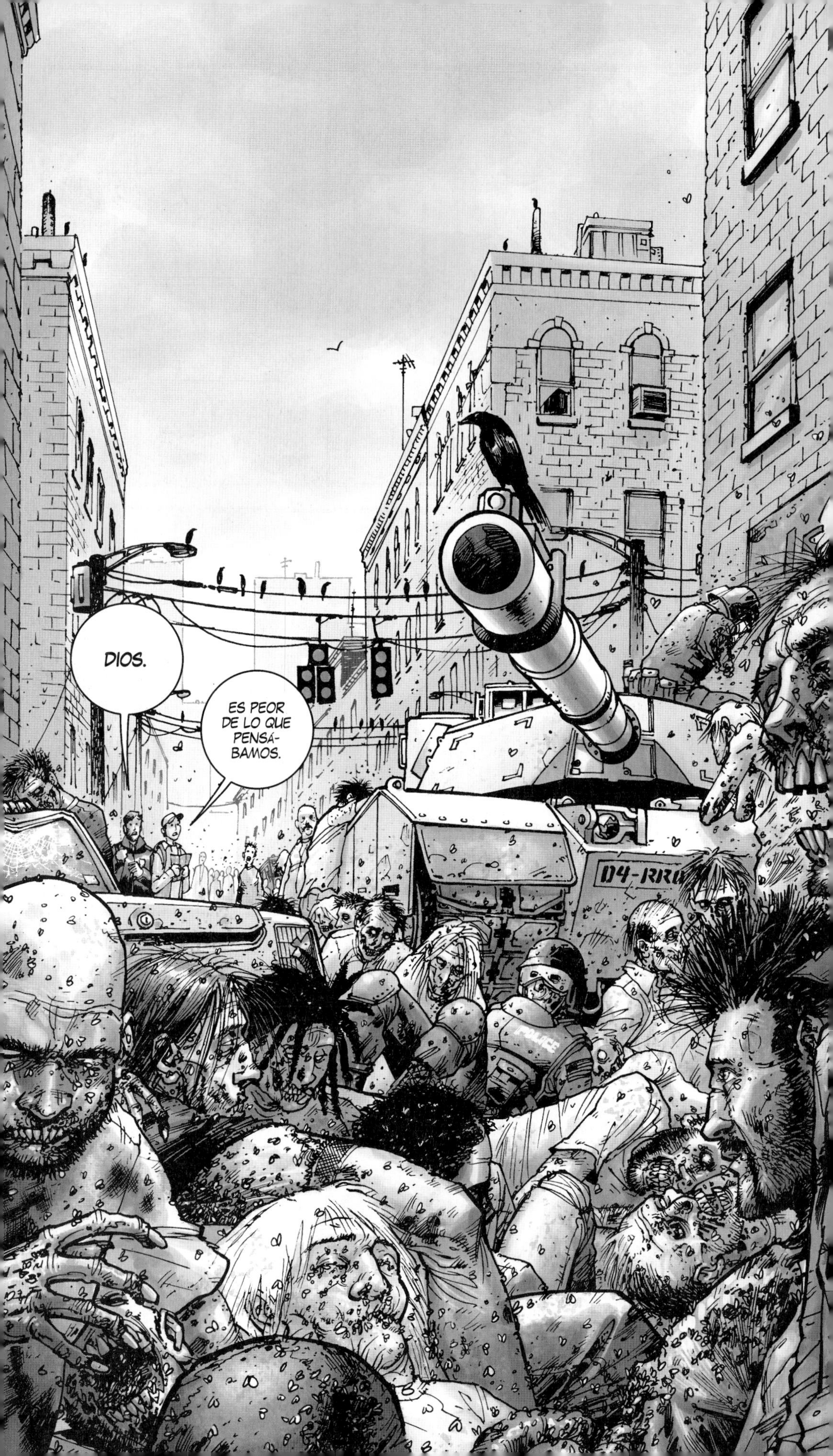
DIOS.
ES PEOR DE LO QUE PENSÁBAMOS.
D4-RRQ

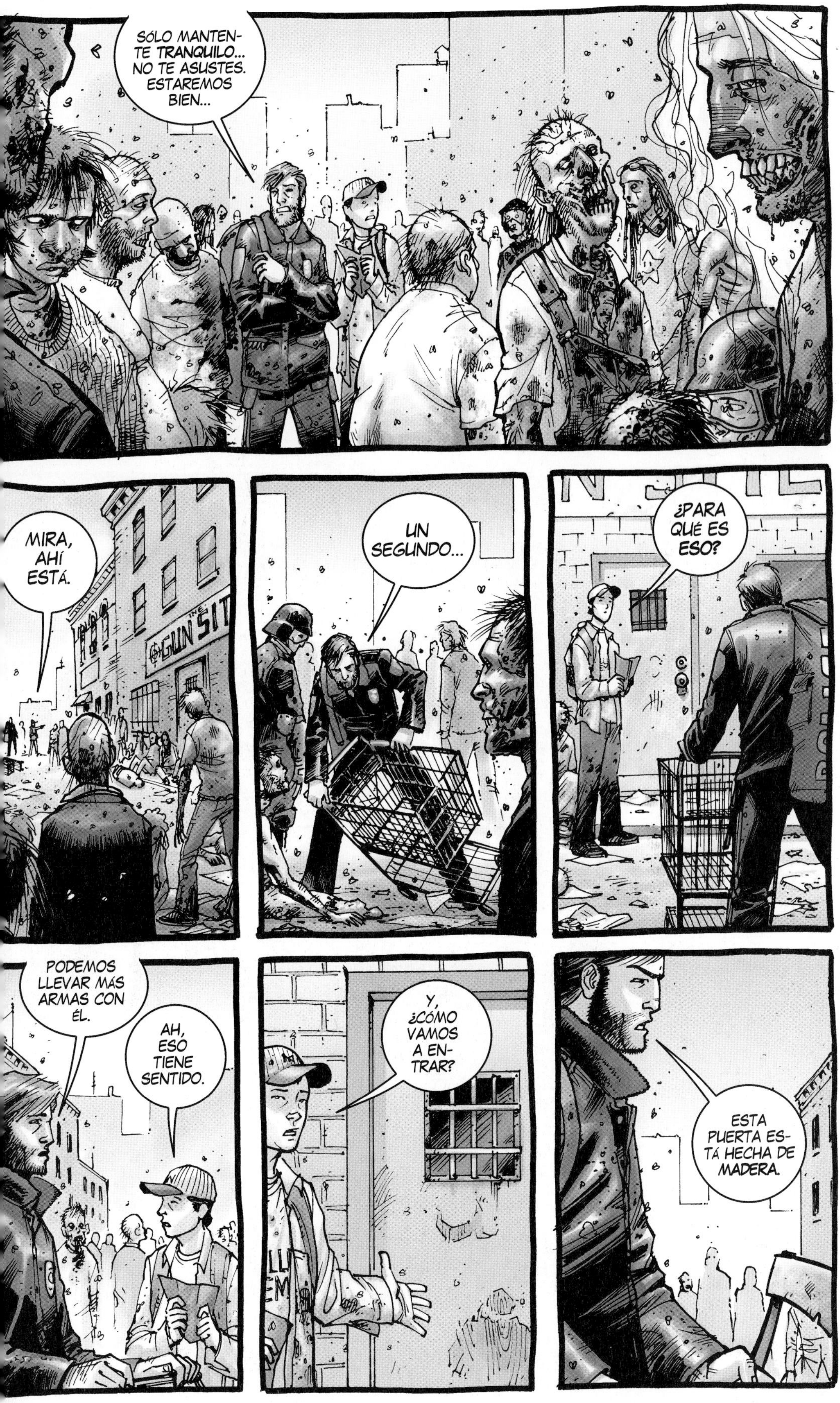
SÓLO MANTENTE TRANQUILO... NO TE ASUSTES. ESTAREMOS BIEN...
MIRA, AHÍ ESTÁ.
GUN SIT
UN SEGUNDO...
¿PARA QUÉ ES ESO?
PODEMOS LLEVAR MÁS ARMAS CON ÉL.
AH, ESO TIENE SENTIDO.
Y, ¿CÓMO VAMOS A ENTRAR?
ESTA PUERTA ESTÁ HECHA DE MADERA.

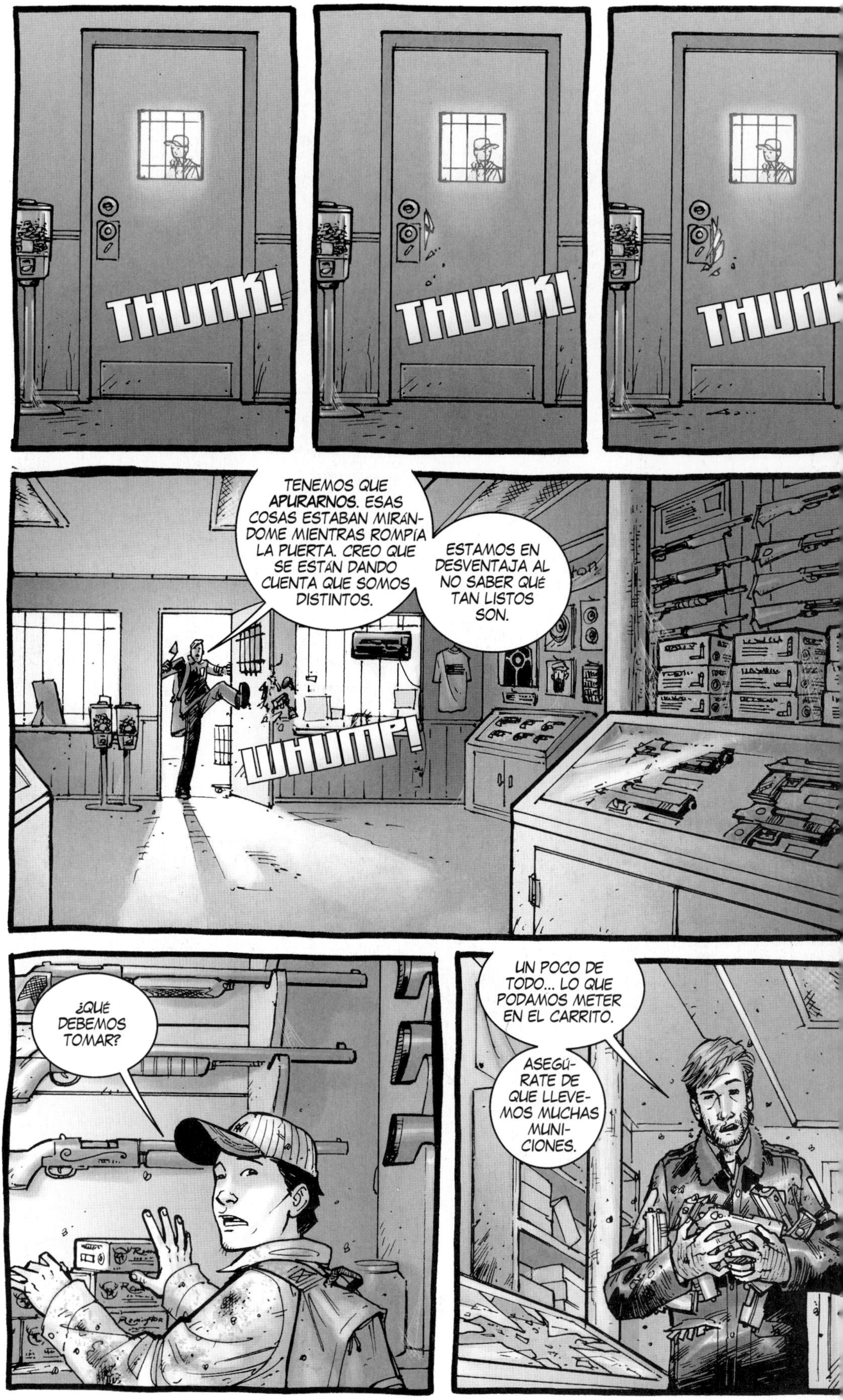
THUNK!
THUNK!
THUN
TENEMOS QUE APURARNOS. ESAS COSAS ESTABAN MIRÁNDOME MIENTRAS ROMPÍA LA PUERTA. CREO QUE SE ESTÁN DANDO CUENTA QUE SOMOS DISTINTOS.
ESTAMOS EN DESVENTAJA AL NO SABER QUÉ TAN LISTOS SON.
WHUMP!
¿QUÉ DEBEMOS TOMAR?
UN POCO DE TODO... LO QUE PODAMOS METER EN EL CARRITO.
ASEGÚRATE DE QUE LLEVEMOS MUCHAS MUNICIONES.

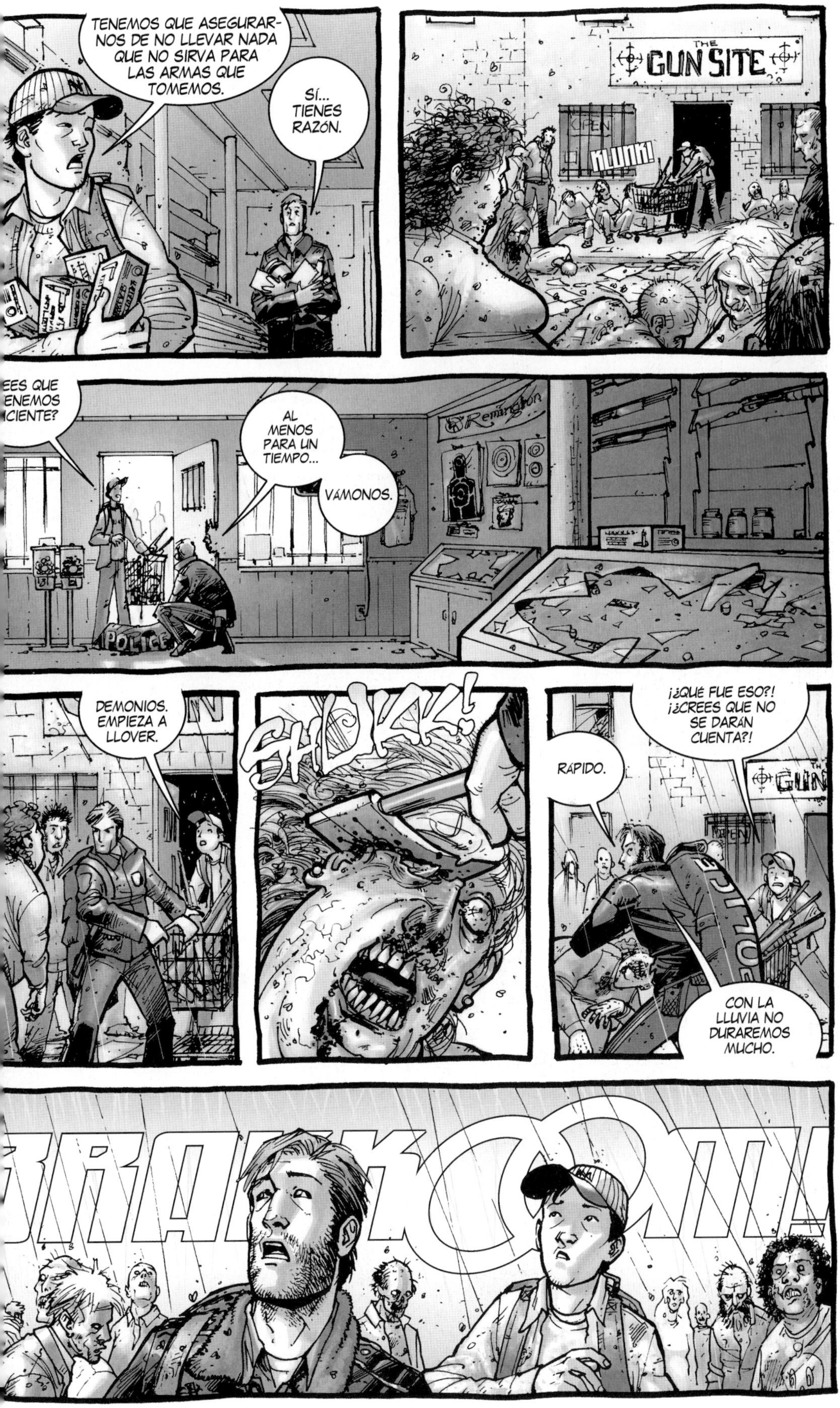
TENEMOS QUE ASEGURARNOS DE NO LLEVAR NADA QUE NO SIRVA PARA LAS ARMAS QUE TOMEMOS.
SÍ... TIENES RAZÓN.
THE GUN SITE
OPEN
KLUNK!
EES QUE ENEMOS CIENTE?
AL MENOS PARA UN TIEMPO...
VÁMONOS.
Remington
POLICE
DEMONIOS. EMPIEZA A LLOVER.
SHLYKK!
¡¿QUÉ FUE ESO?! ¡¿CREES QUE NO SE DARÁN CUENTA?!
RÁPIDO.
CON LA LLUVIA NO DURAREMOS MUCHO.

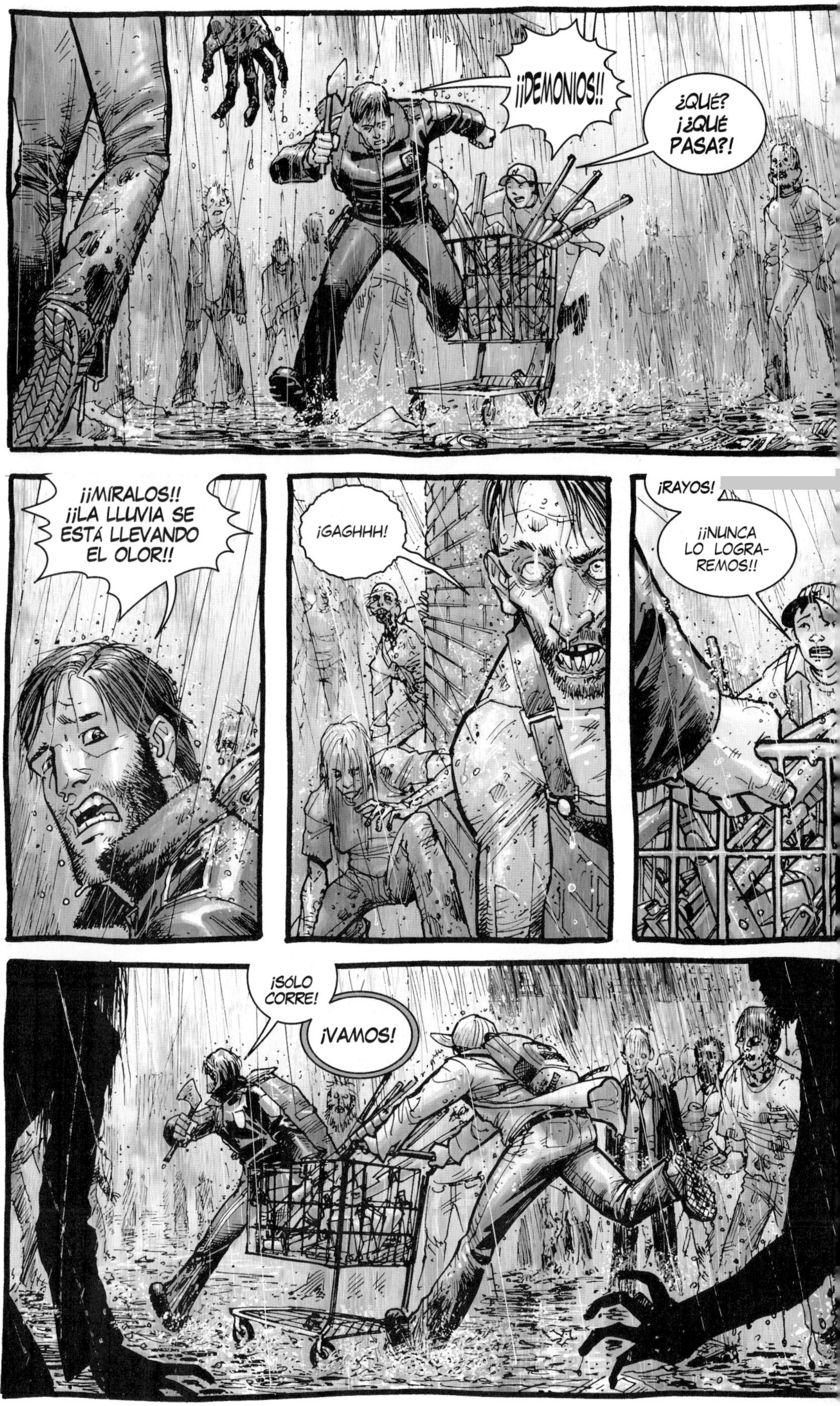

¡¡DEMONIOS!!
¿QUÉ? ¡¿QUÉ PASA?!
¡¡MÍRALOS!! ¡¡LA LLUVIA SE ESTÁ LLEVANDO EL OLOR!!
¡GAGHHH!
¡RAYOS!
¡¡NUNCA LO LOGRA-REMOS!!
¡SÓLO CORRE!
¡VAMOS!

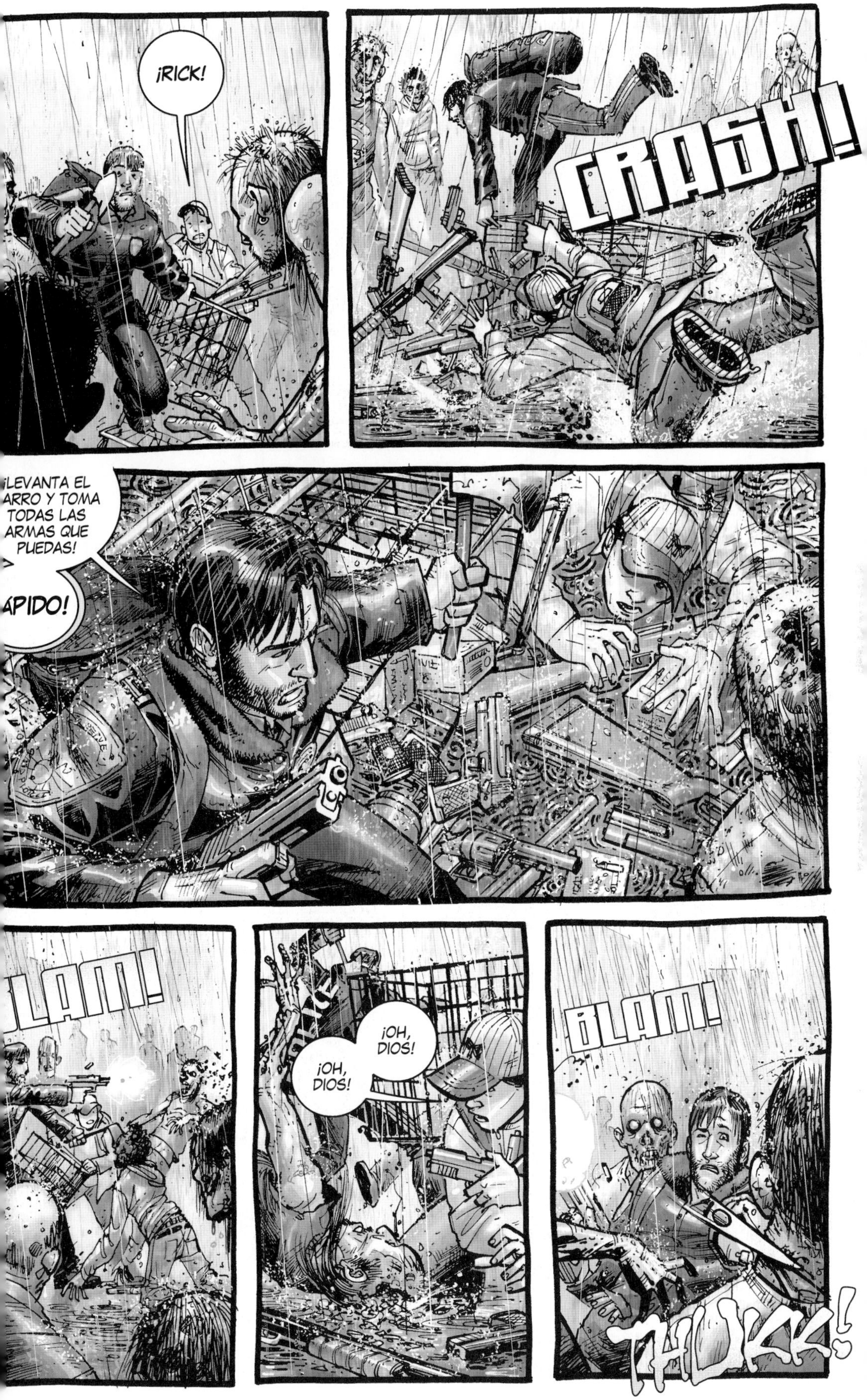

¡RICK!
CRASH!
¡LEVANTA EL
ARRO Y TOMA
TODAS LAS
ARMAS QUE
PUEDAS!
ÁPIDO!
LAM!
¡OH, DIOS!
¡OH, DIOS!
BLAM!
THUKK!

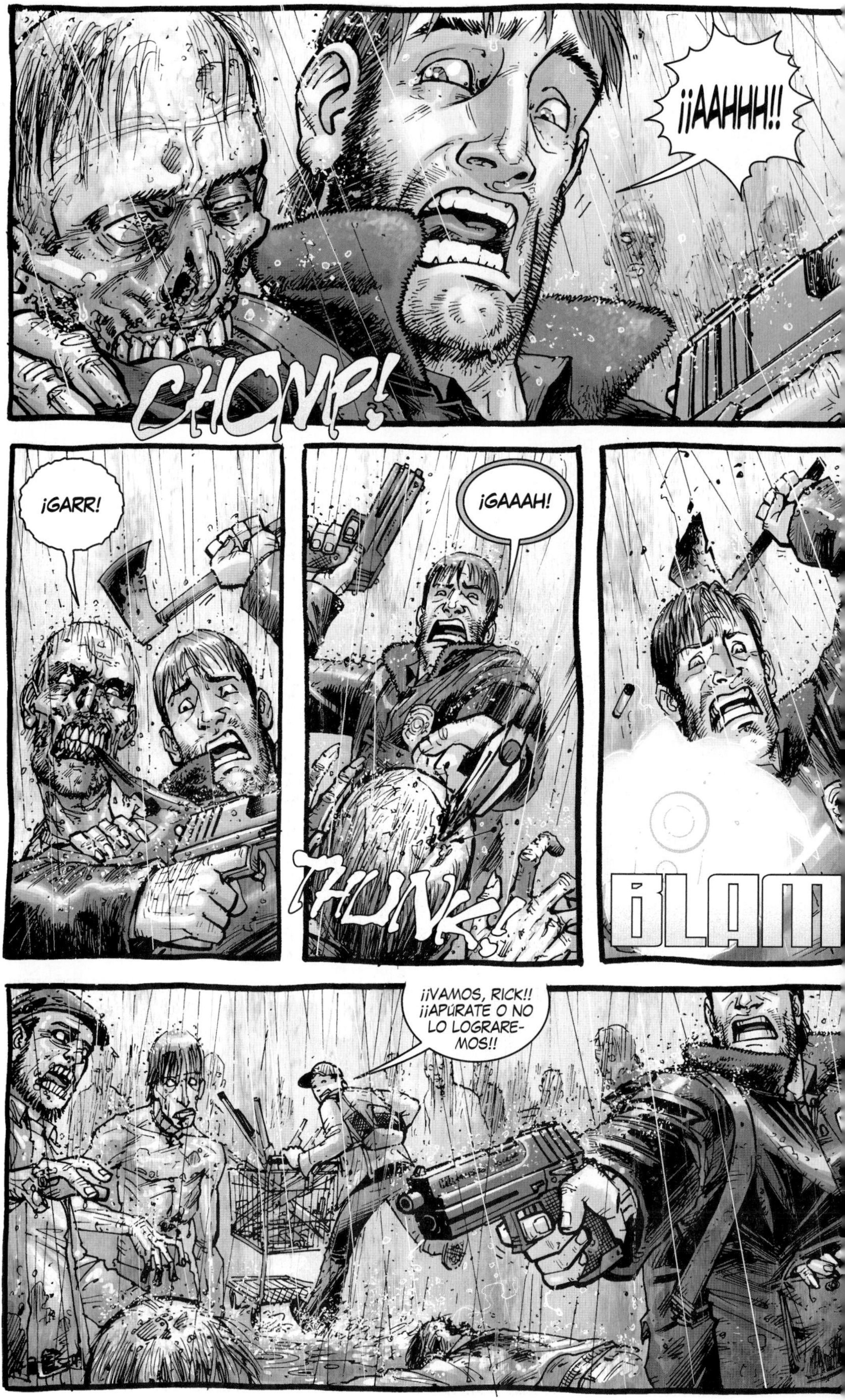
¡¡AAHHH!!
CHOMP!
¡GARR!
¡GAAAH!
THUNK!
BLAM
¡¡VAMOS, RICK!! ¡¡APÚRATE O NO LO LOGRARE-MOS!!

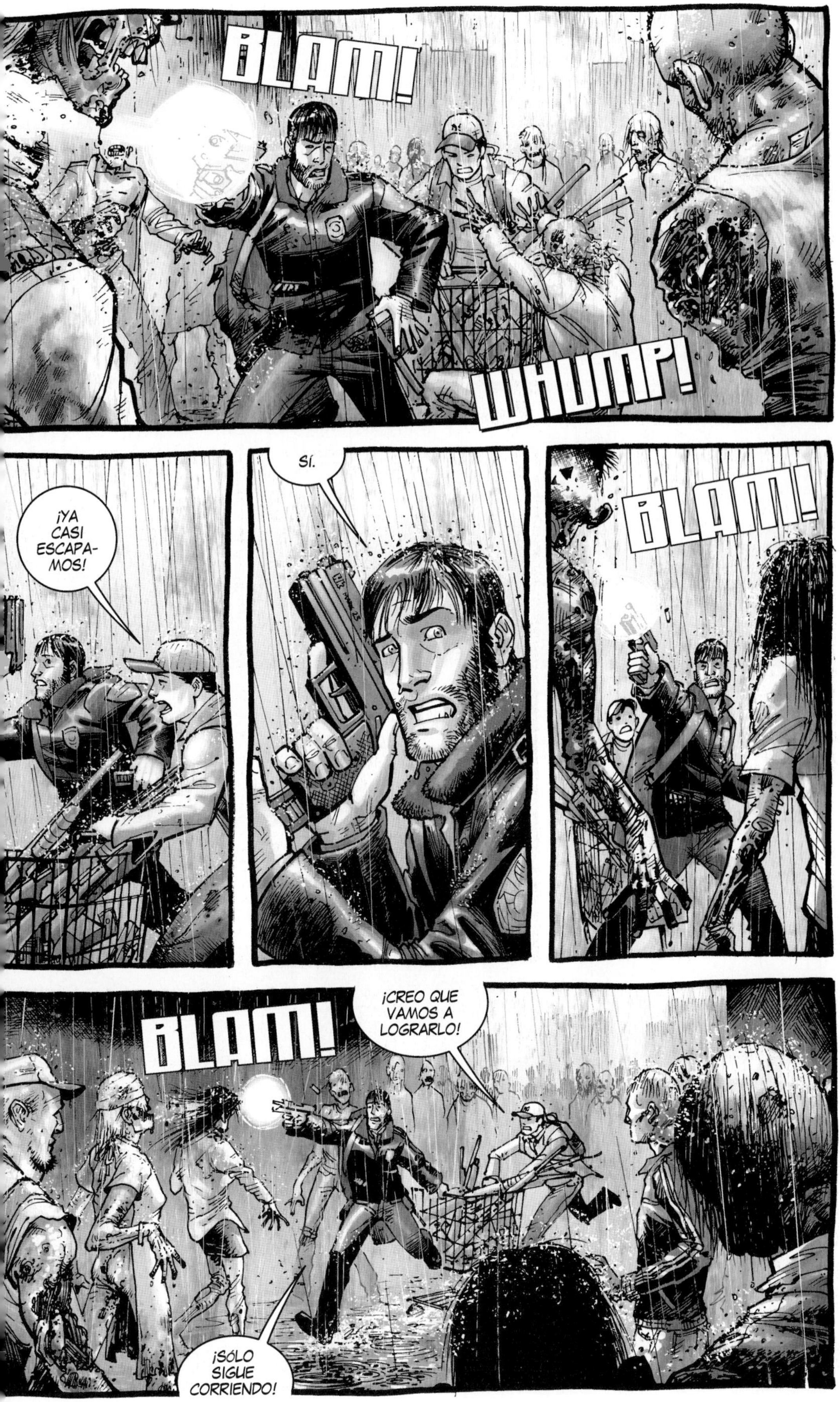
BLAM!
WHUMP!
¡YA CASI ESCAPAMOS!
SÍ.
BLAM!
BLAM!
¡CREO QUE VAMOS A LOGRARLO!
¡SÓLO SIGUE CORRIENDO!

KRAK!

BUENO...

CREO... CREO QUE LOS PERDIMOS... TOMEMOS UN DESCANSO.

¿RICK?

¡¡OH, GRACIAS A DIOS!!

¡OH, DIOS!

¡OH, CIELOS!

¡CREÍ QUE ME HABÍAN MORDIDO!

¿EN SERIO? DEMONIOS... CREO QUE ESTA VEZ DE VERDAD TUVIMOS MUCHA SUERTE.

BUENO... VAMOS A LLEVAR ESTAS ARMAS AL CAMPAMENTO ANTES DE QUE OSCUREZCA.

SÍ...

GLENN.

POR FAVOR, NO L DIGAS A LOR LO QUE CAS OCURRE.

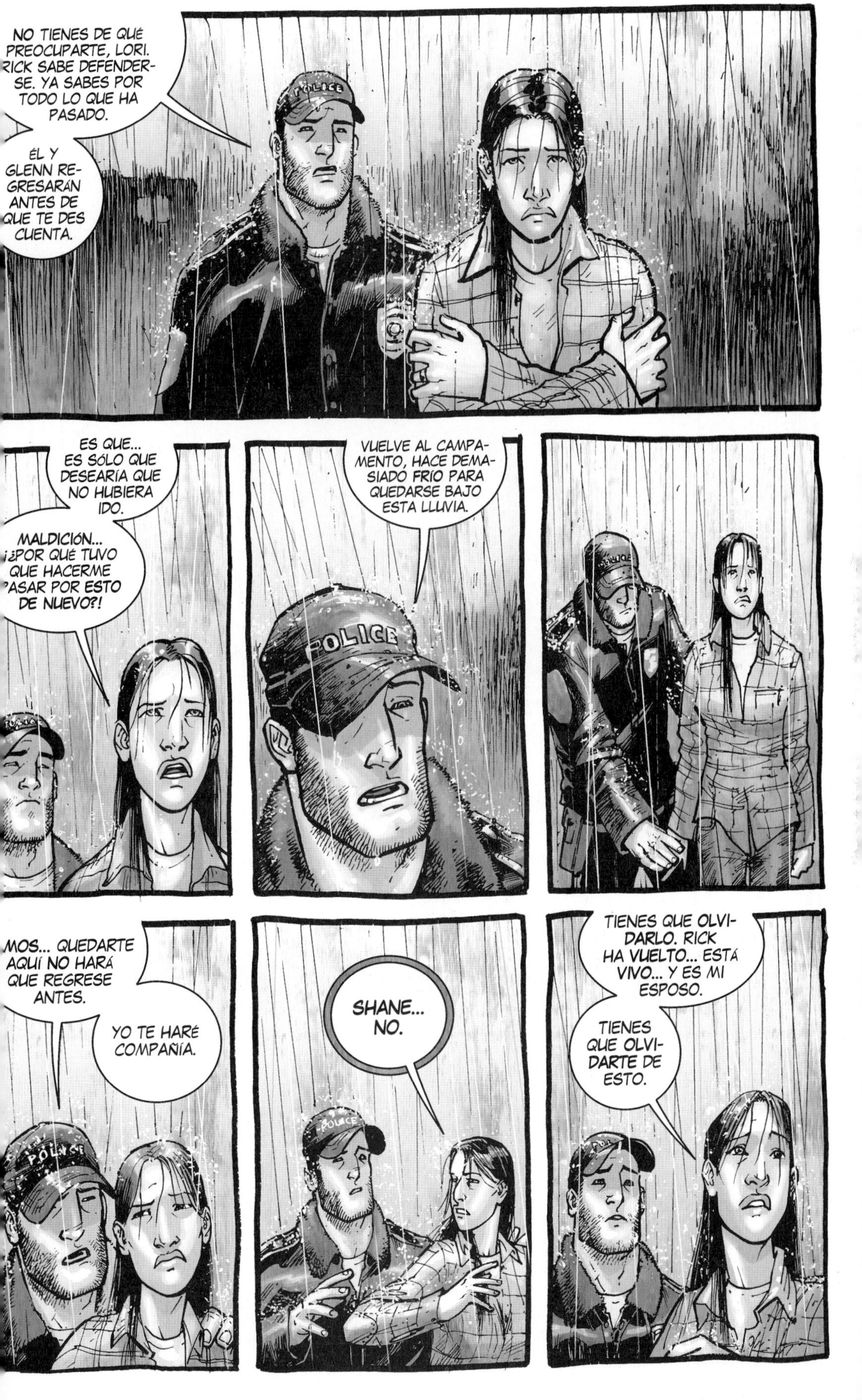
NO TIENES DE QUÉ PREOCUPARTE, LORI. RICK SABE DEFENDERSE. YA SABES POR TODO LO QUE HA PASADO.
ÉL Y GLENN REGRESARÁN ANTES DE QUE TE DES CUENTA.
ES QUE... ES SÓLO QUE DESEARÍA QUE NO HUBIERA IDO.
MALDICIÓN... ¡¿POR QUÉ TUVO QUE HACERME PASAR POR ESTO DE NUEVO?!
VUELVE AL CAMPAMENTO, HACE DEMASIADO FRÍO PARA QUEDARSE BAJO ESTA LLUVIA.
POLICE
MOS... QUEDARTE AQUÍ NO HARÁ QUE REGRESE ANTES.
YO TE HARÉ COMPAÑÍA.
SHANE... NO.
TIENES QUE OLVIDARLO. RICK HA VUELTO... ESTÁ VIVO... Y ES MI ESPOSO.
TIENES QUE OLVIDARTE DE ESTO.

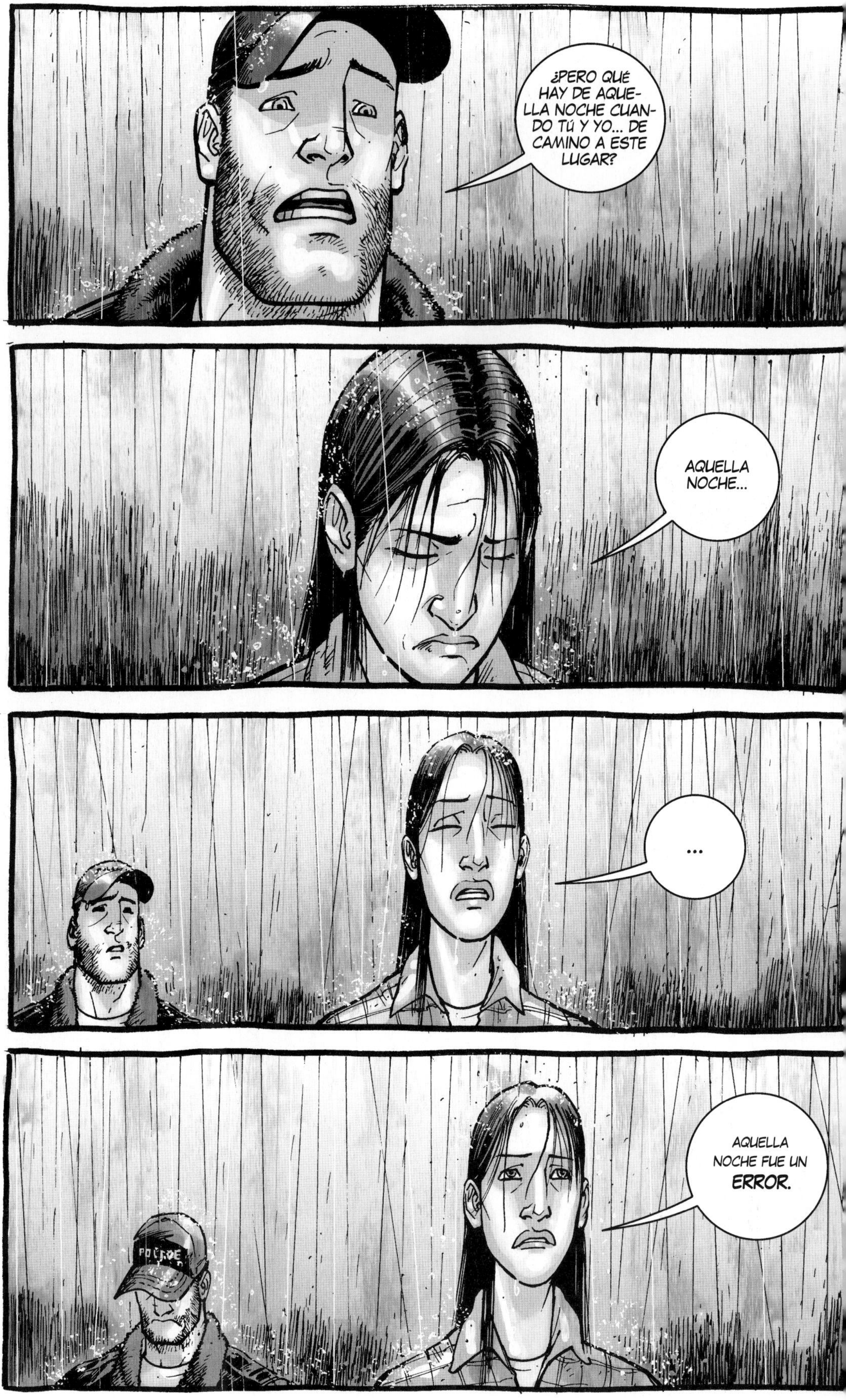
¿PERO QUÉ HAY DE AQUELLA NOCHE CUANDO TÚ Y YO... DE CAMINO A ESTE LUGAR?
AQUELLA NOCHE...
...
AQUELLA NOCHE FUE UN ERROR.

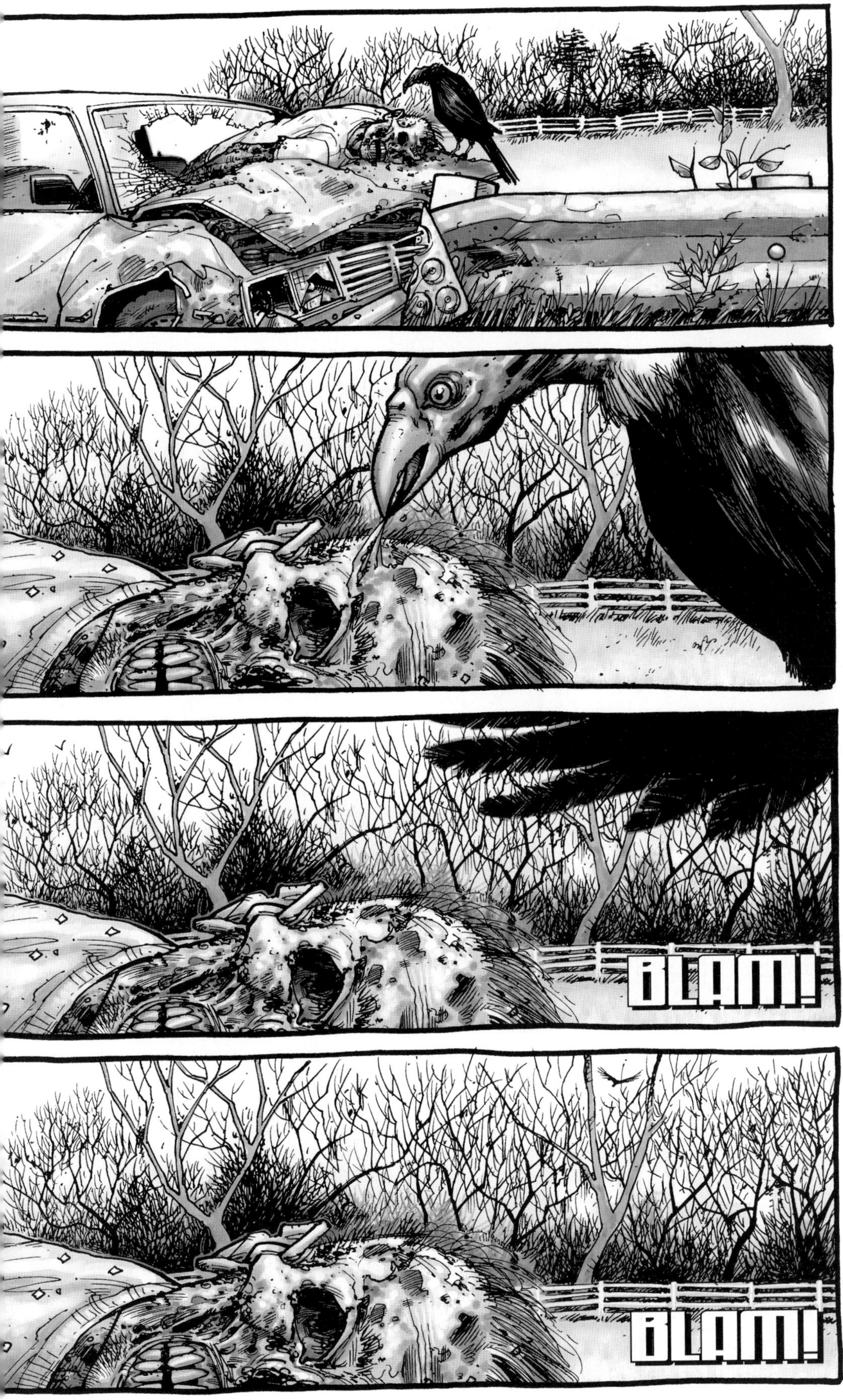
BLAM!
BLAM!

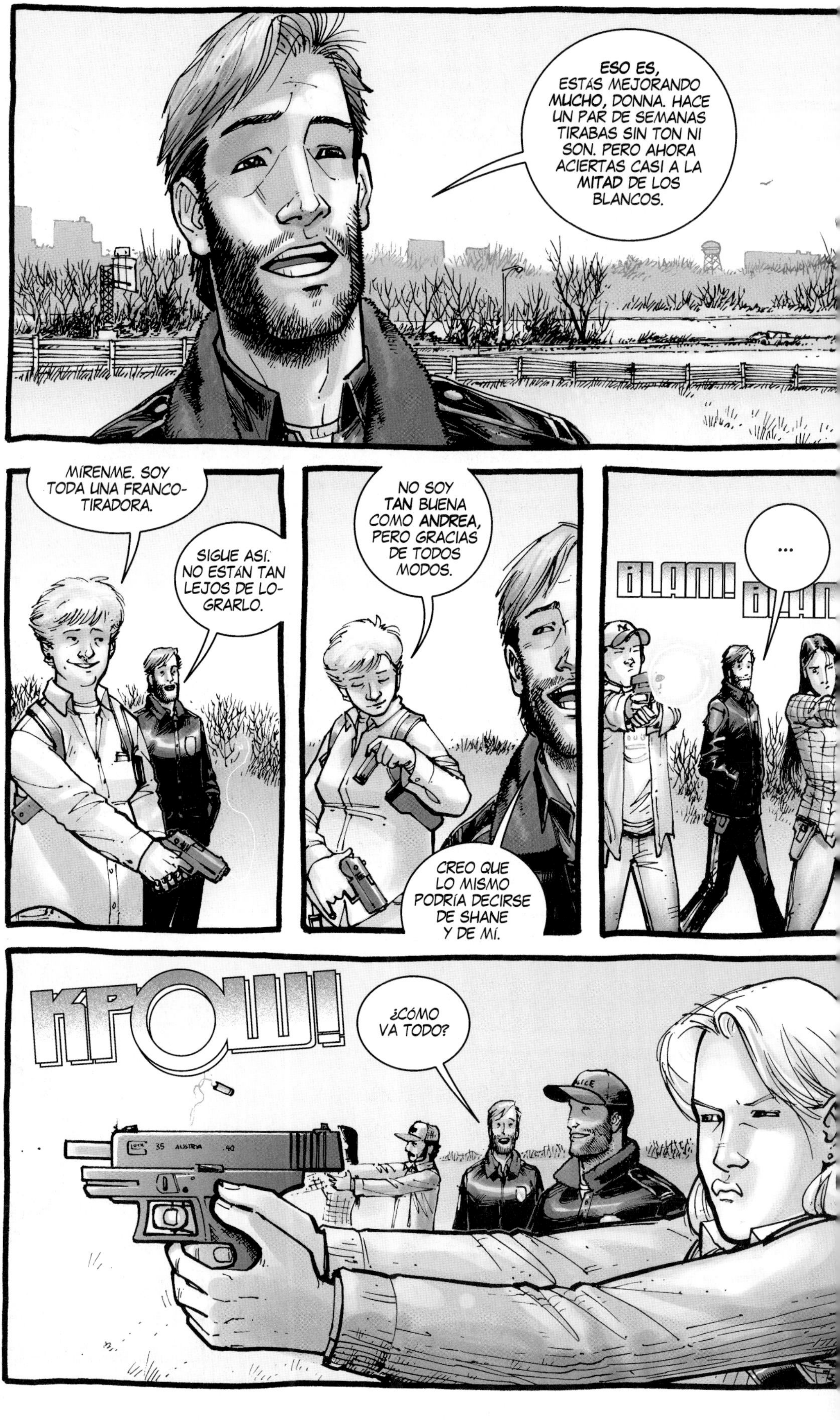
ESO ES, ESTÁS MEJORANDO MUCHO, DONNA. HACE UN PAR DE SEMANAS TIRABAS SIN TON NI SON. PERO AHORA ACIERTAS CASI A LA MITAD DE LOS BLANCOS.
MÍRENME. SOY TODA UNA FRANCO-TIRADORA.
SIGUE ASÍ: NO ESTÁN TAN LEJOS DE LOGRARLO.
NO SOY TAN BUENA COMO ANDREA, PERO GRACIAS DE TODOS MODOS.
CREO QUE LO MISMO PODRÍA DECIRSE DE SHANE Y DE MÍ.
BLAM!
...
KPOW!
¿CÓMO VA TODO?

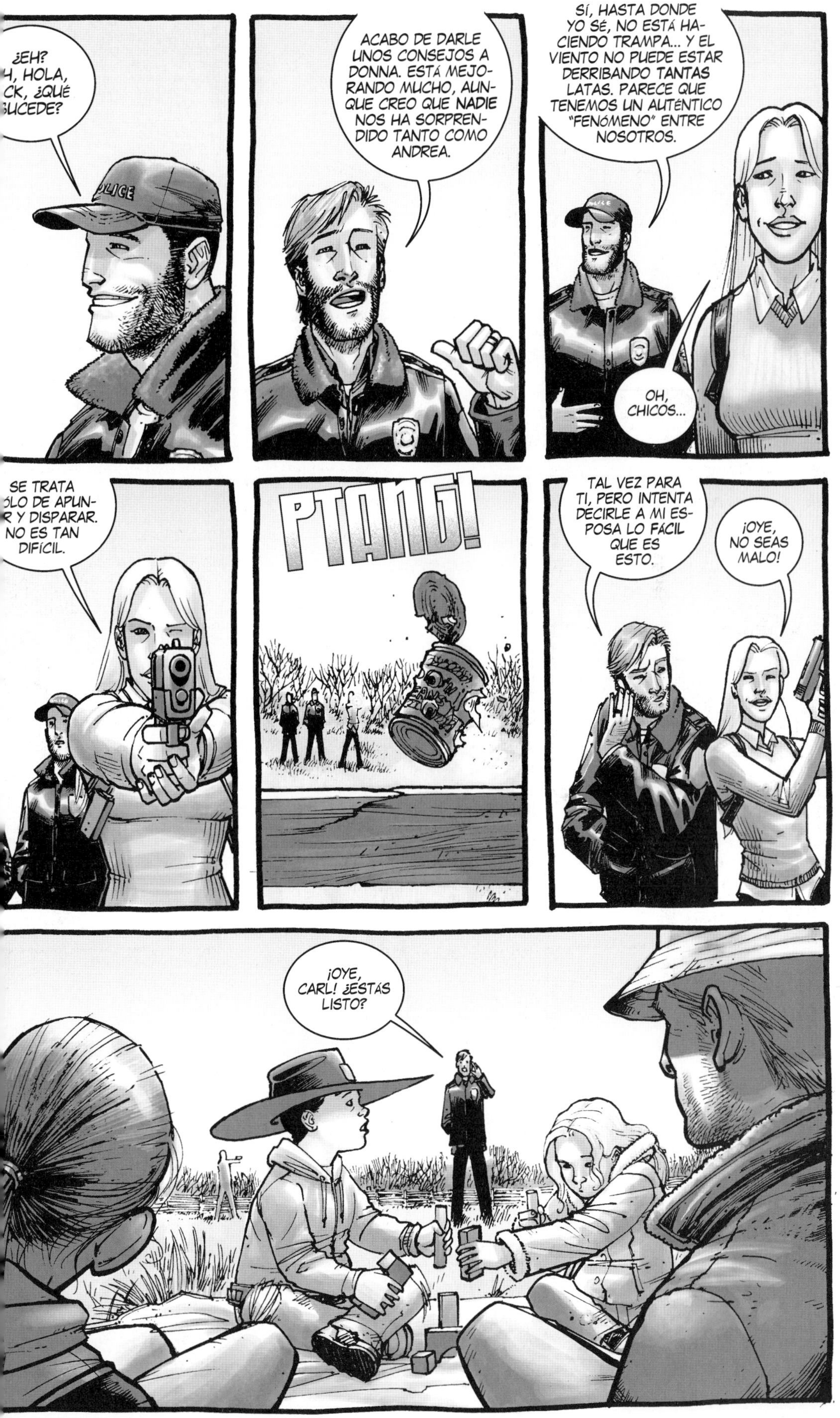
¿EH?
H, HOLA,
CK, ¿QUÉ
SUCEDE?
ACABO DE DARLE UNOS CONSEJOS A DONNA. ESTÁ MEJORANDO MUCHO, AUNQUE CREO QUE NADIE NOS HA SORPRENDIDO TANTO COMO ANDREA.
SÍ, HASTA DONDE YO SÉ, NO ESTÁ HACIENDO TRAMPA... Y EL VIENTO NO PUEDE ESTAR DERRIBANDO TANTAS LATAS. PARECE QUE TENEMOS UN AUTÉNTICO "FENÓMENO" ENTRE NOSOTROS.
OH, CHICOS...
SE TRATA
ÓLO DE APUN-
R Y DISPARAR.
NO ES TAN
DIFÍCIL.
PTANG!
TAL VEZ PARA TI, PERO INTENTA DECIRLE A MI ESPOSA LO FÁCIL QUE ES ESTO.
¡OYE, NO SEAS MALO!
¡OYE, CARL! ¿ESTÁS LISTO?

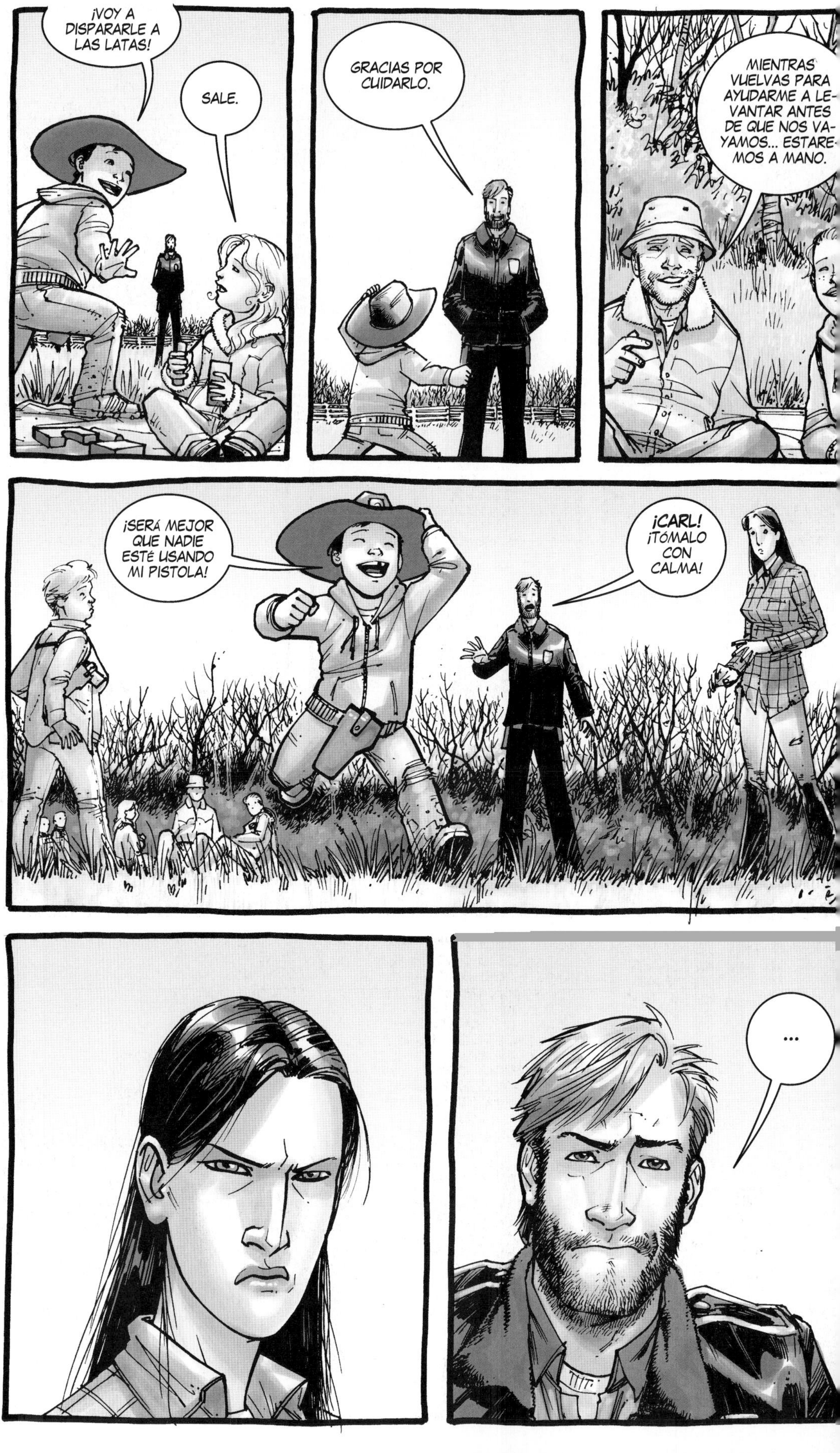
¡VOY A DISPARARLE A LAS LATAS!
SALE.
GRACIAS POR CUIDARLO.
MIENTRAS VUELVAS PARA AYUDARME A LEVANTAR ANTES DE QUE NOS VAYAMOS... ESTAREMOS A MANO.
¡SERÁ MEJOR QUE NADIE ESTÉ USANDO MI PISTOLA!
¡CARL! ¡TÓMALO CON CALMA!
...

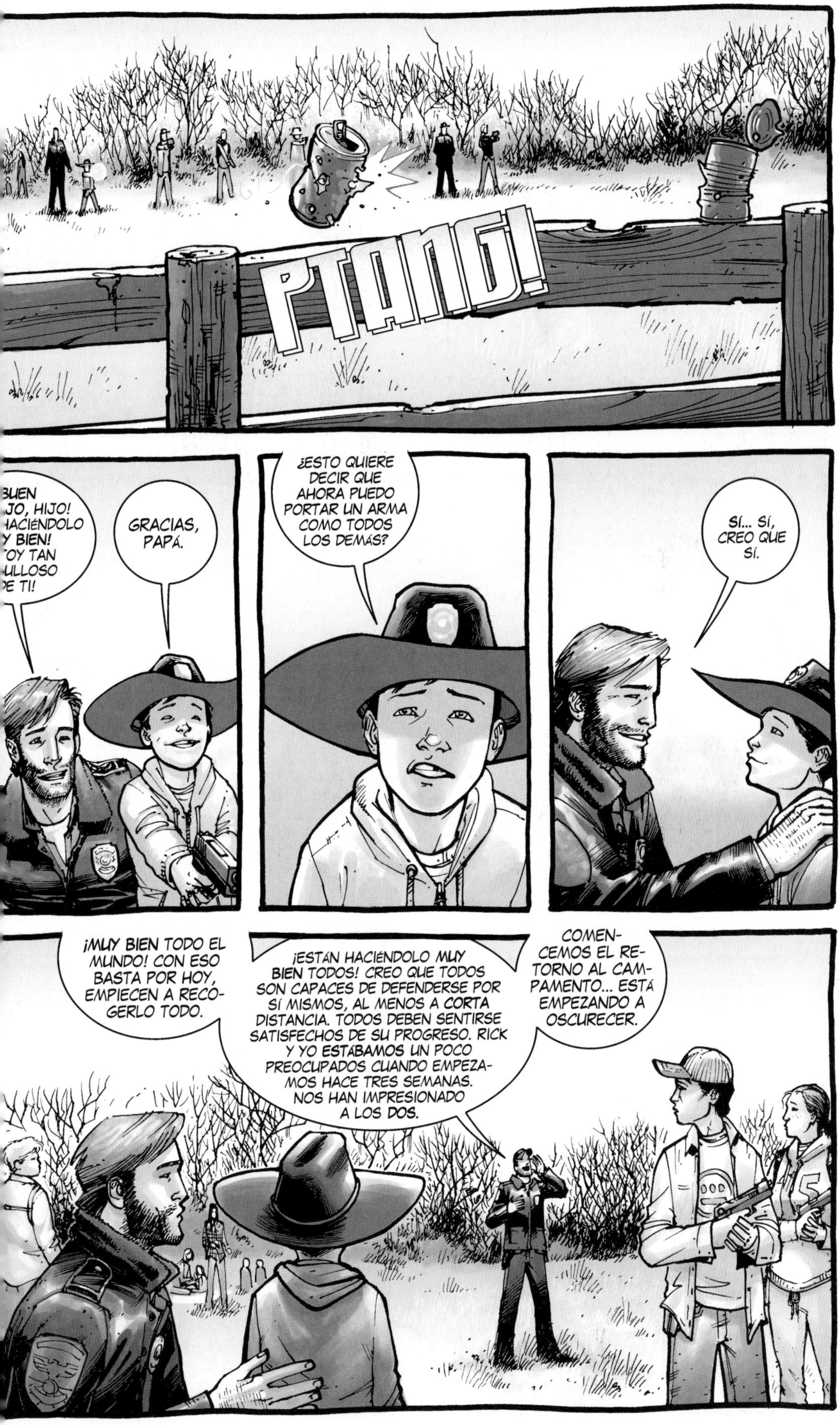
PTANG!
BUEN JO, HIJO! HACIÉNDOLO Y BIEN! TOY TAN ULLOSO DE TI!
GRACIAS, PAPÁ.
¿ESTO QUIERE DECIR QUE AHORA PUEDO PORTAR UN ARMA COMO TODOS LOS DEMÁS?
SÍ... SÍ, CREO QUE SÍ.
¡MUY BIEN TODO EL MUNDO! CON ESO BASTA POR HOY, EMPIECEN A RECO-GERLO TODO.
¡ESTÁN HACIÉNDOLO MUY BIEN TODOS! CREO QUE TODOS SON CAPACES DE DEFENDERSE POR SÍ MISMOS, AL MENOS A CORTA DISTANCIA. TODOS DEBEN SENTIRSE SATISFECHOS DE SU PROGRESO. RICK Y YO ESTÁBAMOS UN POCO PREOCUPADOS CUANDO EMPEZA-MOS HACE TRES SEMANAS. NOS HAN IMPRESIONADO A LOS DOS.
COMEN-CEMOS EL RE-TORNO AL CAM-PAMENTO... ESTÁ EMPEZANDO A OSCURECER.

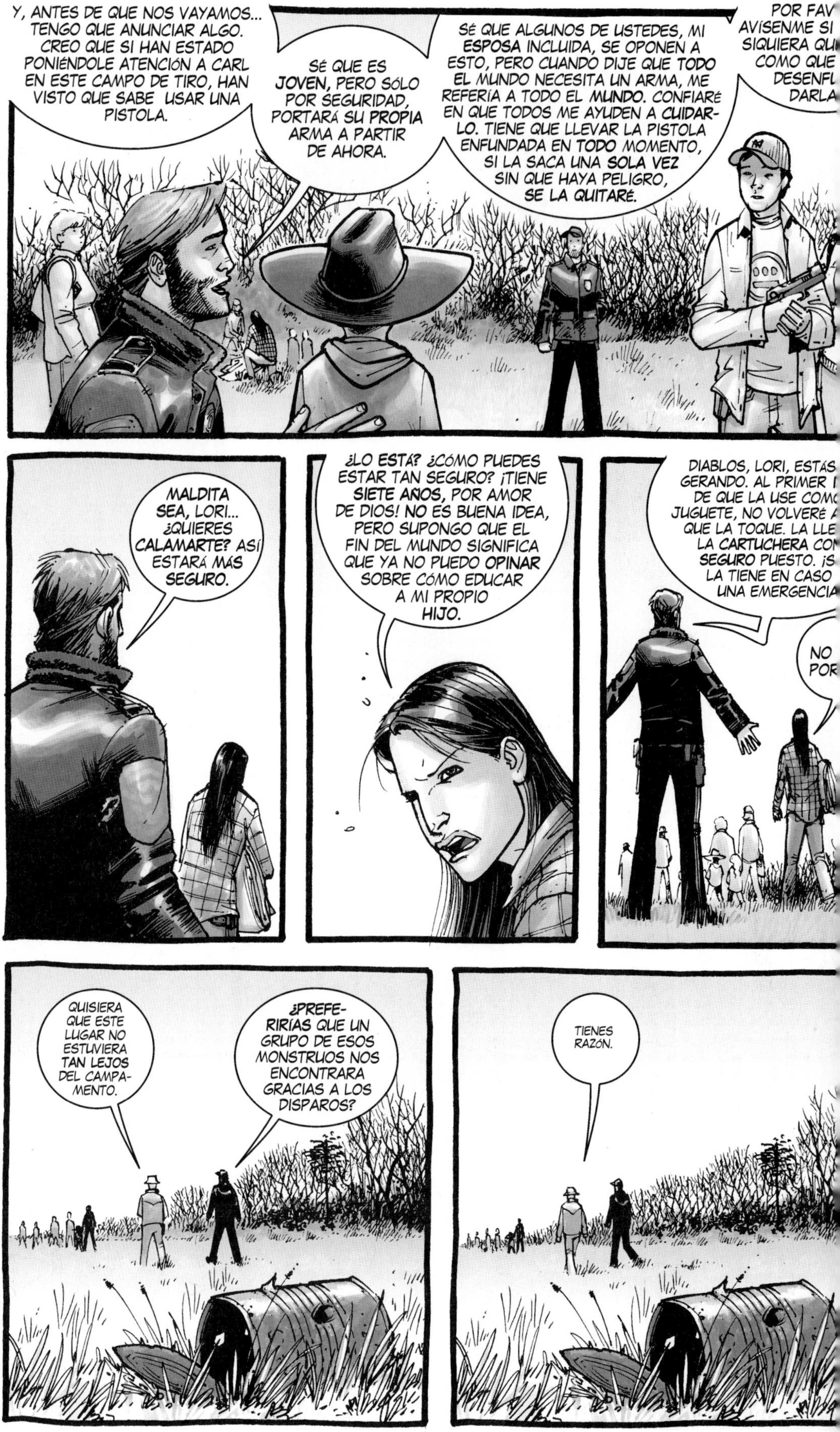
Y, ANTES DE QUE NOS VAYAMOS... TENGO QUE ANUNCIAR ALGO. CREO QUE SI HAN ESTADO PONIÉNDOLE ATENCIÓN A CARL EN ESTE CAMPO DE TIRO, HAN VISTO QUE SABE USAR UNA PISTOLA.
SÉ QUE ES JOVEN, PERO SÓLO POR SEGURIDAD, PORTARÁ SU PROPIA ARMA A PARTIR DE AHORA.
SÉ QUE ALGUNOS DE USTEDES, MI ESPOSA INCLUIDA, SE OPONEN A ESTO, PERO CUANDO DIJE QUE TODO EL MUNDO NECESITA UN ARMA, ME REFERÍA A TODO EL MUNDO. CONFIARÉ EN QUE TODOS ME AYUDEN A CUIDARLO. TIENE QUE LLEVAR LA PISTOLA ENFUNDADA EN TODO MOMENTO, SI LA SACA UNA SOLA VEZ SIN QUE HAYA PELIGRO, SE LA QUITARÉ.
POR FAV AVÍSENME SI SIQUIERA QU COMO QUE DESENFU DARLA
MALDITA SEA, LORI... ¿QUIERES CALMARTE? ASÍ ESTARÁ MÁS SEGURO.
¿LO ESTÁ? ¿CÓMO PUEDES ESTAR TAN SEGURO? ¡TIENE SIETE AÑOS, POR AMOR DE DIOS! NO ES BUENA IDEA, PERO SUPONGO QUE EL FIN DEL MUNDO SIGNIFICA QUE YA NO PUEDO OPINAR SOBRE CÓMO EDUCAR A MI PROPIO HIJO.
DIABLOS, LORI, ESTÁS GERANDO. AL PRIMER I DE QUE LA USE COMO JUGUETE, NO VOLVERÉ A QUE LA TOQUE. LA LLE LA CARTUCHERA CON SEGURO PUESTO. ¡S LA TIENE EN CASO UNA EMERGENCIA
NO POR
QUISIERA QUE ESTE LUGAR NO ESTUVIERA TAN LEJOS DEL CAMPAMENTO.
¿PREFERIRÍAS QUE UN GRUPO DE ESOS MONSTRUOS NOS ENCONTRARA GRACIAS A LOS DISPAROS?
TIENES RAZÓN.

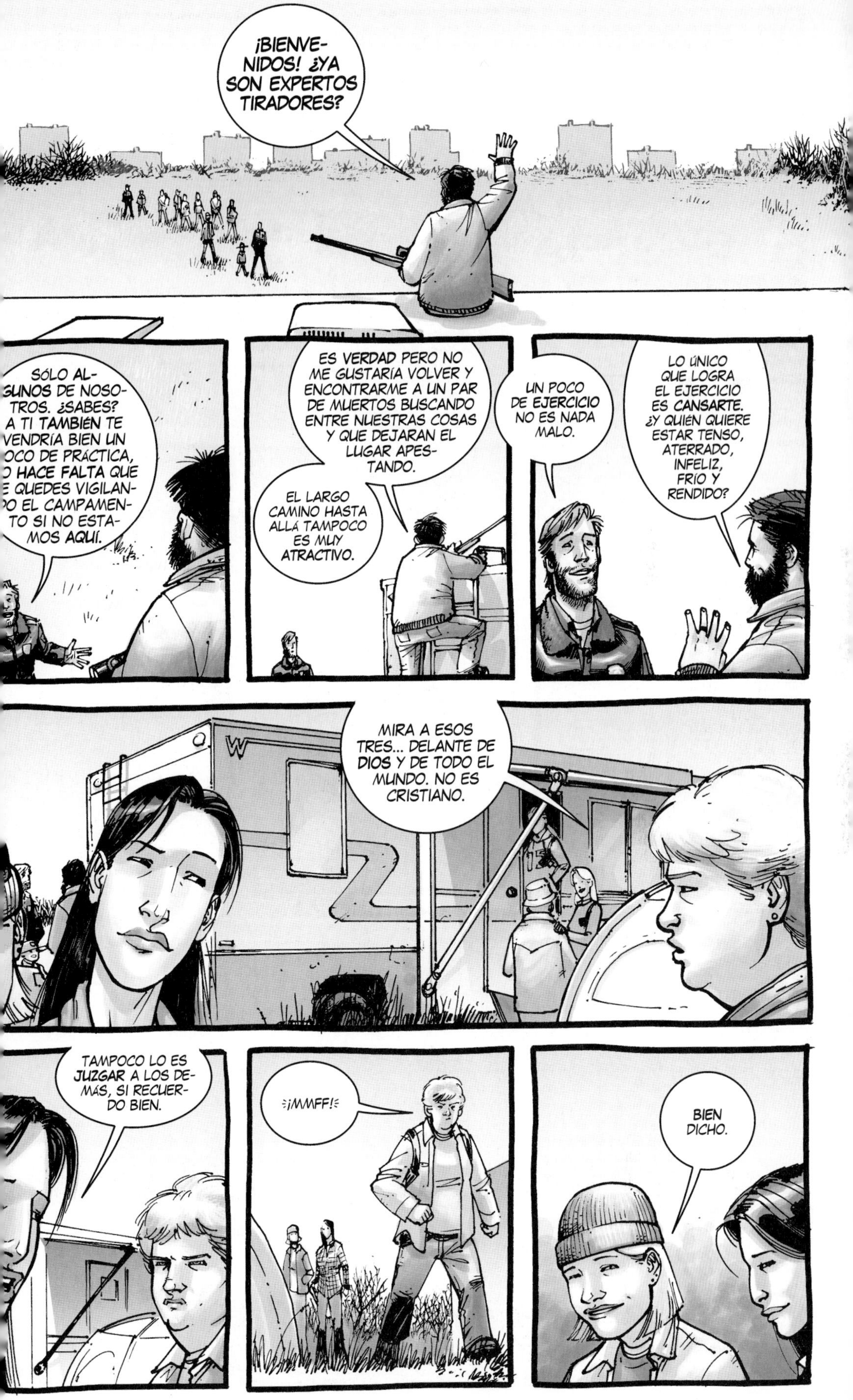

¡BIENVE-NIDOS! ¿YA SON EXPERTOS TIRADORES?
SÓLO ALGUNOS DE NOSOTROS. ¿SABES? A TI TAMBIÉN TE VENDRÍA BIEN UN OCO DE PRÁCTICA, O HACE FALTA QUE E QUEDES VIGILANO EL CAMPAMENTO SI NO ESTAMOS AQUÍ.
ES VERDAD PERO NO ME GUSTARÍA VOLVER Y ENCONTRARME A UN PAR DE MUERTOS BUSCANDO ENTRE NUESTRAS COSAS Y QUE DEJARAN EL LUGAR APESTANDO.
EL LARGO CAMINO HASTA ALLÁ TAMPOCO ES MUY ATRACTIVO.
UN POCO DE EJERCICIO NO ES NADA MALO.
LO ÚNICO QUE LOGRA EL EJERCICIO ES CANSARTE. ¿Y QUIÉN QUIERE ESTAR TENSO, ATERRADO, INFELIZ, FRÍO Y RENDIDO?
MIRA A ESOS TRES... DELANTE DE DIOS Y DE TODO EL MUNDO. NO ES CRISTIANO.
TAMPOCO LO ES JUZGAR A LOS DEMÁS, SI RECUERDO BIEN.
¡¡MMFF!!
BIEN DICHO.

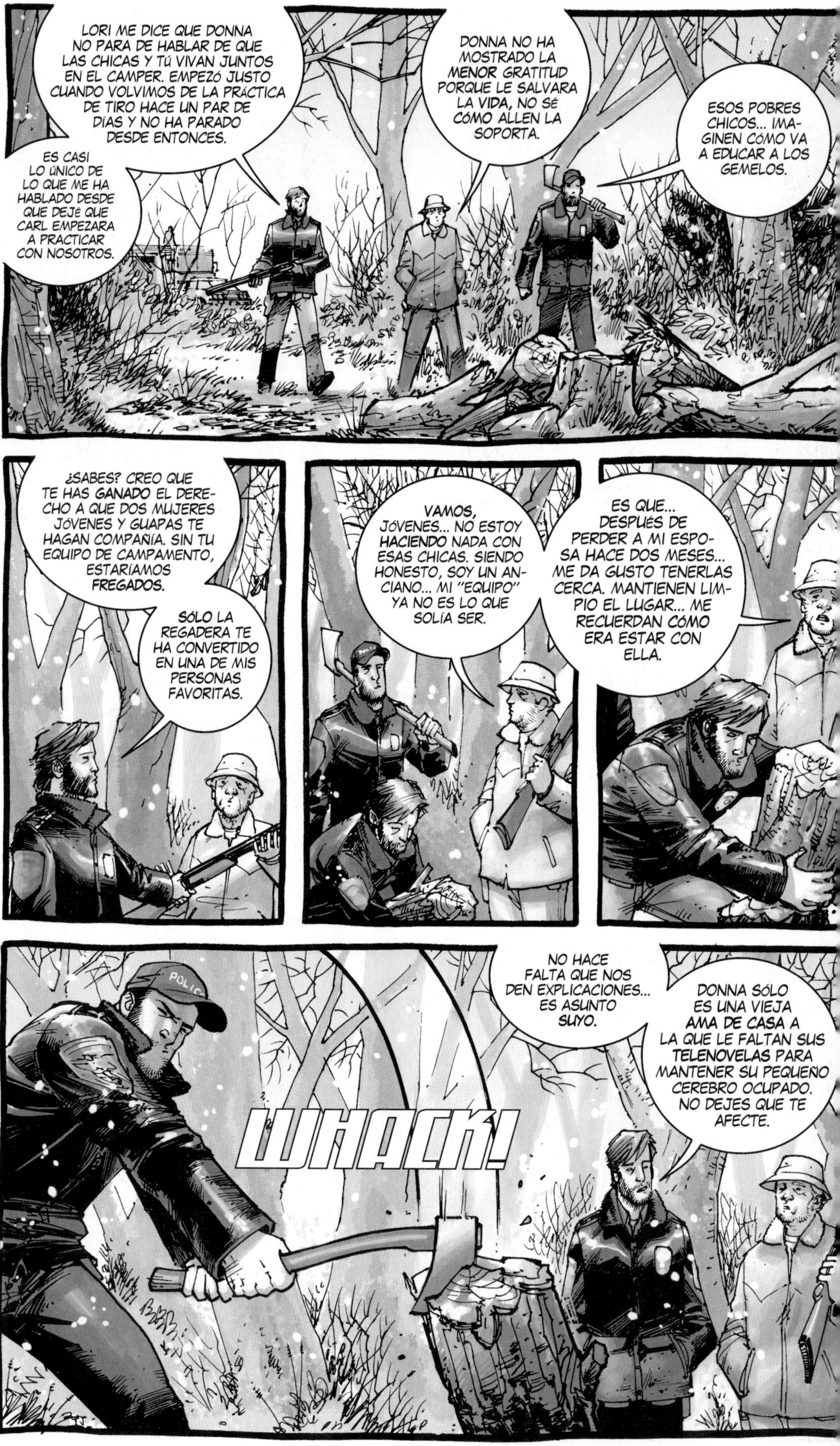
LORI ME DICE QUE DONNA NO PARA DE HABLAR DE QUE LAS CHICAS Y TÚ VIVAN JUNTOS EN EL CAMPER. EMPEZÓ JUSTO CUANDO VOLVIMOS DE LA PRÁCTICA DE TIRO HACE UN PAR DE DÍAS Y NO HA PARADO DESDE ENTONCES.
ES CASI LO ÚNICO DE LO QUE ME HA HABLADO DESDE QUE DEJÉ QUE CARL EMPEZARA A PRACTICAR CON NOSOTROS.
DONNA NO HA MOSTRADO LA MENOR GRATITUD PORQUE LE SALVARA LA VIDA, NO SÉ CÓMO ALLEN LA SOPORTA.
ESOS POBRES CHICOS... IMAGINEN CÓMO VA A EDUCAR A LOS GEMELOS.
¿SABES? CREO QUE TE HAS GANADO EL DERECHO A QUE DOS MUJERES JÓVENES Y GUAPAS TE HAGAN COMPAÑÍA. SIN TU EQUIPO DE CAMPAMENTO, ESTARÍAMOS FREGADOS.
SÓLO LA REGADERA TE HA CONVERTIDO EN UNA DE MIS PERSONAS FAVORITAS.
VAMOS, JÓVENES... NO ESTOY HACIENDO NADA CON ESAS CHICAS. SIENDO HONESTO, SOY UN ANCIANO... MI "EQUIPO" YA NO ES LO QUE SOLÍA SER.
ES QUE... DESPUÉS DE PERDER A MI ESPOSA HACE DOS MESES... ME DA GUSTO TENERLAS CERCA. MANTIENEN LIMPIO EL LUGAR... ME RECUERDAN CÓMO ERA ESTAR CON ELLA.
WHACK!
NO HACE FALTA QUE NOS DEN EXPLICACIONES... ES ASUNTO SUYO.
DONNA SÓLO ES UNA VIEJA AMA DE CASA A LA QUE LE FALTAN SUS TELENOVELAS PARA MANTENER SU PEQUEÑO CEREBRO OCUPADO. NO DEJES QUE TE AFECTE.

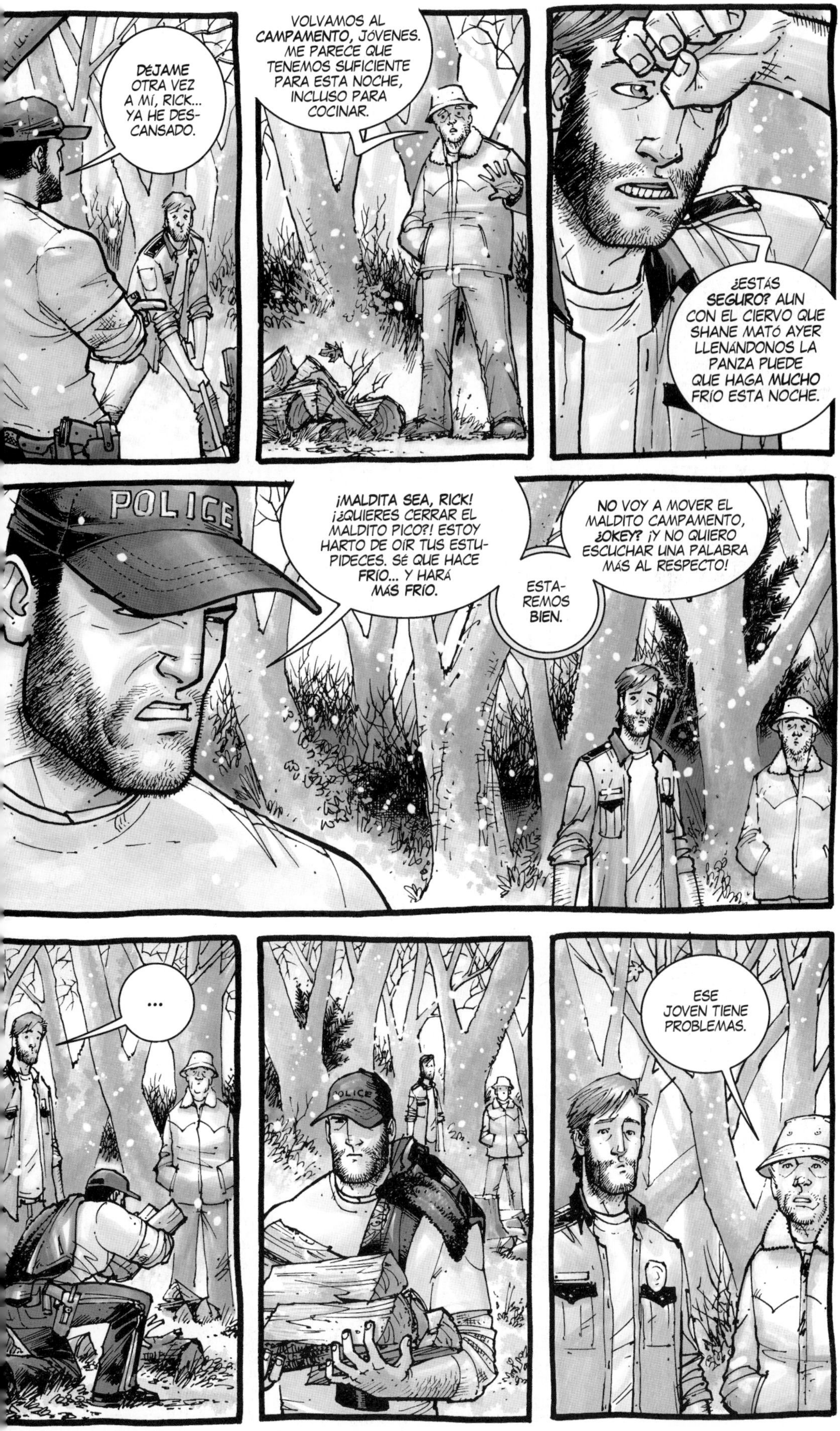
DÉJAME OTRA VEZ A MÍ, RICK... YA HE DESCANSADO.
VOLVAMOS AL CAMPAMENTO, JÓVENES. ME PARECE QUE TENEMOS SUFICIENTE PARA ESTA NOCHE, INCLUSO PARA COCINAR.
¿ESTÁS SEGURO? AUN CON EL CIERVO QUE SHANE MATÓ AYER LLENÁNDONOS LA PANZA PUEDE QUE HAGA MUCHO FRÍO ESTA NOCHE.
POLICE
¡MALDITA SEA, RICK! ¡¿QUIERES CERRAR EL MALDITO PICO?! ESTOY HARTO DE OIR TUS ESTUPIDECES. SÉ QUE HACE FRÍO... Y HARÁ MÁS FRÍO.
ESTAREMOS BIEN.
NO VOY A MOVER EL MALDITO CAMPAMENTO, ¿OKEY? ¡Y NO QUIERO ESCUCHAR UNA PALABRA MÁS AL RESPECTO!
...
ESE JOVEN TIENE PROBLEMAS.

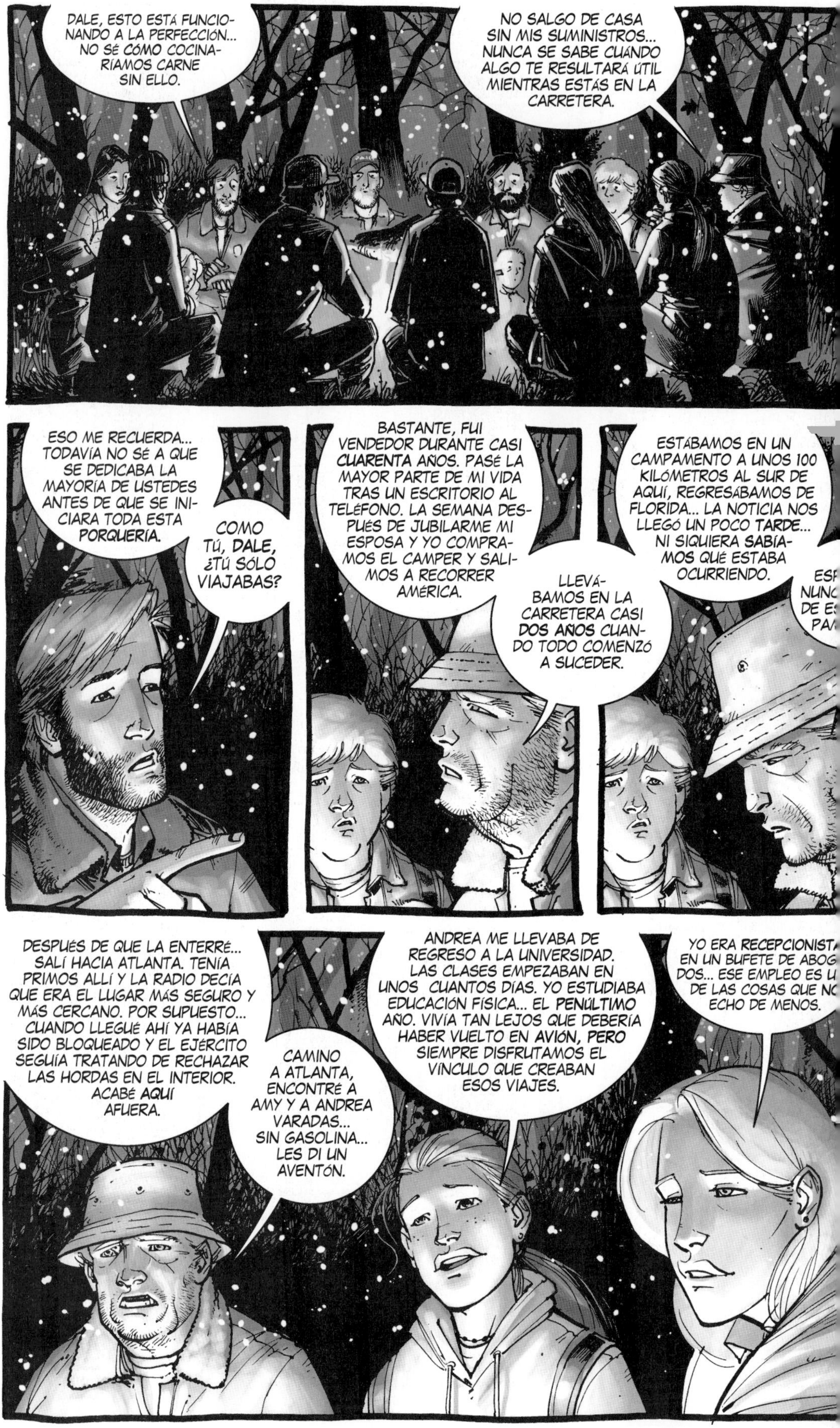
DALE, ESTO ESTÁ FUNCIONANDO A LA PERFECCIÓN... NO SÉ CÓMO COCINARÍAMOS CARNE SIN ELLO.
NO SALGO DE CASA SIN MIS SUMINISTROS... NUNCA SE SABE CUÁNDO ALGO TE RESULTARÁ ÚTIL MIENTRAS ESTÁS EN LA CARRETERA.
ESO ME RECUERDA... TODAVÍA NO SÉ A QUE SE DEDICABA LA MAYORÍA DE USTEDES ANTES DE QUE SE INICIARA TODA ESTA PORQUERÍA.
COMO TÚ, DALE, ¿TÚ SÓLO VIAJABAS?
BASTANTE, FUI VENDEDOR DURANTE CASI CUARENTA AÑOS. PASÉ LA MAYOR PARTE DE MI VIDA TRAS UN ESCRITORIO AL TELÉFONO. LA SEMANA DESPUÉS DE JUBILARME MI ESPOSA Y YO COMPRAMOS EL CAMPER Y SALIMOS A RECORRER AMÉRICA.
LLEVÁBAMOS EN LA CARRETERA CASI DOS AÑOS CUANDO TODO COMENZÓ A SUCEDER.
ESTÁBAMOS EN UN CAMPAMENTO A UNOS 100 KILÓMETROS AL SUR DE AQUÍ, REGRESÁBAMOS DE FLORIDA... LA NOTICIA NOS LLEGÓ UN POCO TARDE... NI SIQUIERA SABÍAMOS QUÉ ESTABA OCURRIENDO.
DESPUÉS DE QUE LA ENTERRÉ... SALÍ HACIA ATLANTA. TENÍA PRIMOS ALLÍ Y LA RADIO DECÍA QUE ERA EL LUGAR MÁS SEGURO Y MÁS CERCANO. POR SUPUESTO... CUANDO LLEGUÉ AHÍ YA HABÍA SIDO BLOQUEADO Y EL EJÉRCITO SEGUÍA TRATANDO DE RECHAZAR LAS HORDAS EN EL INTERIOR. ACABÉ AQUÍ AFUERA.
CAMINO A ATLANTA, ENCONTRÉ A AMY Y A ANDREA VARADAS... SIN GASOLINA... LES DI UN AVENTÓN.
ANDREA ME LLEVABA DE REGRESO A LA UNIVERSIDAD. LAS CLASES EMPEZABAN EN UNOS CUANTOS DÍAS. YO ESTUDIABA EDUCACIÓN FÍSICA... EL PENÚLTIMO AÑO. VIVÍA TAN LEJOS QUE DEBERÍA HABER VUELTO EN AVIÓN, PERO SIEMPRE DISFRUTAMOS EL VÍNCULO QUE CREABAN ESOS VIAJES.
YO ERA RECEPCIONIST EN UN BUFETE DE ABOG DOS... ESE EMPLEO ES U DE LAS COSAS QUE NO ECHO DE MENOS.

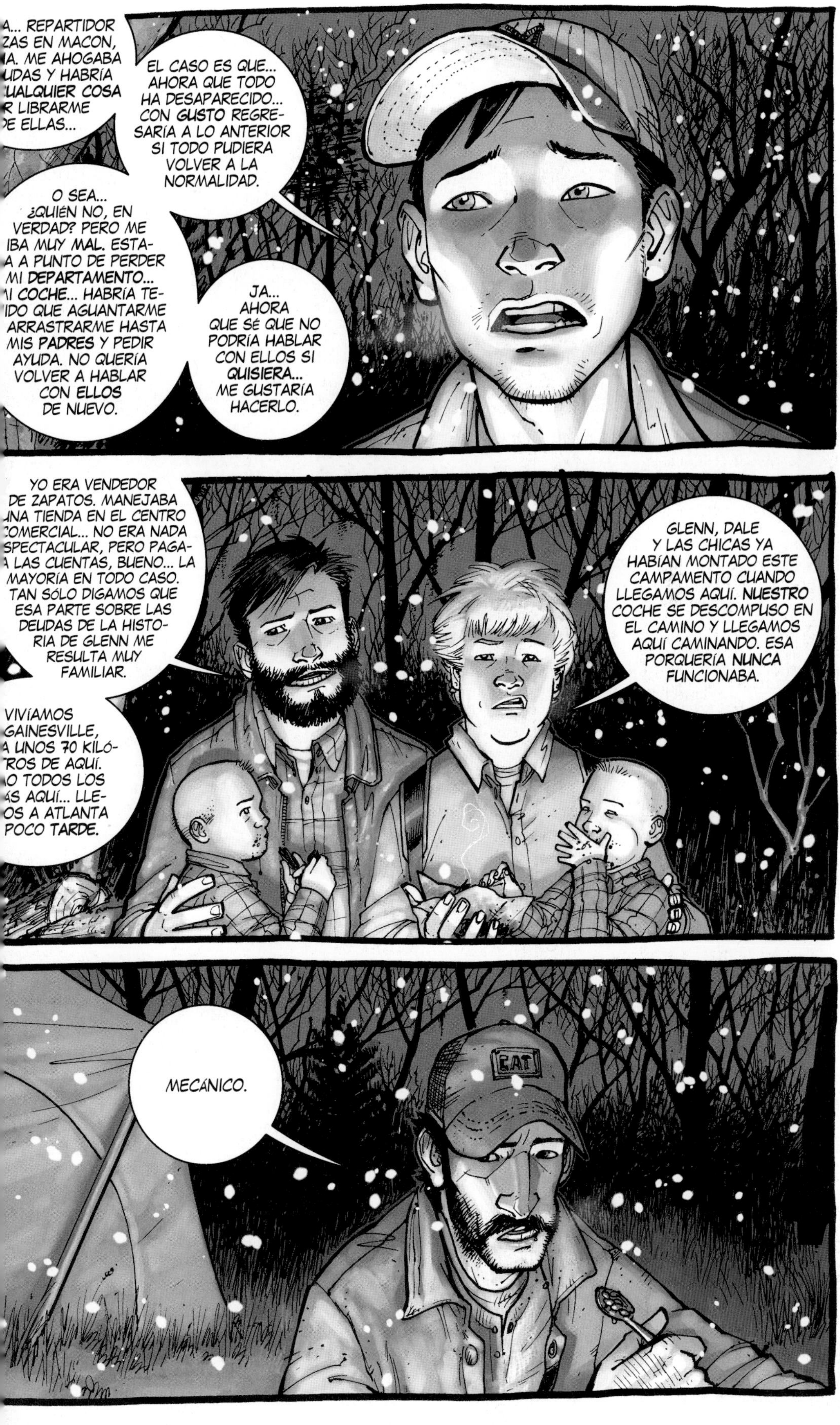

A... REPARTIDOR ZAS EN MACON, A. ME AHOGABA UDAS Y HABRÍA CUALQUIER COSA R LIBRARME DE ELLAS...
EL CASO ES QUE... AHORA QUE TODO HA DESAPARECIDO... CON GUSTO REGRESARÍA A LO ANTERIOR SI TODO PUDIERA VOLVER A LA NORMALIDAD.
O SEA... ¿QUIÉN NO, EN VERDAD? PERO ME IBA MUY MAL. ESTA- A A PUNTO DE PERDER MI DEPARTAMENTO... I COCHE... HABRÍA TE- IDO QUE AGUANTARME ARRASTRARME HASTA MIS PADRES Y PEDIR AYUDA. NO QUERÍA VOLVER A HABLAR CON ELLOS DE NUEVO.
JA... AHORA QUE SÉ QUE NO PODRÍA HABLAR CON ELLOS SI QUISIERA... ME GUSTARÍA HACERLO.
YO ERA VENDEDOR DE ZAPATOS. MANEJABA UNA TIENDA EN EL CENTRO COMERCIAL... NO ERA NADA SPECTACULAR, PERO PAGA- A LAS CUENTAS, BUENO... LA MAYORÍA EN TODO CASO. TAN SÓLO DIGAMOS QUE ESA PARTE SOBRE LAS DEUDAS DE LA HISTORIA DE GLENN ME RESULTA MUY FAMILIAR.
VIVÍAMOS GAINESVILLE, A UNOS 70 KILÓ- TROS DE AQUÍ. O TODOS LOS ÁS AQUÍ... LLE- OS A ATLANTA POCO TARDE.
GLENN, DALE Y LAS CHICAS YA HABÍAN MONTADO ESTE CAMPAMENTO CUANDO LLEGAMOS AQUÍ. NUESTRO COCHE SE DESCOMPUSO EN EL CAMINO Y LLEGAMOS AQUÍ CAMINANDO. ESA PORQUERÍA NUNCA FUNCIONABA.
MECÁNICO.
CAT

¿PUEDES DARME UN POCO MÁS DE ESO, ALLEN?

CLARO, RICK... SI NO NOS LO COMEMOS SE ECHARÁ A PERDER.

TODOS ME CONOCEN A MÍ. POLICÍA DE UNA PEQUEÑA CIUDAD DE KENTUCKY... SÓLO DISPARÉ MI ARMA UN PAR DE VECES... NUNCA CONTRA ALGUIEN... AUNQUE LA ÚLTIMA VEZ QUE ESTUVE DE SERVICIO SÍ QUE LO INTENTÉ.

ME DISPARARON... ESTUVE EN COMA ALGÚN TIEMPO... Y DESPERTÉ A ESTO. ESTABA ENLOQUECIENDO DE PREOCUPACIÓN POR LORI Y CARL.

SHANE CUIDÓ DE ELLOS POR MÍ.

YO ME SENTÍA TAN MAL PORQUE LE DISPARARON A RICK... ESTABA VISITÁNDOLO CUANDO LORI ME DIJO QUE IBA A VENIR AQUÍ A QUEDARSE CON SUS PADRES. NO PODÍA DEJAR QUE VIAJARA SOLA. TODO ESTABA PONIÉNDOSE MUY MAL EN LAS CALLES... POR SUPUESTO... NO TENÍAMOS IDEA DE LO MAL QUE SE PONDRÍA.

SE SUPON[...] QUE E[...] HOSPIT[...] PERMANEC[...] ABIERTO... QUE PENSA[...] QUE RICK E[...] RÍA BIEN. IB[...] A REGRE[...] POR ÉL, PER[...] QUEDAM[...] ATORAD[...] AQUÍ.

BIEN ESTÁ LO QUE BIEN ACABA. ¿Y TÚ, CAROL...? ¿QUÉ HAY DE TI?

AH... EH... ESPEREN.

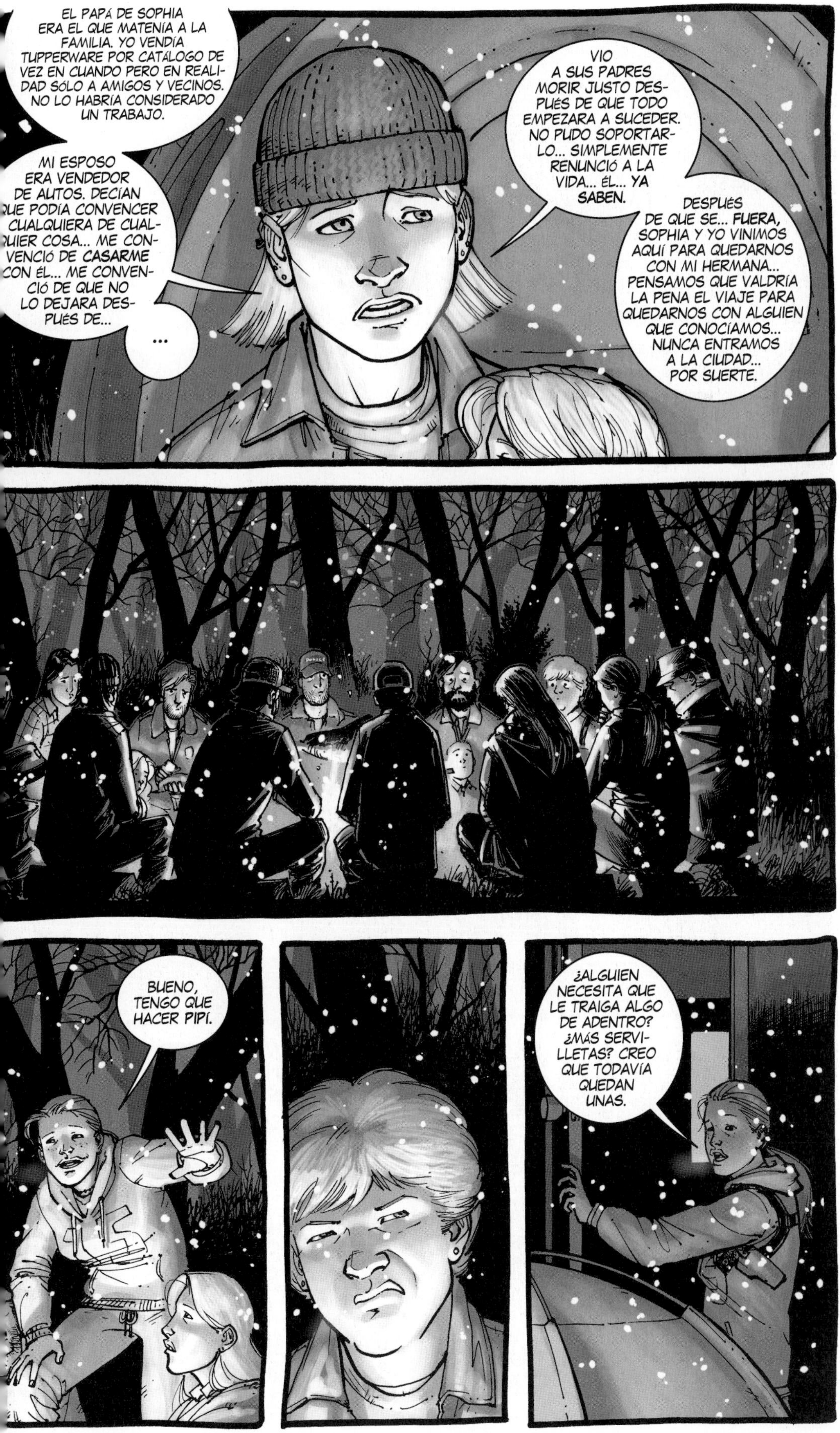
EL PAPÁ DE SOPHIA ERA EL QUE MATENÍA A LA FAMILIA. YO VENDÍA TUPPERWARE POR CATÁLOGO DE VEZ EN CUANDO PERO EN REALIDAD SÓLO A AMIGOS Y VECINOS. NO LO HABRÍA CONSIDERADO UN TRABAJO.
MI ESPOSO ERA VENDEDOR DE AUTOS. DECÍAN QUE PODÍA CONVENCER CUALQUIERA DE CUALQUIER COSA... ME CONVENCIÓ DE **CASARME** CON ÉL... ME CONVENCIÓ DE QUE NO LO DEJARA DESPUÉS DE...
...
VIO A SUS PADRES MORIR JUSTO DESPUÉS DE QUE TODO EMPEZARA A SUCEDER. NO PUDO SOPORTARLO... SIMPLEMENTE RENUNCIÓ A LA VIDA... ÉL... YA **SABEN.**
DESPUÉS DE QUE SE... **FUERA,** SOPHIA Y YO VINIMOS AQUÍ PARA QUEDARNOS CON MI HERMANA... PENSAMOS QUE VALDRÍA LA PENA EL VIAJE PARA QUEDARNOS CON ALGUIEN QUE CONOCÍAMOS... NUNCA ENTRAMOS A LA CIUDAD... POR SUERTE.
BUENO, TENGO QUE HACER PIPÍ.
¿ALGUIEN NECESITA QUE LE TRAIGA ALGO DE ADENTRO? ¿MÁS SERVILLETAS? CREO QUE TODAVÍA QUEDAN UNAS.

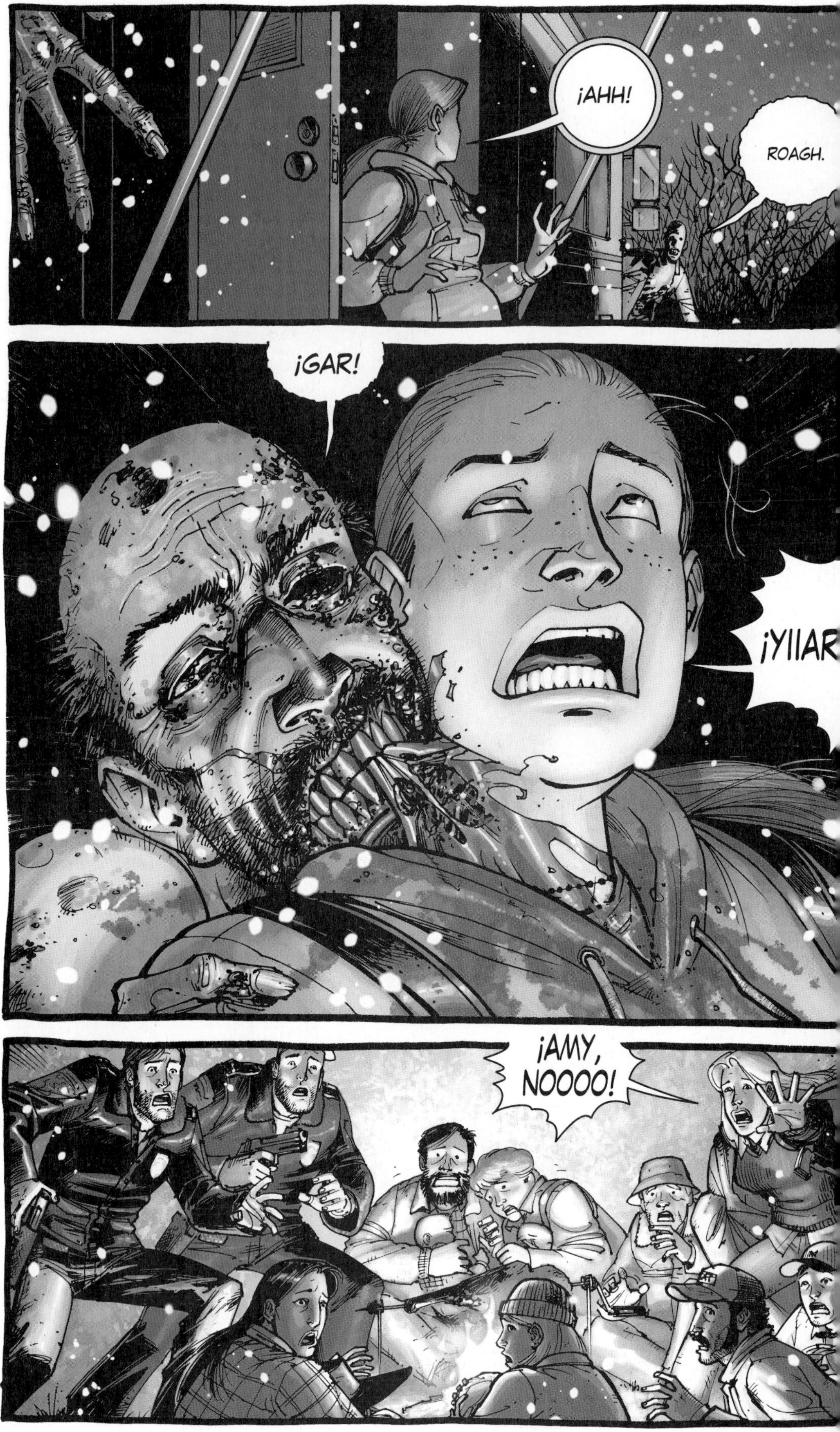
¡AHH!
ROAGH.
¡GAR!
¡YIIAR
¡AMY, NOOOO!

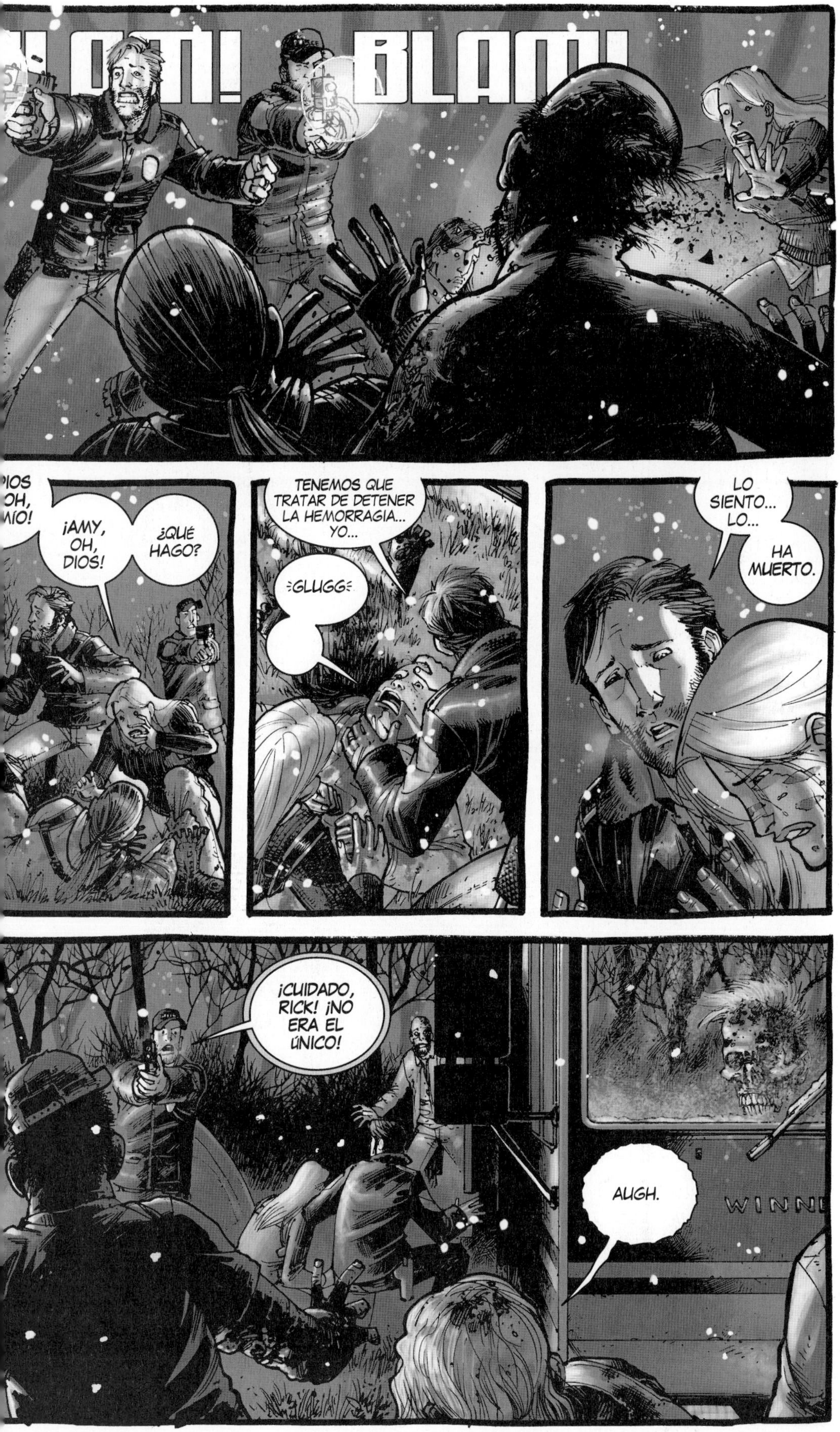
BLAM!
¡AMY, OH, DIOS!
¿QUÉ HAGO?
TENEMOS QUE TRATAR DE DETENER LA HEMORRAGIA... YO...
GLUGG
LO SIENTO... LO...
HA MUERTO.
¡CUIDADO, RICK! ¡NO ERA EL ÚNICO!
AUGH.

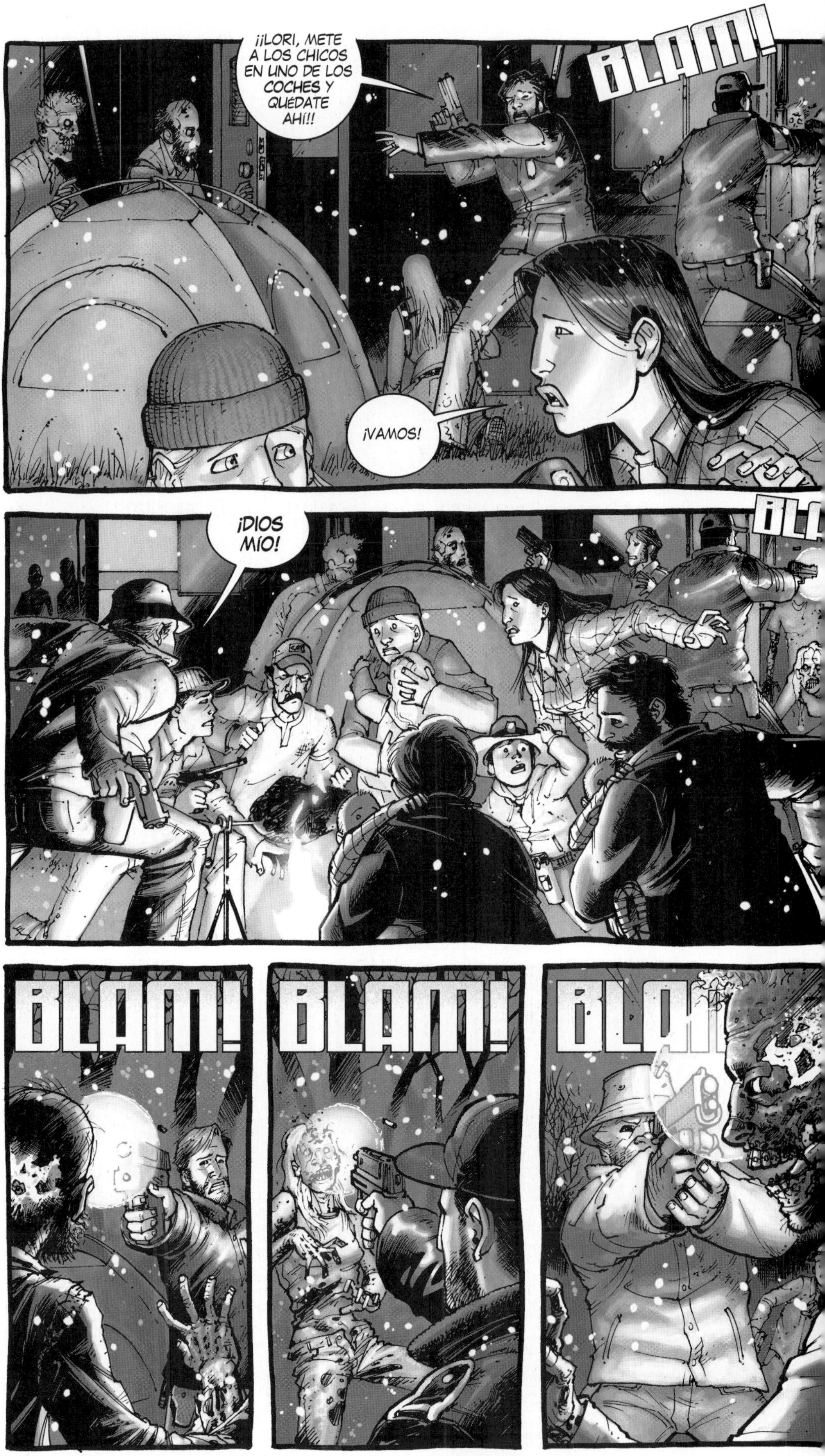
¡¡LORI, METE A LOS CHICOS EN UNO DE LOS COCHES Y QUÉDATE AHÍ!!
BLAM!
¡VAMOS!
¡DIOS MÍO!
BLAM!
BLAM!

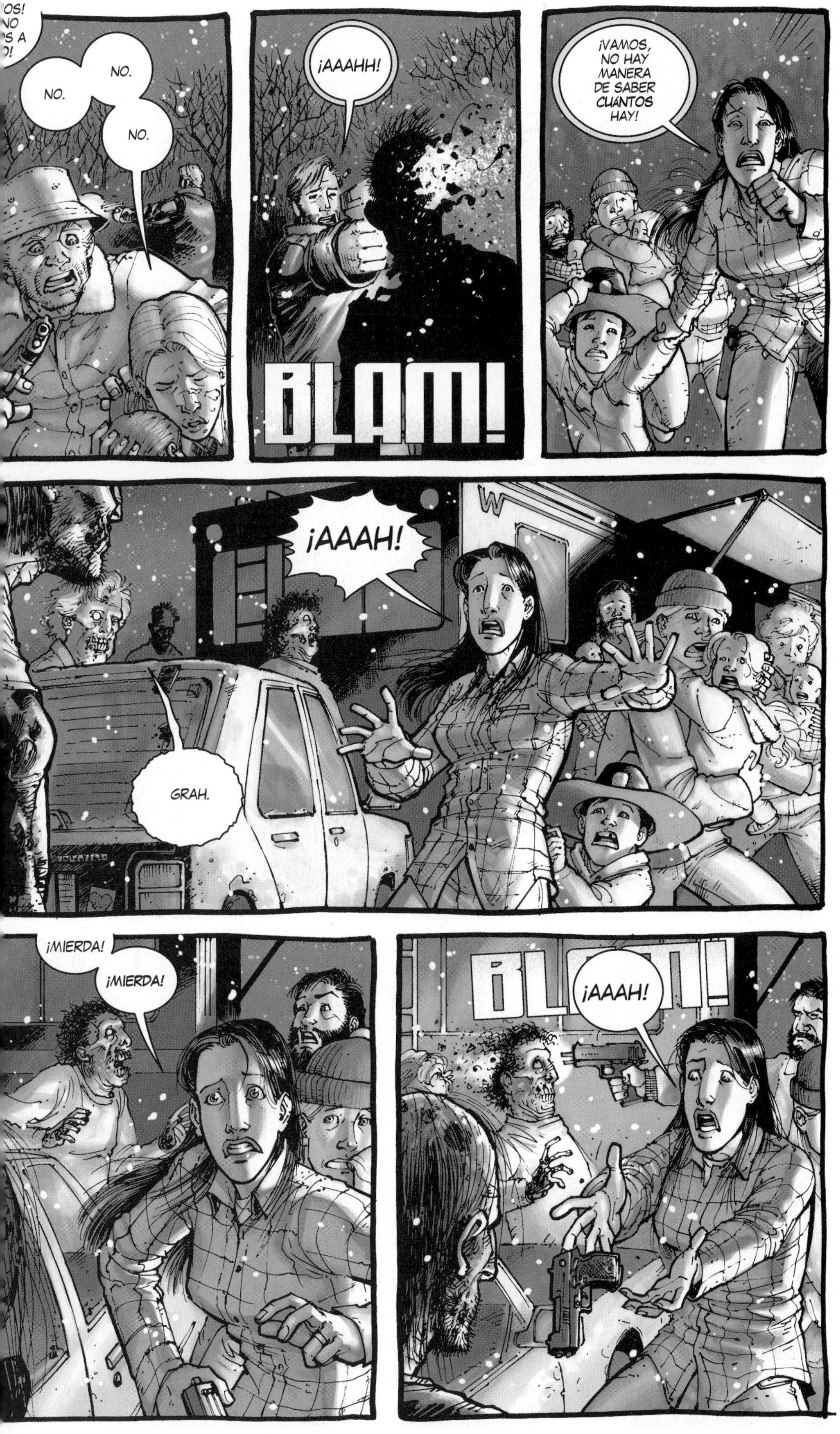
NO.
NO.
NO.
¡AAAHH!
BLAM!
¡VAMOS, NO HAY MANERA DE SABER CUÁNTOS HAY!
¡AAAH!
GRAH.
¡MIERDA!
¡MIERDA!
BLAM!
¡AAAH!

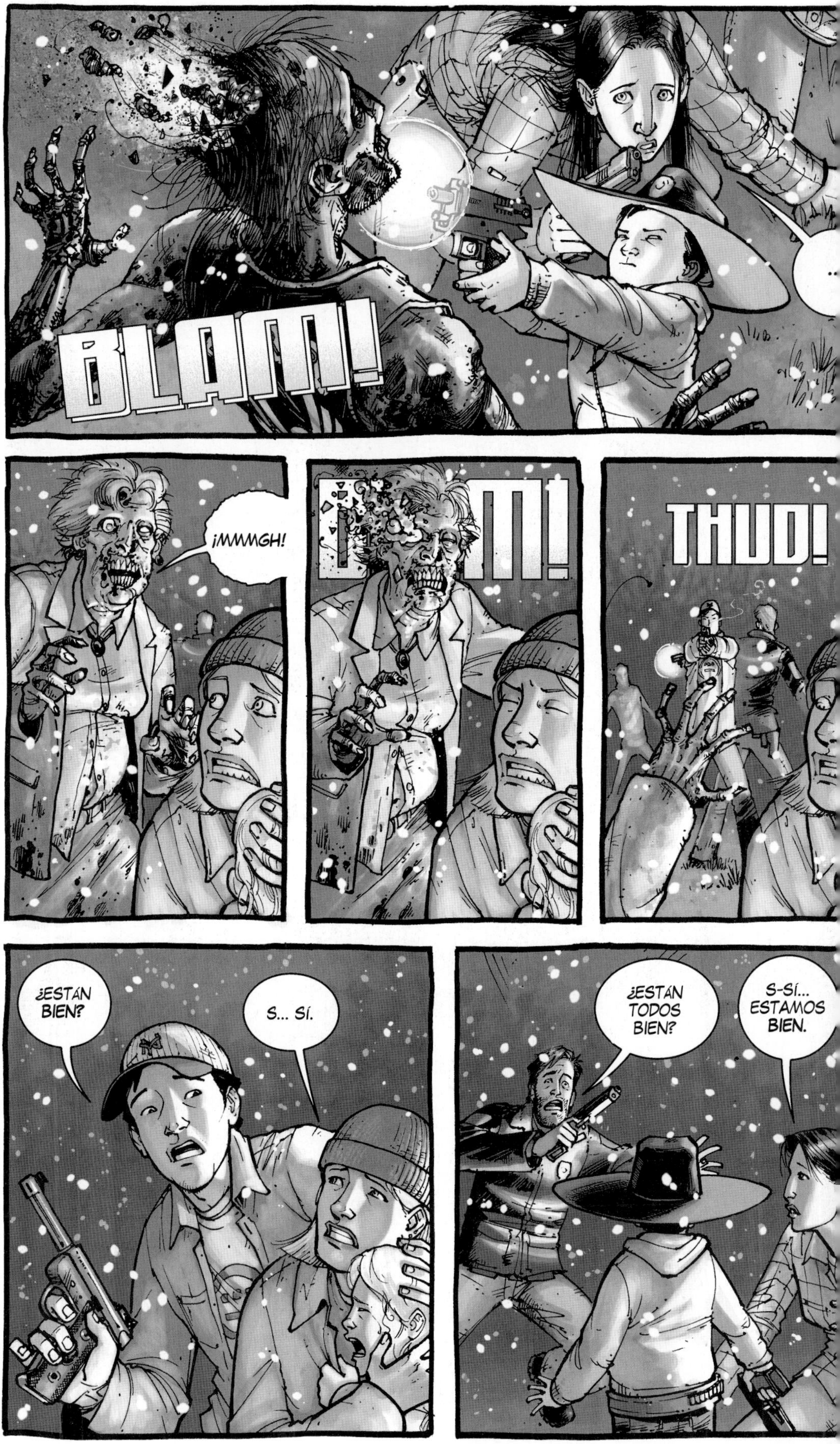
BLAM!
¡MMMGH!
THUD!
¿ESTÁN BIEN?
S... SÍ.
¿ESTÁN TODOS BIEN?
S-SÍ... ESTAMOS BIEN.

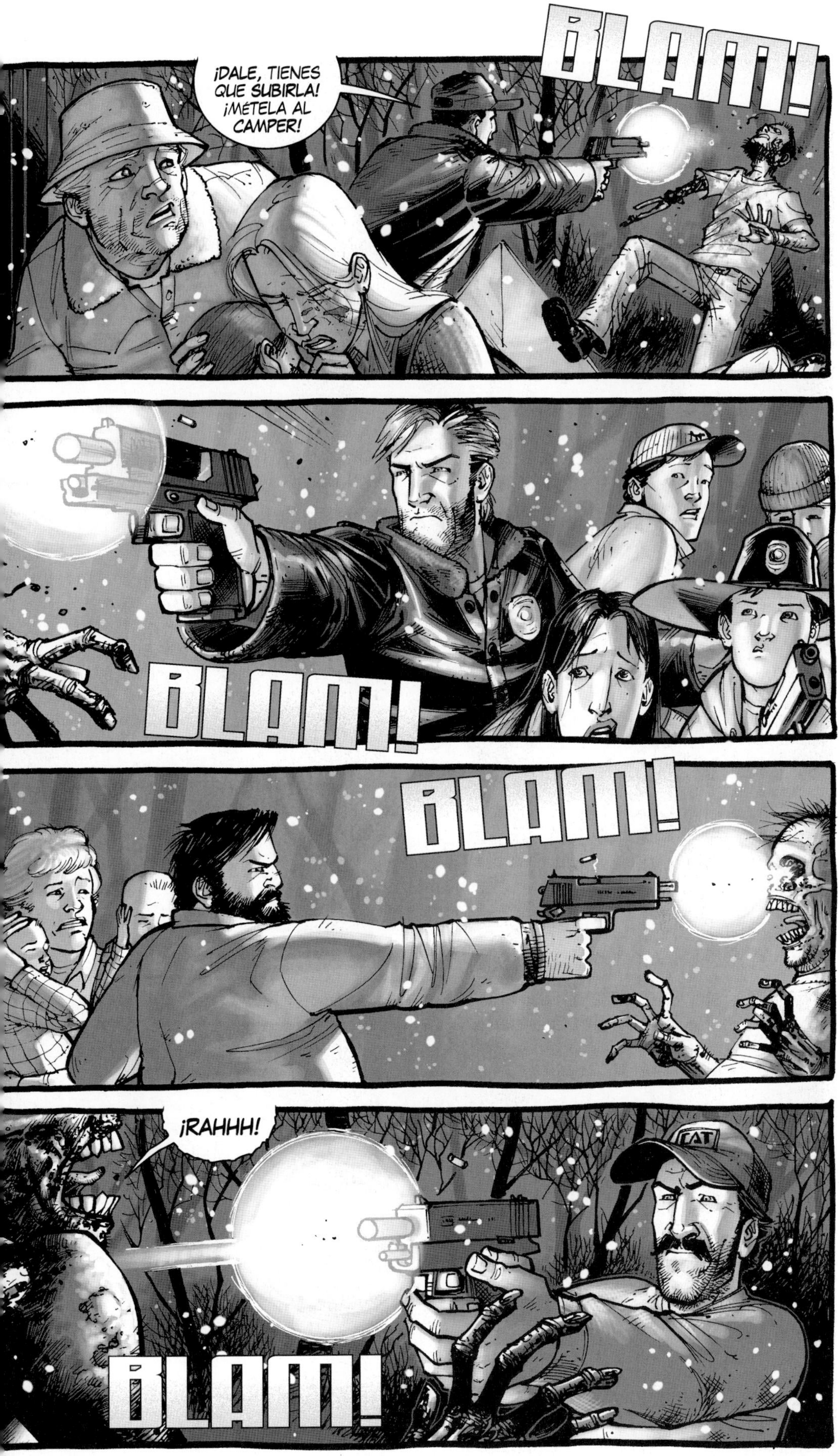
BLAM!
¡DALE, TIENES QUE SUBIRLA! ¡MÉTELA AL CAMPER!
BLAM!
BLAM!
¡RAHHH!
BLAM!

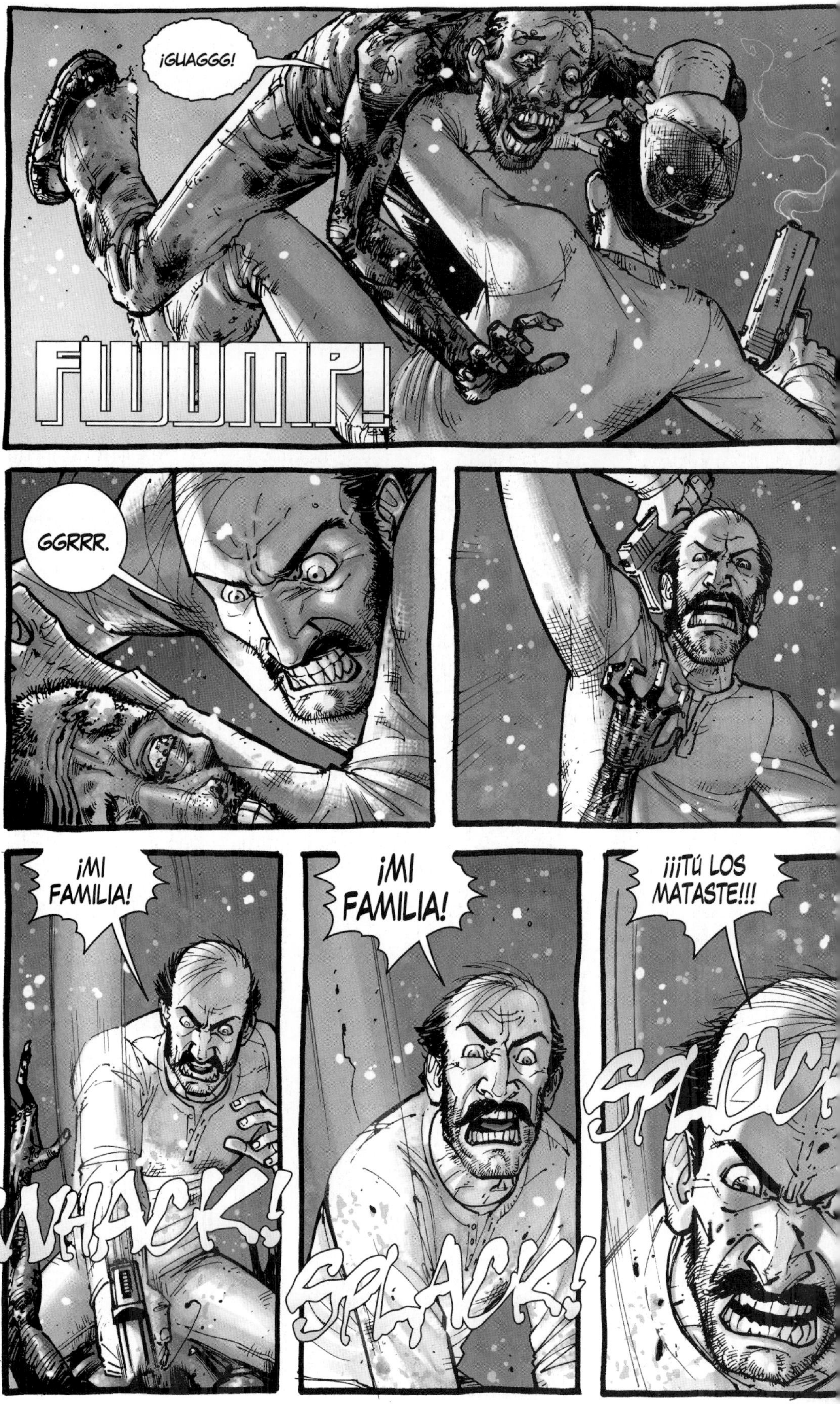
¡GUAGGG!
FWUMP!
GGRRR.
¡MI FAMILIA!
WHACK!
¡MI FAMILIA!
SPLACK!
¡¡¡TÚ LOS MATASTE!!!

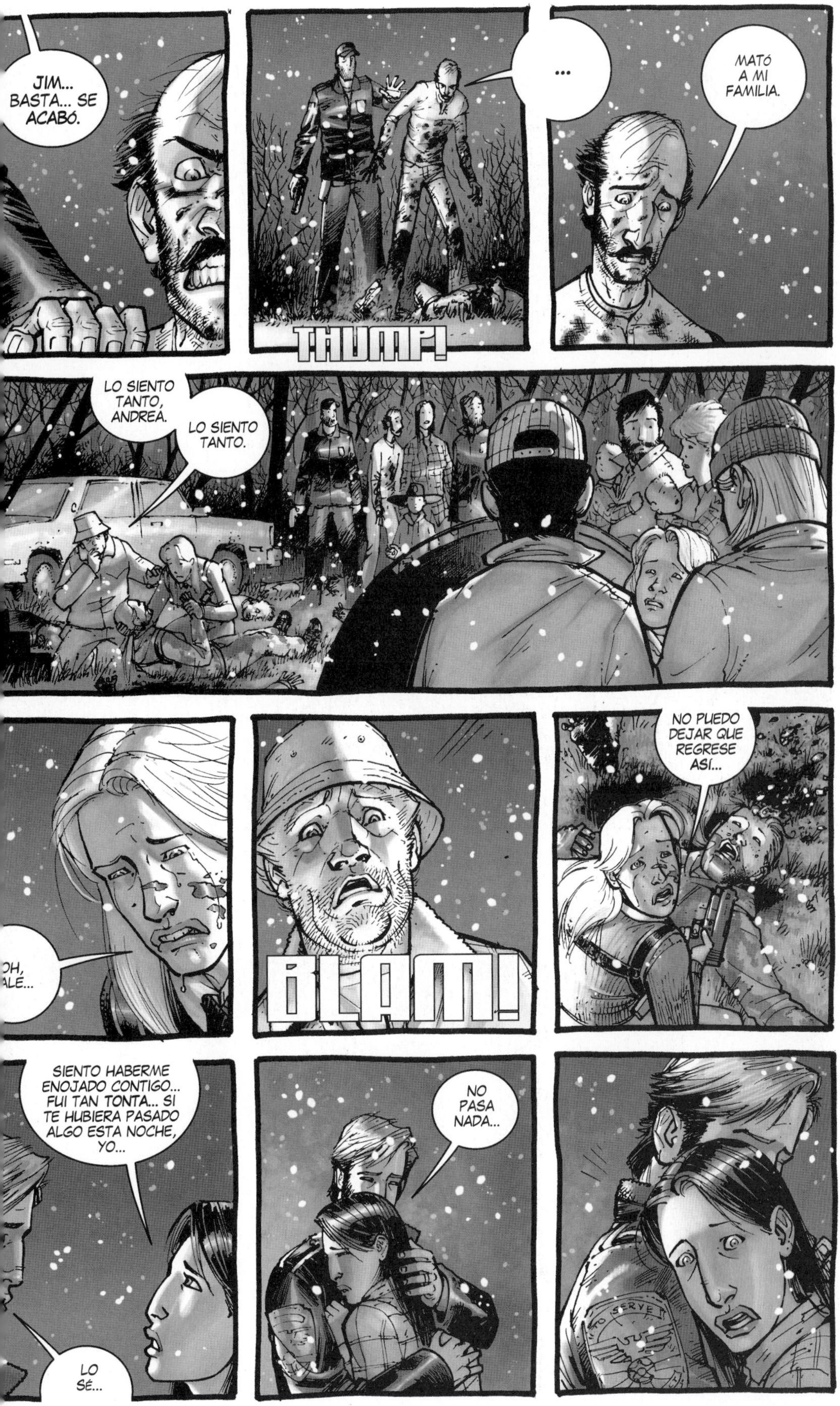

JIM... BASTA... SE ACABÓ.
...
THUMP!
MATÓ A MI FAMILIA.
LO SIENTO TANTO, ANDREA.
LO SIENTO TANTO.
OH, ...ALE...
BLAM!
NO PUEDO DEJAR QUE REGRESE ASÍ...
SIENTO HABERME ENOJADO CONTIGO... FUI TAN TONTA... SI TE HUBIERA PASADO ALGO ESTA NOCHE, YO...
LO SÉ...
NO PASA NADA...

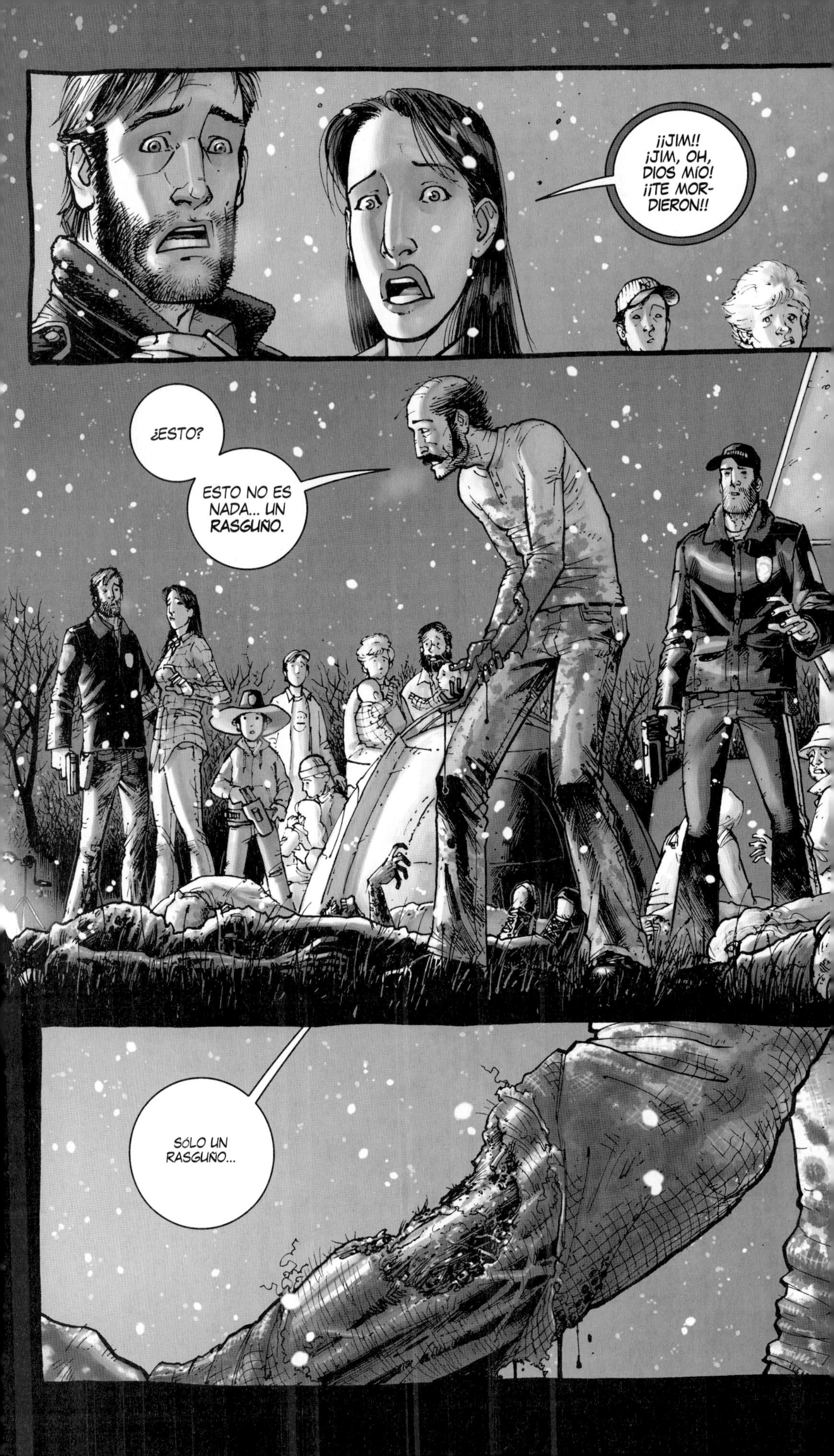
¡¡JIM!! ¡JIM, OH, DIOS MÍO! ¡¡TE MORDIERON!!
¿ESTO?
ESTO NO ES NADA... UN RASGUÑO.
SÓLO UN RASGUÑO...

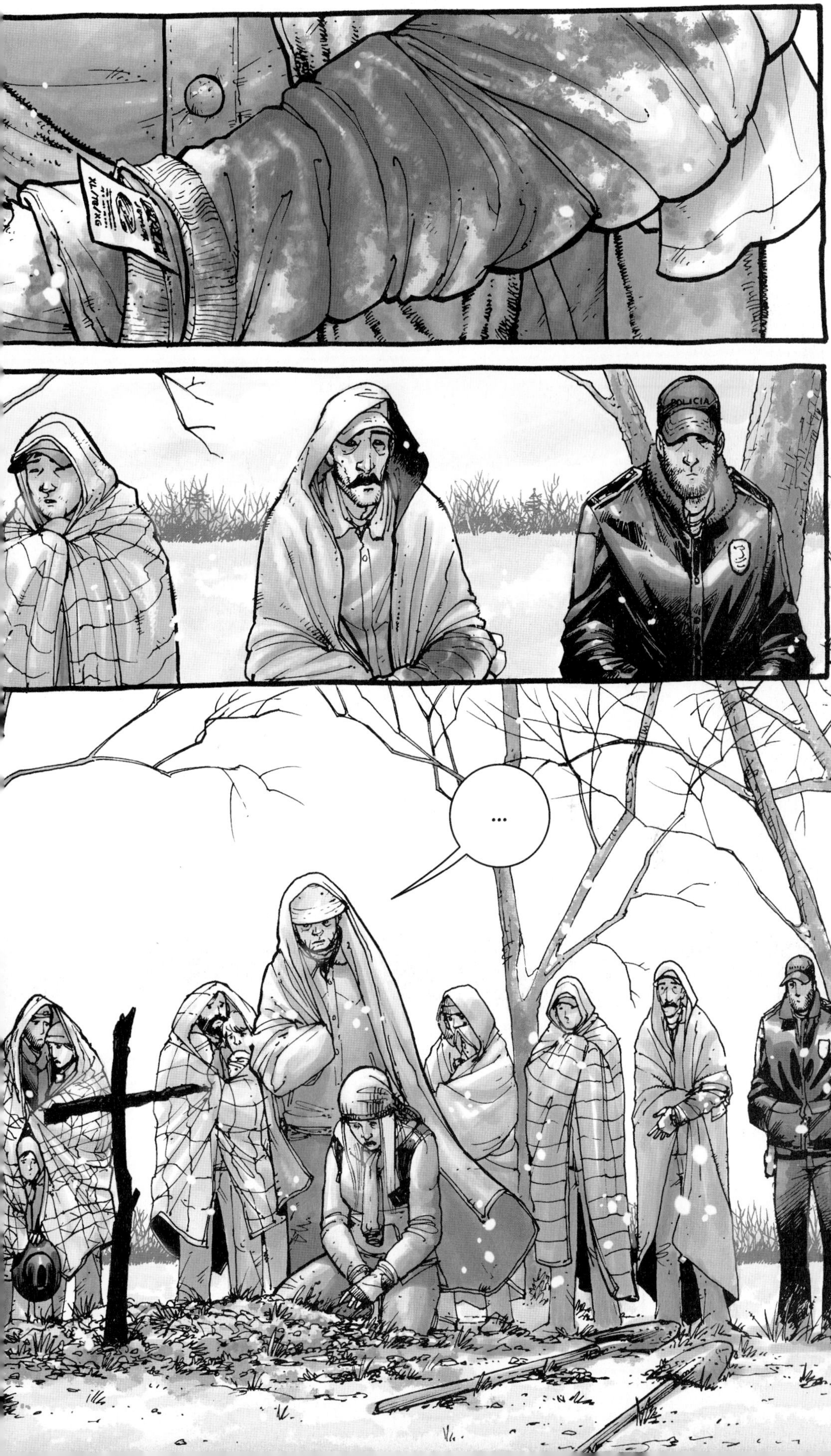
POLICIA
...

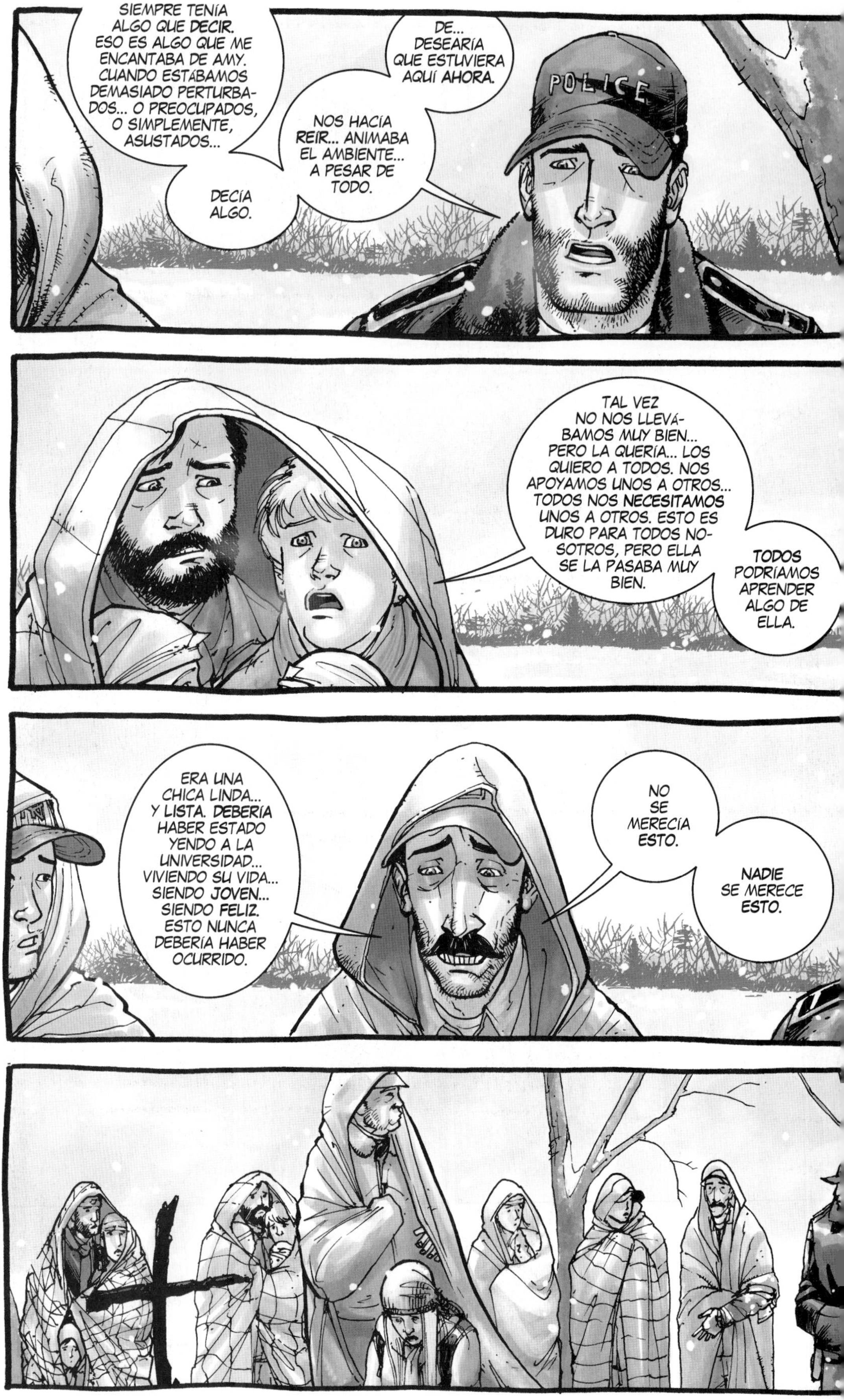
SIEMPRE TENÍA ALGO QUE DECIR. ESO ES ALGO QUE ME ENCANTABA DE AMY. CUANDO ESTÁBAMOS DEMASIADO PERTURBADOS... O PREOCUPADOS, O SIMPLEMENTE, ASUSTADOS...
DECÍA ALGO.
NOS HACÍA REÍR... ANIMABA EL AMBIENTE... A PESAR DE TODO.
DE... DESEARÍA QUE ESTUVIERA AQUÍ AHORA.
POLICE
TAL VEZ NO NOS LLEVÁBAMOS MUY BIEN... PERO LA QUERÍA... LOS QUIERO A TODOS. NOS APOYAMOS UNOS A OTROS... TODOS NOS NECESITAMOS UNOS A OTROS. ESTO ES DURO PARA TODOS NOSOTROS, PERO ELLA SE LA PASABA MUY BIEN.
TODOS PODRÍAMOS APRENDER ALGO DE ELLA.
ERA UNA CHICA LINDA... Y LISTA. DEBERÍA HABER ESTADO YENDO A LA UNIVERSIDAD... VIVIENDO SU VIDA... SIENDO JOVEN... SIENDO FELIZ. ESTO NUNCA DEBERÍA HABER OCURRIDO.
NO SE MERECÍA ESTO.
NADIE SE MERECE ESTO.

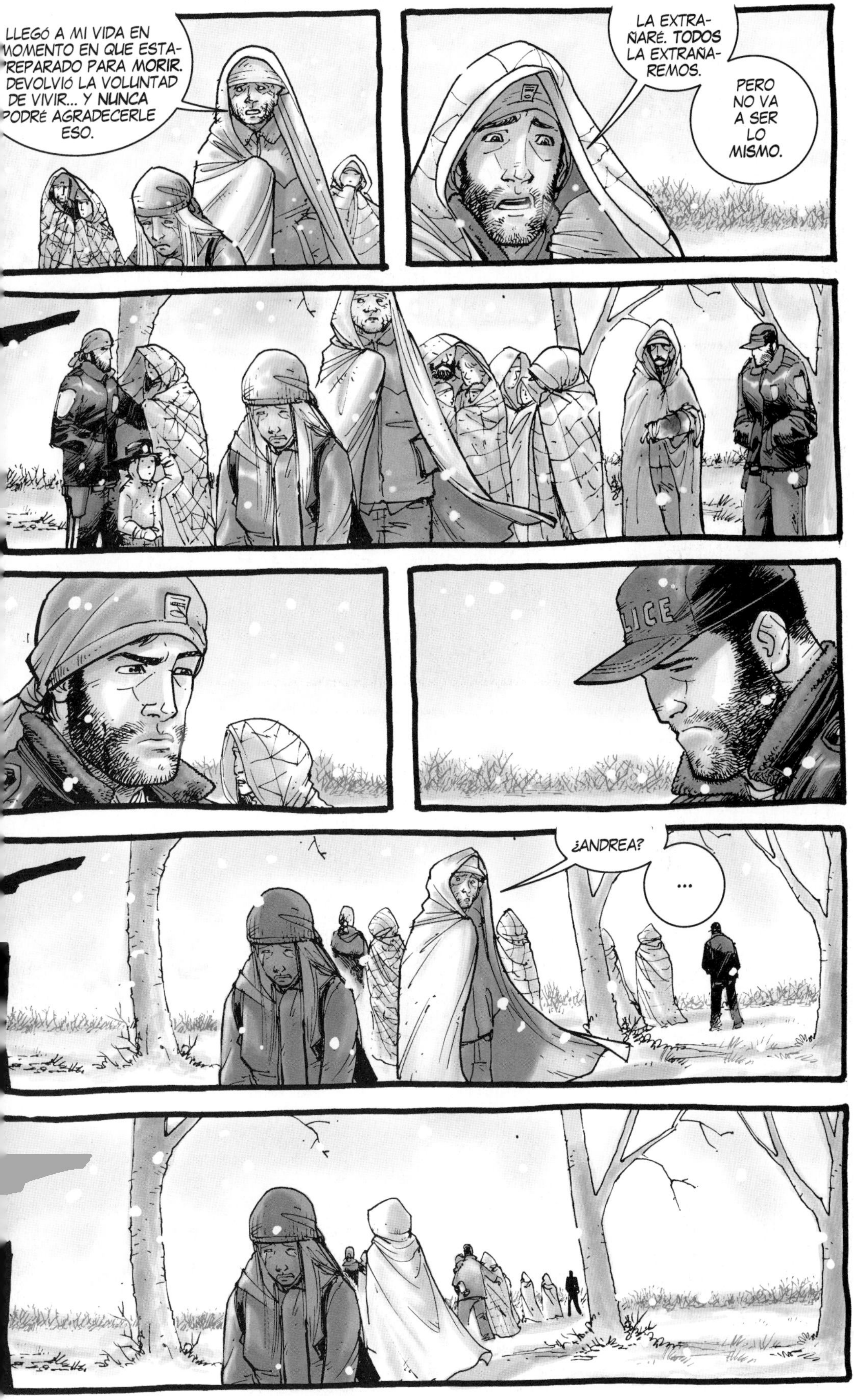
LLEGÓ A MI VIDA EN MOMENTO EN QUE ESTA- REPARADO PARA MORIR. DEVOLVIÓ LA VOLUNTAD DE VIVIR... Y NUNCA PODRÉ AGRADECERLE ESO.
LA EXTRAÑARÉ. TODOS LA EXTRAÑAREMOS.
PERO NO VA A SER LO MISMO.
¿ANDREA?
...

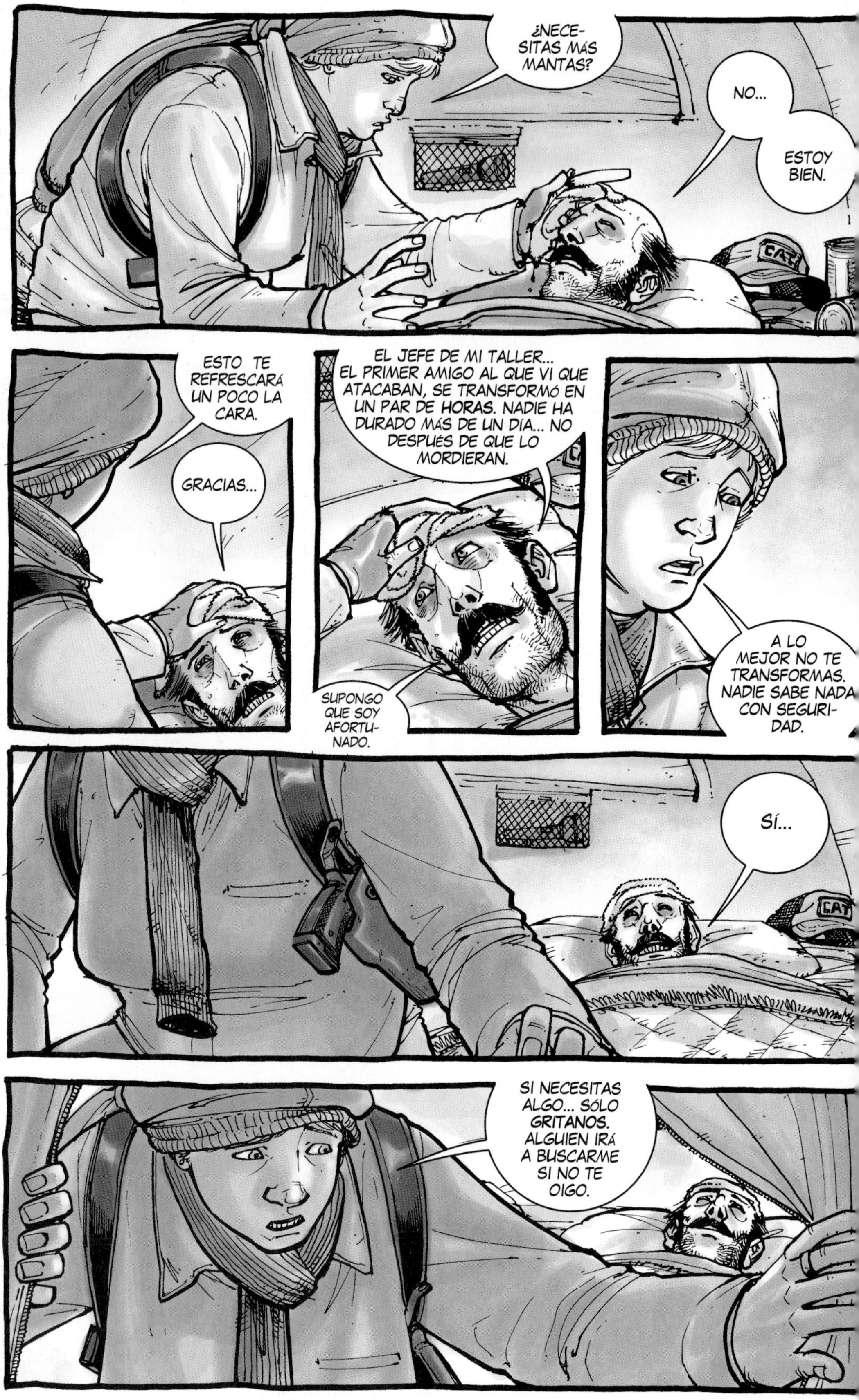
¿NECESITAS MÁS MANTAS?
NO...
ESTOY BIEN.
ESTO TE REFRESCARÁ UN POCO LA CARA.
GRACIAS...
EL JEFE DE MI TALLER... EL PRIMER AMIGO AL QUE VI QUE ATACABAN, SE TRANSFORMÓ EN UN PAR DE HORAS. NADIE HA DURADO MÁS DE UN DÍA... NO DESPUÉS DE QUE LO MORDIERAN.
SUPONGO QUE SOY AFORTUNADO.
A LO MEJOR NO TE TRANSFORMAS. NADIE SABE NADA CON SEGURIDAD.
SÍ...
SI NECESITAS ALGO... SÓLO GRÍTANOS. ALGUIEN IRÁ A BUSCARME SI NO TE OIGO.

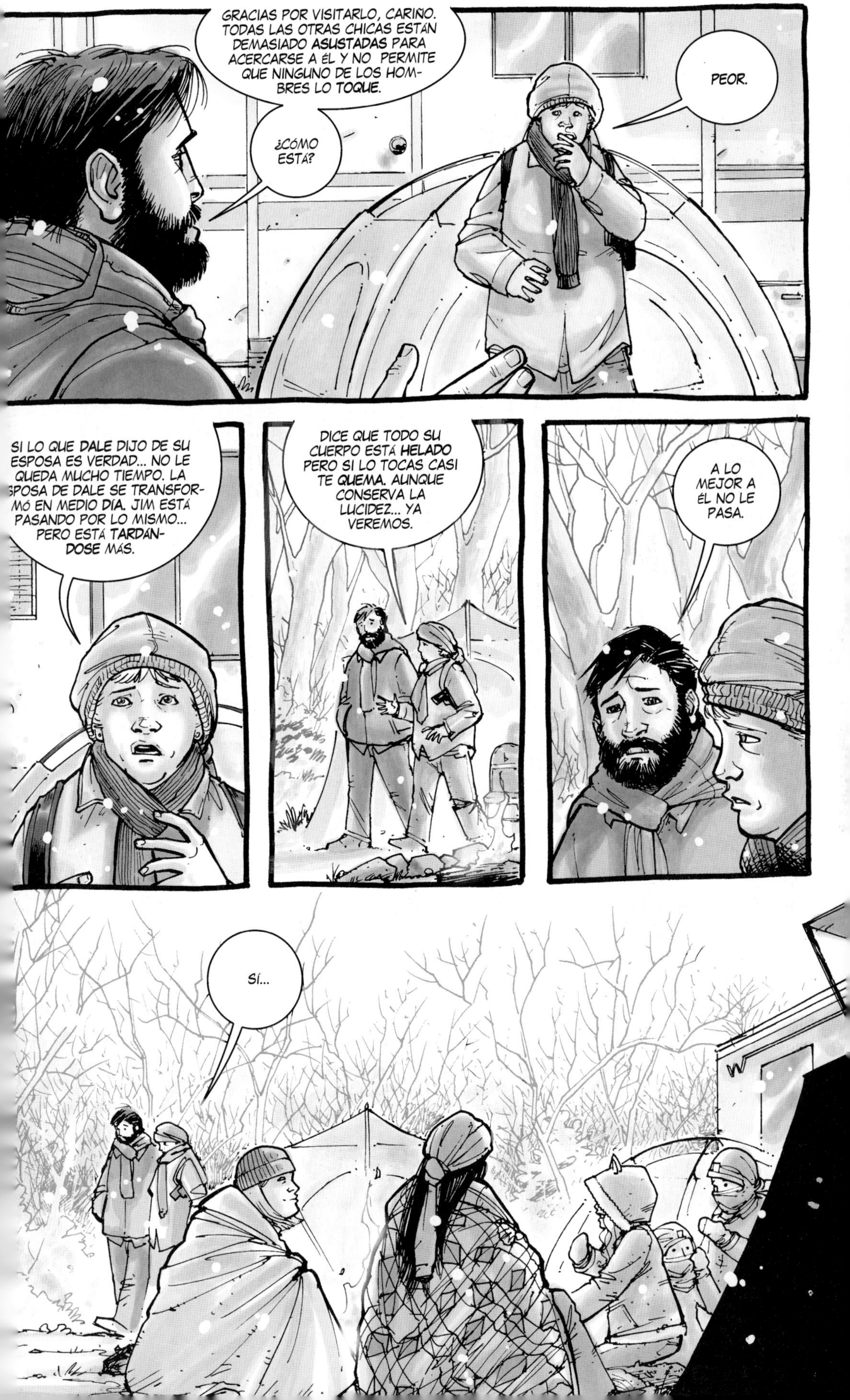
GRACIAS POR VISITARLO, CARIÑO. TODAS LAS OTRAS CHICAS ESTÁN DEMASIADO ASUSTADAS PARA ACERCARSE A ÉL Y NO PERMITE QUE NINGUNO DE LOS HOMBRES LO TOQUE.
¿CÓMO ESTÁ?
PEOR.
SI LO QUE DALE DIJO DE SU ESPOSA ES VERDAD... NO LE QUEDA MUCHO TIEMPO. LA ESPOSA DE DALE SE TRANSFORMÓ EN MEDIO DÍA. JIM ESTÁ PASANDO POR LO MISMO... PERO ESTÁ TARDÁNDOSE MÁS.
DICE QUE TODO SU CUERPO ESTÁ HELADO PERO SI LO TOCAS CASI TE QUEMA. AUNQUE CONSERVA LA LUCIDEZ... YA VEREMOS.
A LO MEJOR A ÉL NO LE PASA.
SÍ...

HOY NADA DE DISPAROS, CARL. SÓLO OBSÉRVANOS Y GUARDA SILENCIO.

¡OH, PAPÁ!

¡SILENC... NO QUER... ASUSTA... NUESTR... CENA...

PERDÓN.

¡BLAM!

BUEN TIRO. UNOS CUANTOS MÁS Y ESTAREMOS LISTOS.

...

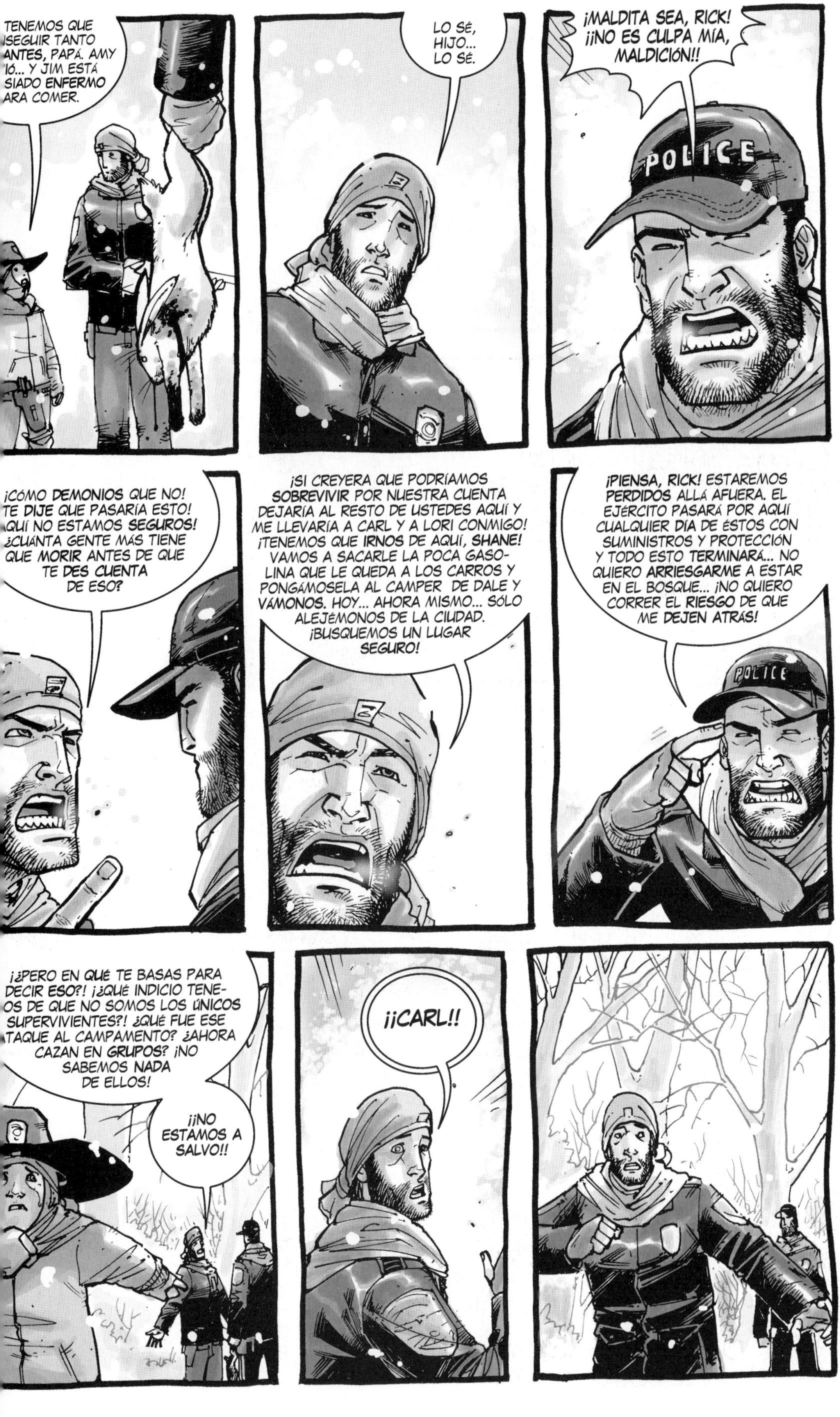

TENEMOS QUE SEGUIR TANTO ANTES, PAPÁ. AMY IÓ... Y JIM ESTÁ SIADO ENFERMO ARA COMER.
LO SÉ, HIJO... LO SÉ.
¡MALDITA SEA, RICK! ¡¡NO ES CULPA MÍA, MALDICIÓN!!
POLICE
¡CÓMO DEMONIOS QUE NO! TE DIJE QUE PASARÍA ESTO! QUÍ NO ESTAMOS SEGUROS! ¿CUÁNTA GENTE MÁS TIENE QUE MORIR ANTES DE QUE TE DES CUENTA DE ESO?
¡SI CREYERA QUE PODRÍAMOS SOBREVIVIR POR NUESTRA CUENTA DEJARÍA AL RESTO DE USTEDES AQUÍ Y ME LLEVARÍA A CARL Y A LORI CONMIGO! ¡TENEMOS QUE IRNOS DE AQUÍ, SHANE! VAMOS A SACARLE LA POCA GASOLINA QUE LE QUEDA A LOS CARROS Y PONGÁMOSELA AL CAMPER DE DALE Y VÁMONOS. HOY... AHORA MISMO... SÓLO ALEJÉMONOS DE LA CIUDAD. ¡BUSQUEMOS UN LUGAR SEGURO!
¡PIENSA, RICK! ESTAREMOS PERDIDOS ALLÁ AFUERA. EL EJÉRCITO PASARÁ POR AQUÍ CUALQUIER DÍA DE ÉSTOS CON SUMINISTROS Y PROTECCIÓN Y TODO ESTO TERMINARÁ... NO QUIERO ARRIESGARME A ESTAR EN EL BOSQUE... ¡NO QUIERO CORRER EL RIESGO DE QUE ME DEJEN ATRÁS!
POLICE
¡¿PERO EN QUÉ TE BASAS PARA DECIR ESO?! ¡¿QUÉ INDICIO TENEOS DE QUE NO SOMOS LOS ÚNICOS SUPERVIVIENTES?! ¿QUÉ FUE ESE TAQUE AL CAMPAMENTO? ¿AHORA CAZAN EN GRUPOS? ¡NO SABEMOS NADA DE ELLOS!
¡¡NO ESTAMOS A SALVO!!
¡¡CARL!!

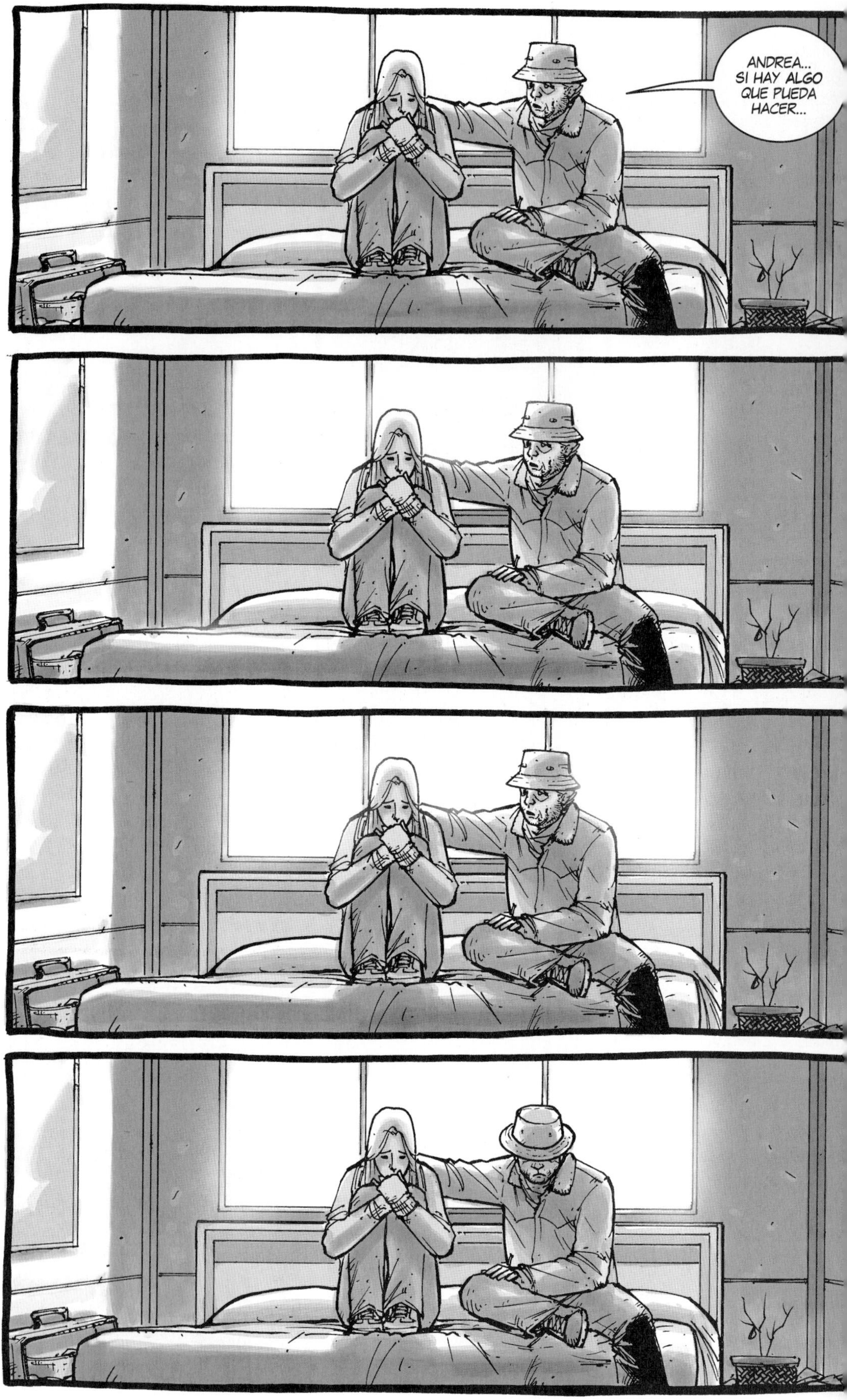
ANDREA... SI HAY ALGO QUE PUEDA HACER...

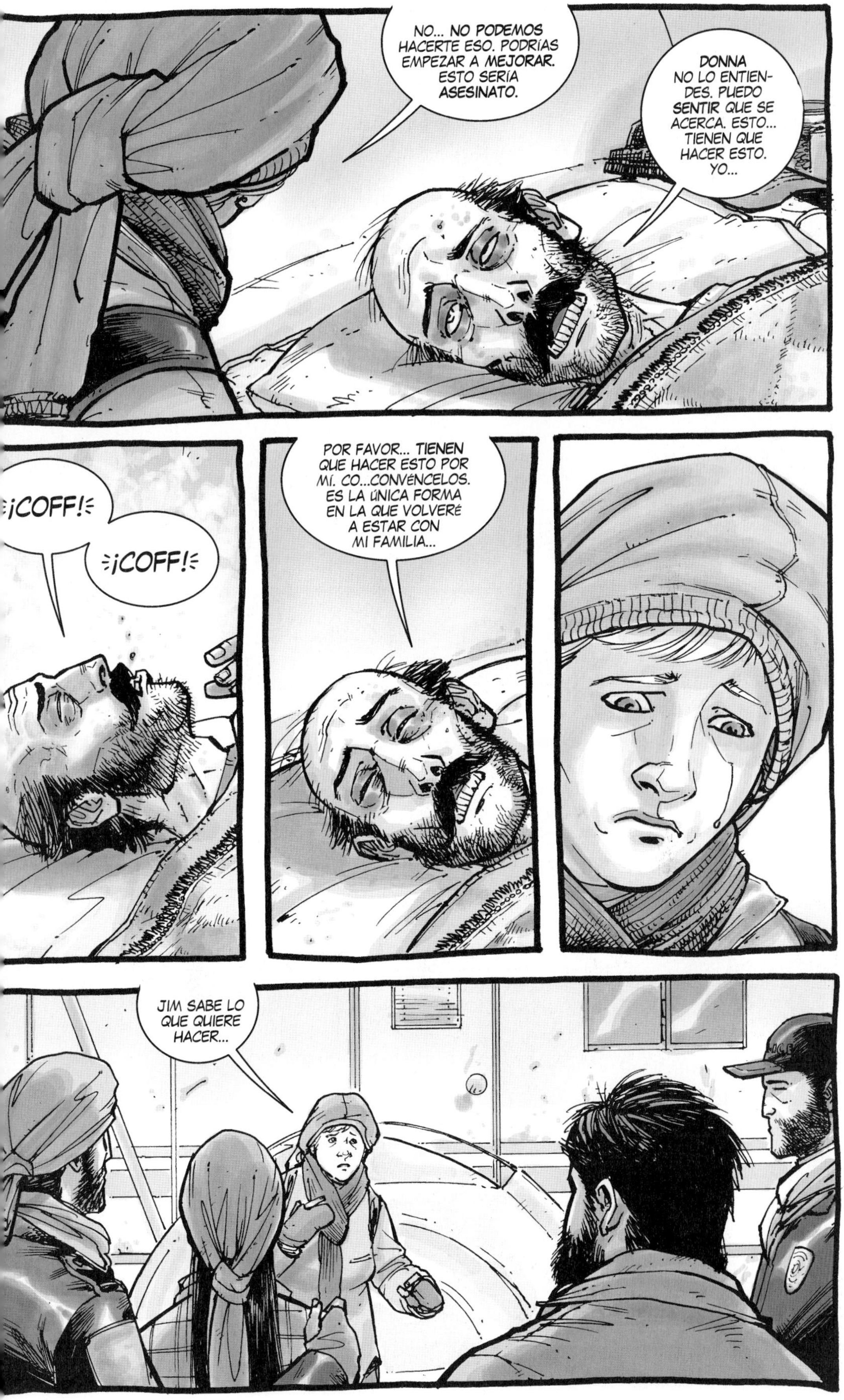
NO... NO PODEMOS HACERTE ESO. PODRÍAS EMPEZAR A MEJORAR. ESTO SERÍA ASESINATO.
DONNA NO LO ENTIENDES. PUEDO SENTIR QUE SE ACERCA. ESTO... TIENEN QUE HACER ESTO. YO...
¡COFF!
¡COFF!
POR FAVOR... TIENEN QUE HACER ESTO POR MÍ. CO...CONVÉNCELOS. ES LA ÚNICA FORMA EN LA QUE VOLVERÉ A ESTAR CON MI FAMILIA...
JIM SABE LO QUE QUIERE HACER...

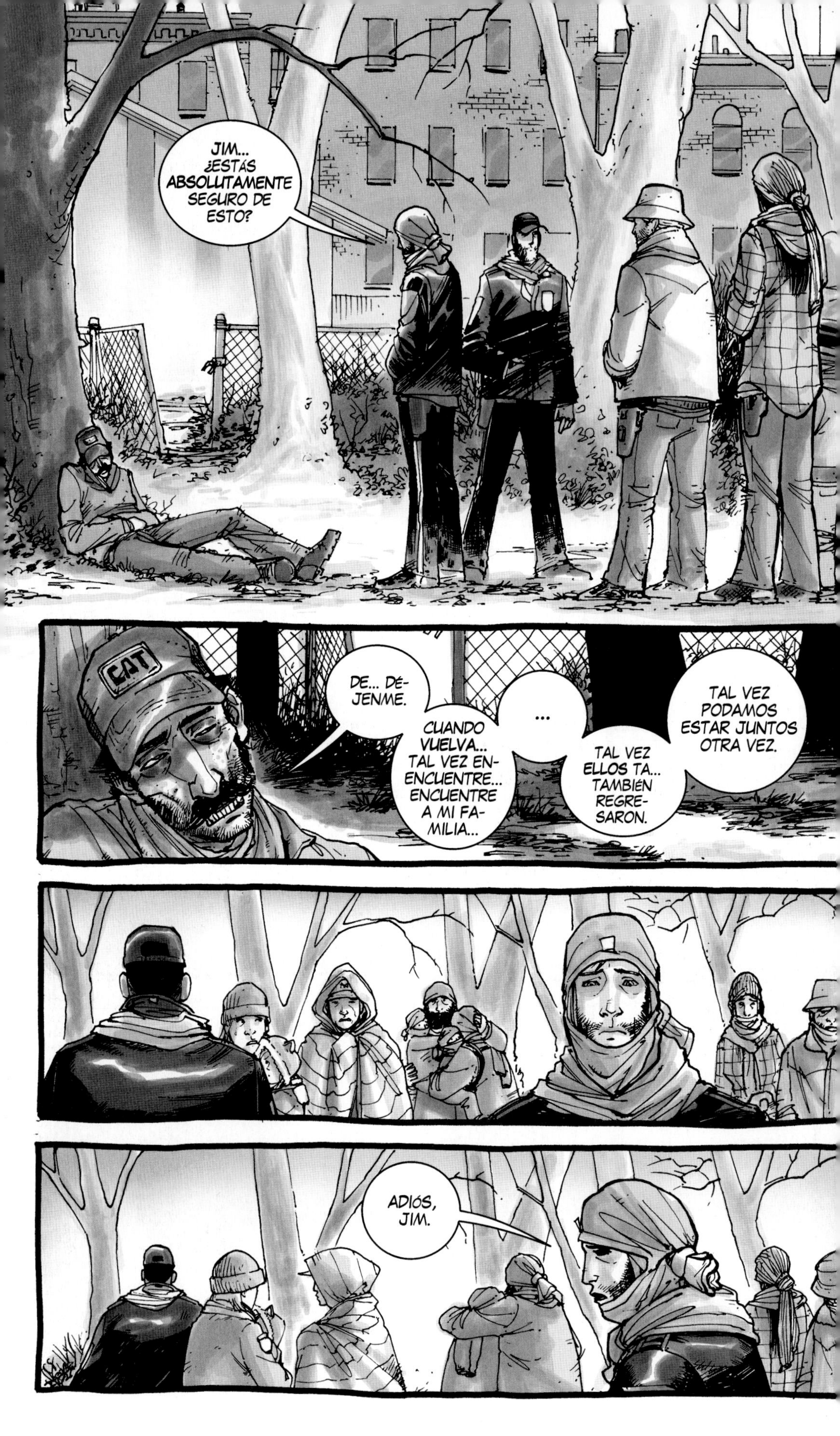
JIM... ¿ESTÁS ABSOLUTAMENTE SEGURO DE ESTO?
CAT
DE... DÉ-JENME.
CUANDO VUELVA... TAL VEZ EN-ENCUENTRE... ENCUENTRE A MI FA-MILIA...
...
TAL VEZ ELLOS TA... TAMBIÉN REGRE-SARON.
TAL VEZ PODAMOS ESTAR JUNTOS OTRA VEZ.
ADIÓS, JIM.

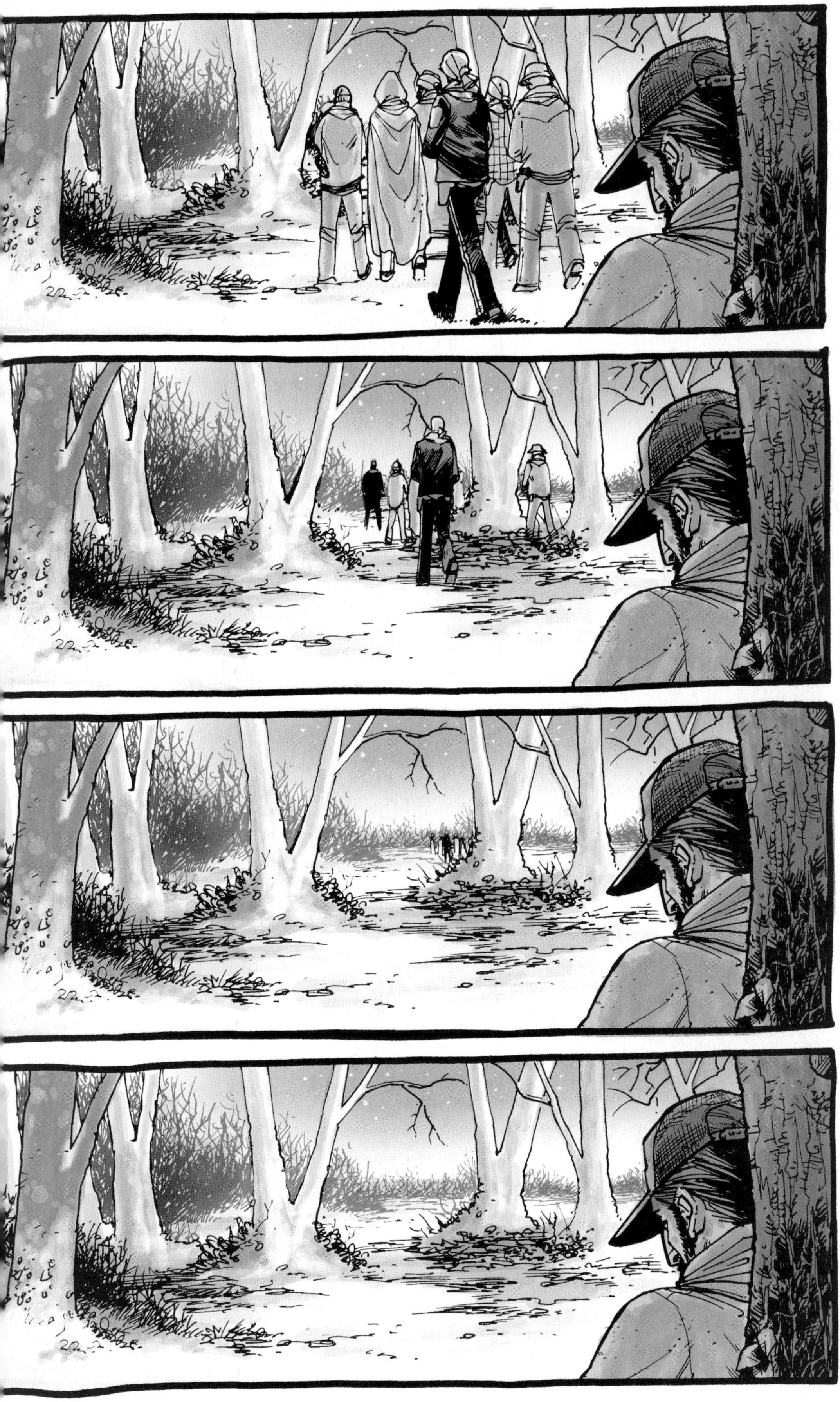

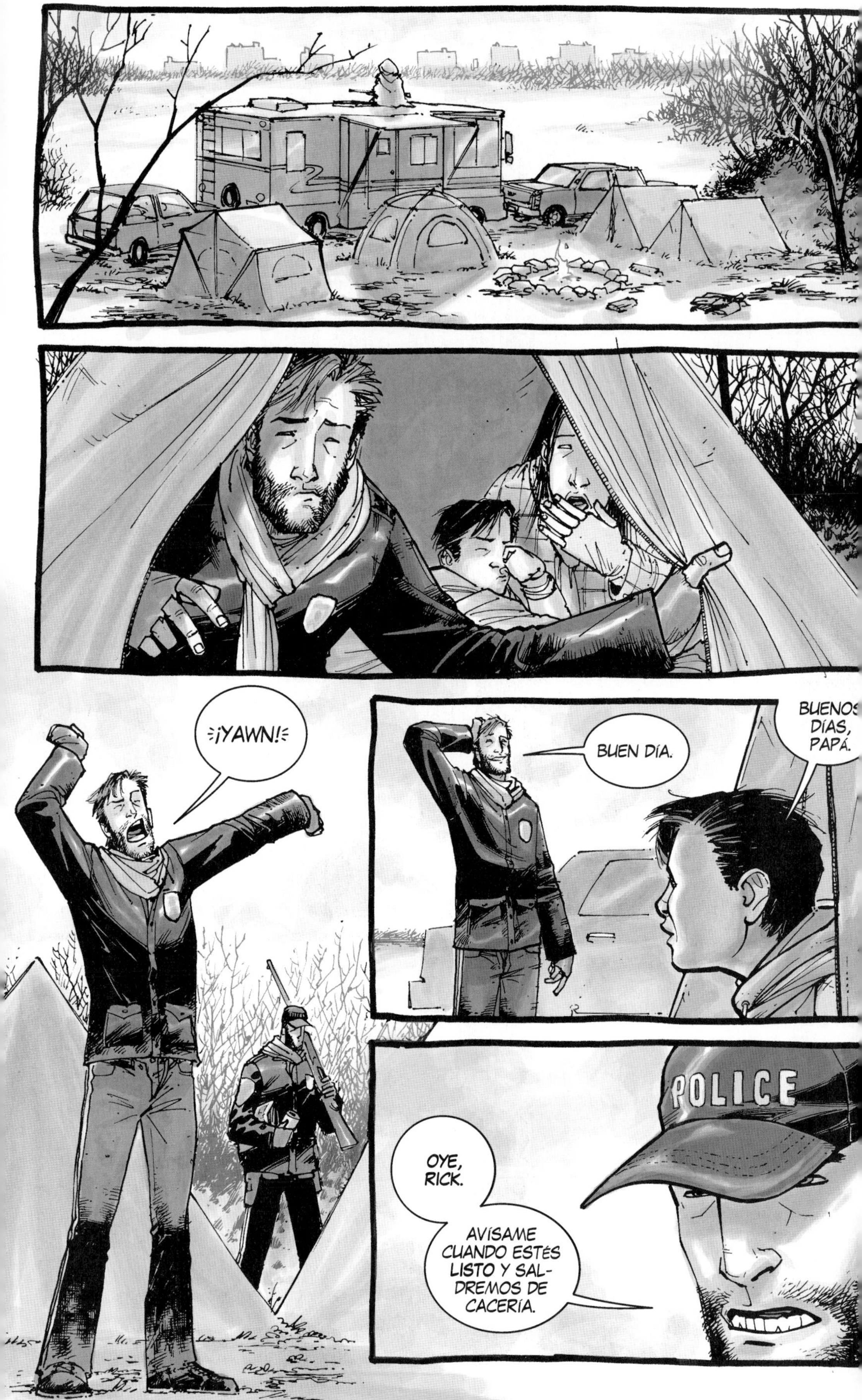
¡YAWN!
BUEN DÍA.
BUENOS DÍAS, PAPÁ.
OYE, RICK.
AVÍSAME CUANDO ESTÉS LISTO Y SALDREMOS DE CACERÍA.
POLICE

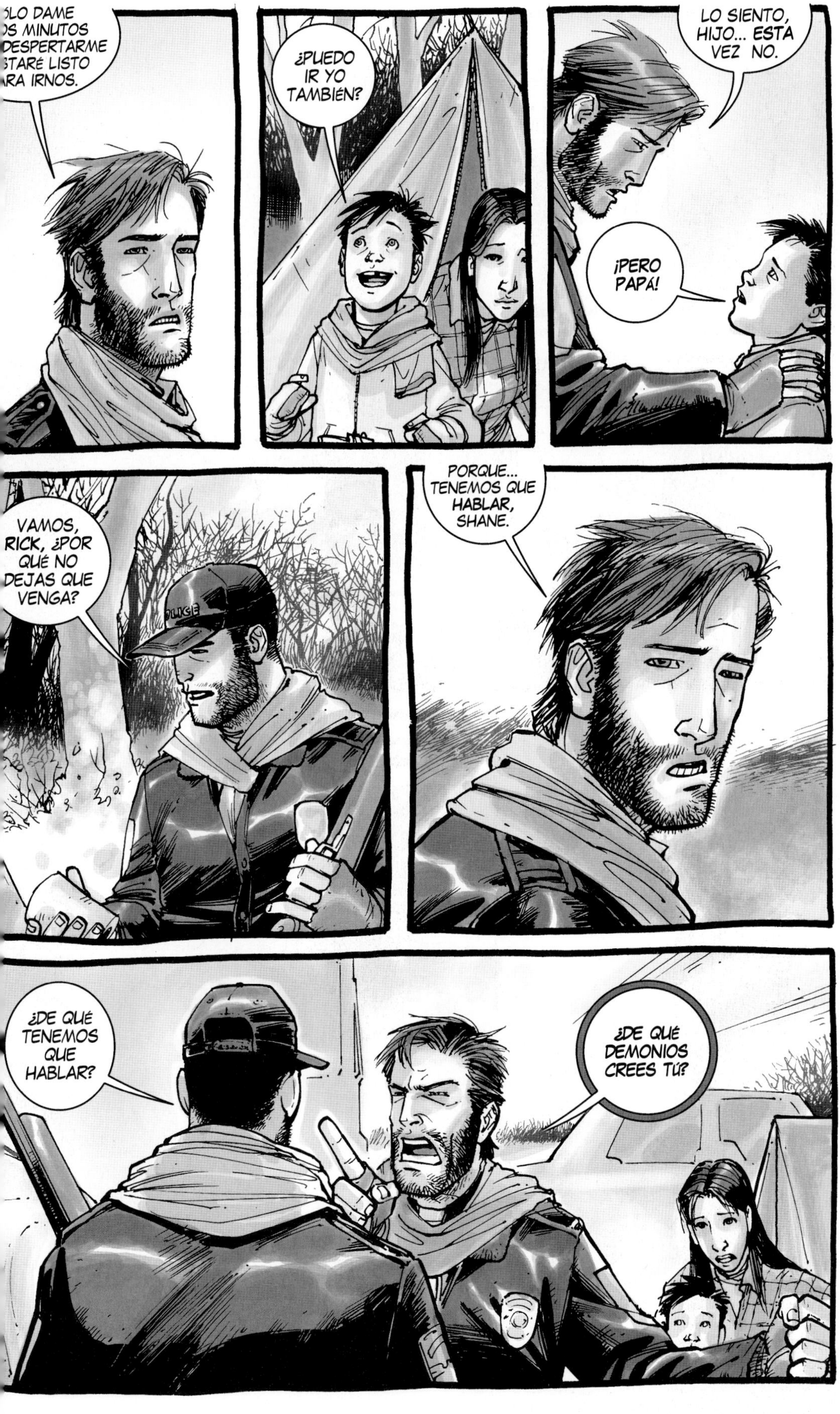

ÓLO DAME
OS MINUTOS
DESPERTARME
STARÉ LISTO
ARA IRNOS.
¿PUEDO IR YO TAMBIÉN?
LO SIENTO, HIJO... ESTA VEZ NO.
¡PERO PAPÁ!
VAMOS, RICK, ¿POR QUÉ NO DEJAS QUE VENGA?
PORQUE... TENEMOS QUE HABLAR, SHANE.
¿DE QUÉ TENEMOS QUE HABLAR?
¿DE QUÉ DEMONIOS CREES TÚ?

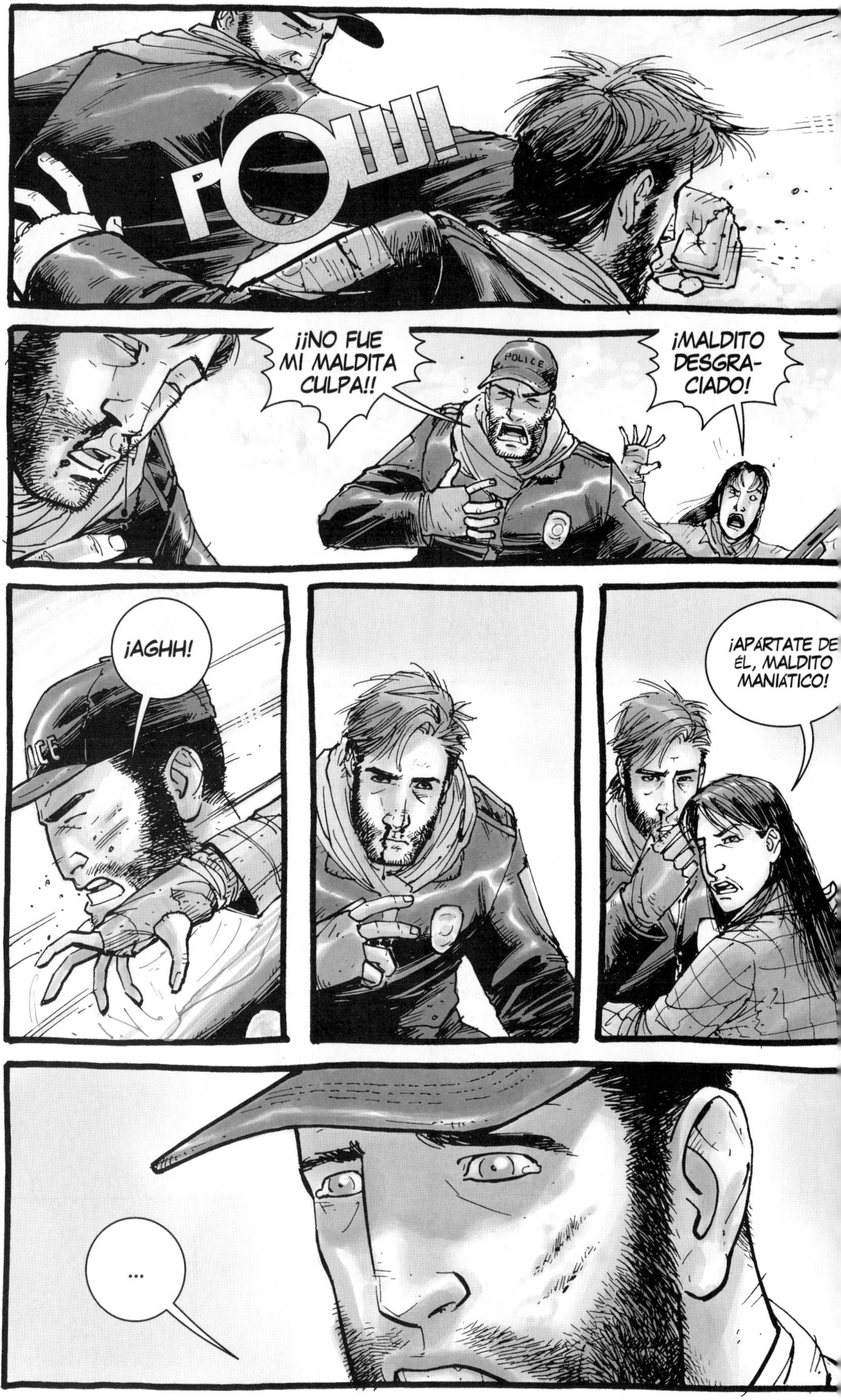
POW!
¡¡NO FUE MI MALDITA CULPA!!
¡MALDITO DESGRACIADO!
¡AGHH!
¡APÁRTATE DE ÉL, MALDITO MANIÁTICO!
...

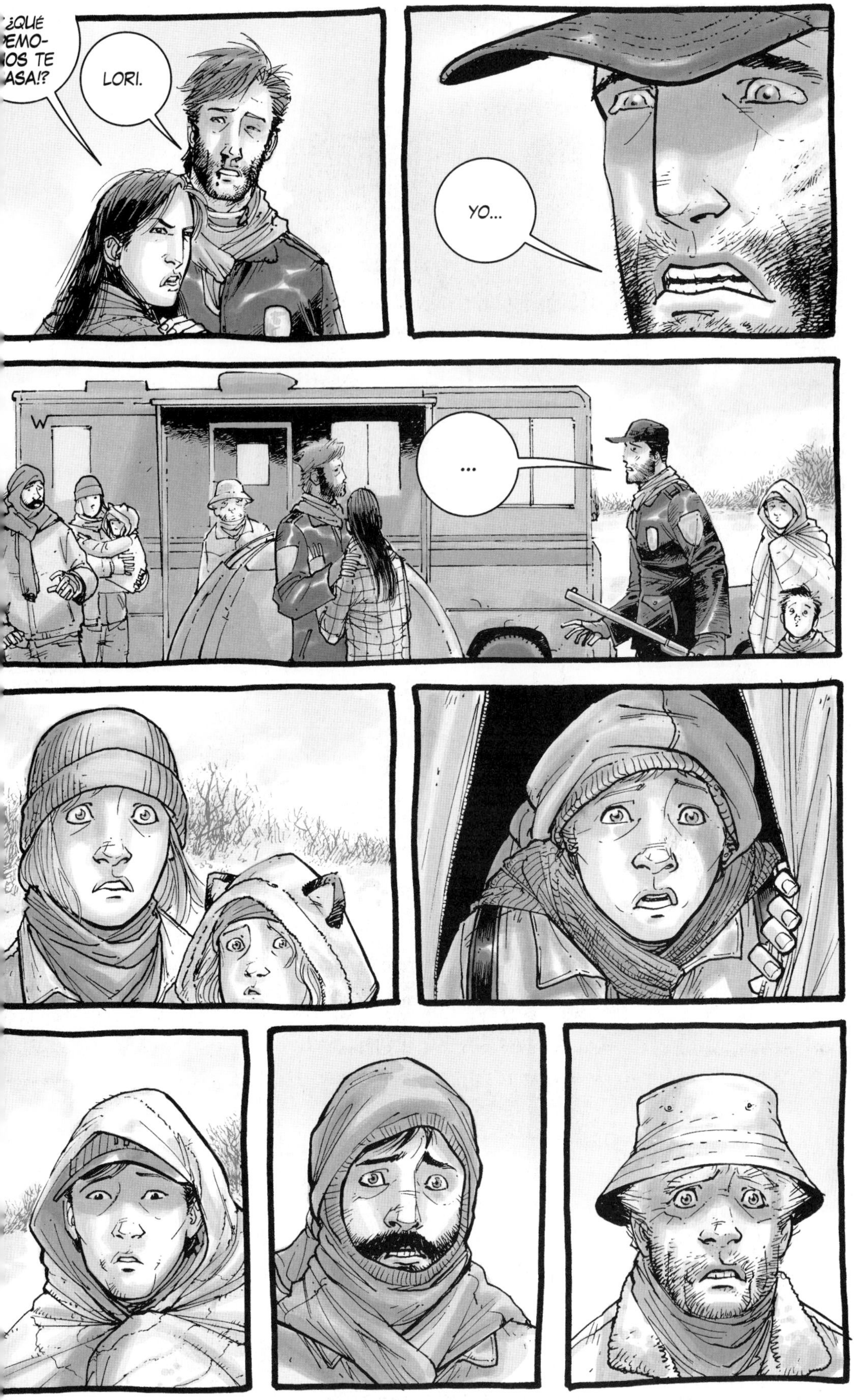

¿QUÉ
EMO-
OS TE
ASA!?
LORI.
YO...
...

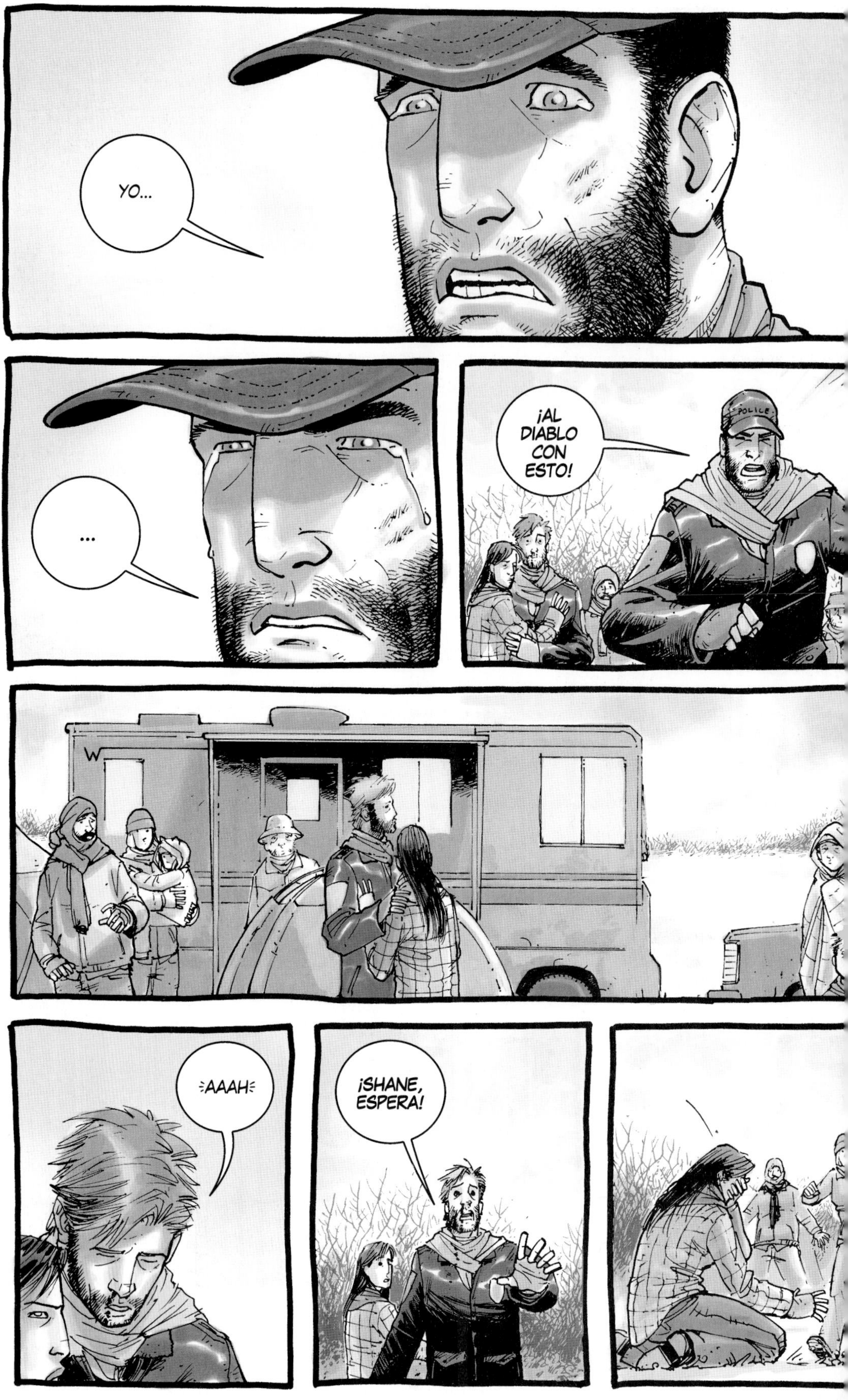
YO...
...
¡AL DIABLO CON ESTO!
AAAH
¡SHANE, ESPERA!

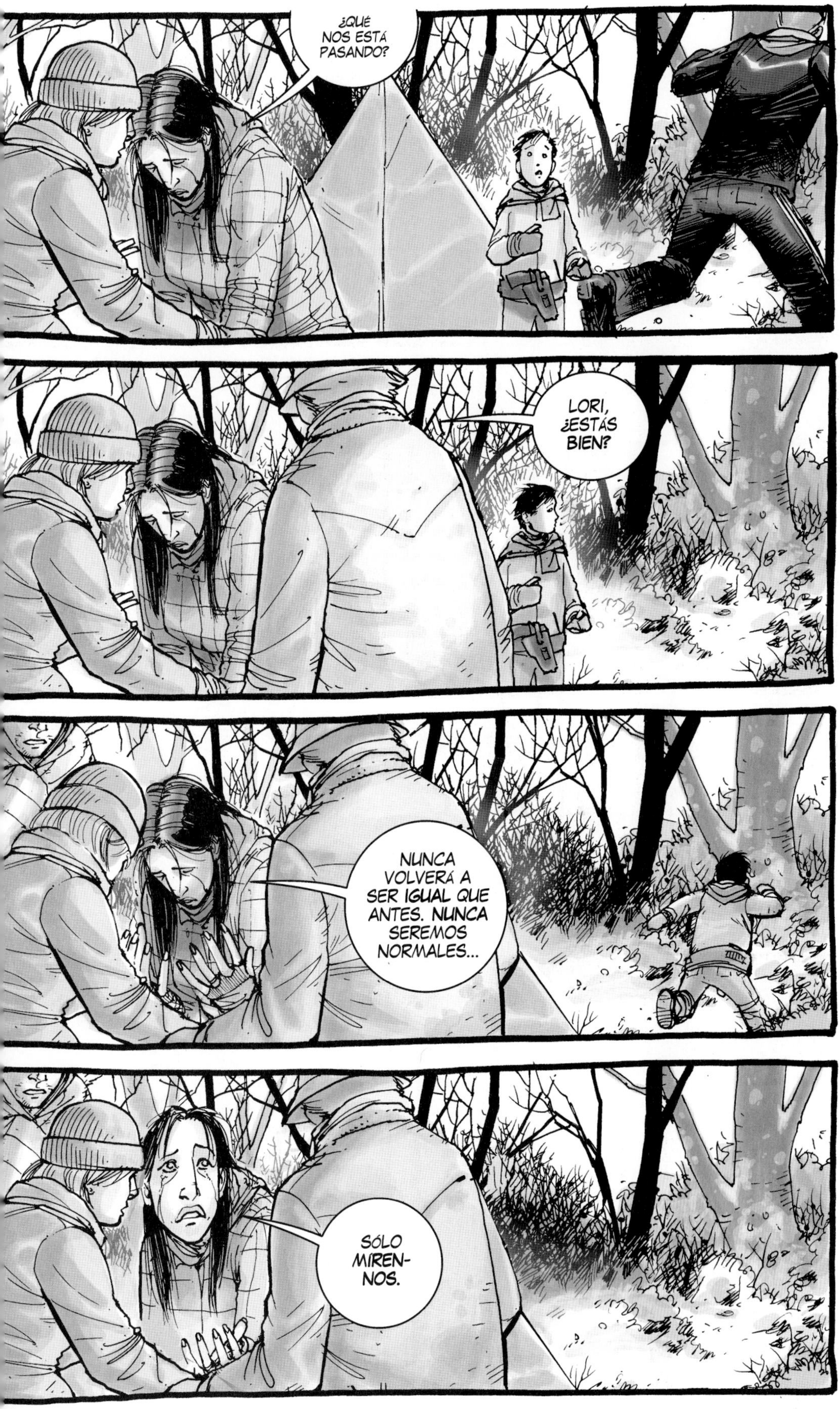
¿QUÉ NOS ESTÁ PASANDO?
LORI, ¿ESTÁS BIEN?
NUNCA VOLVERÁ A SER IGUAL QUE ANTES. NUNCA SEREMOS NORMALES...
SÓLO MÍREN-NOS.

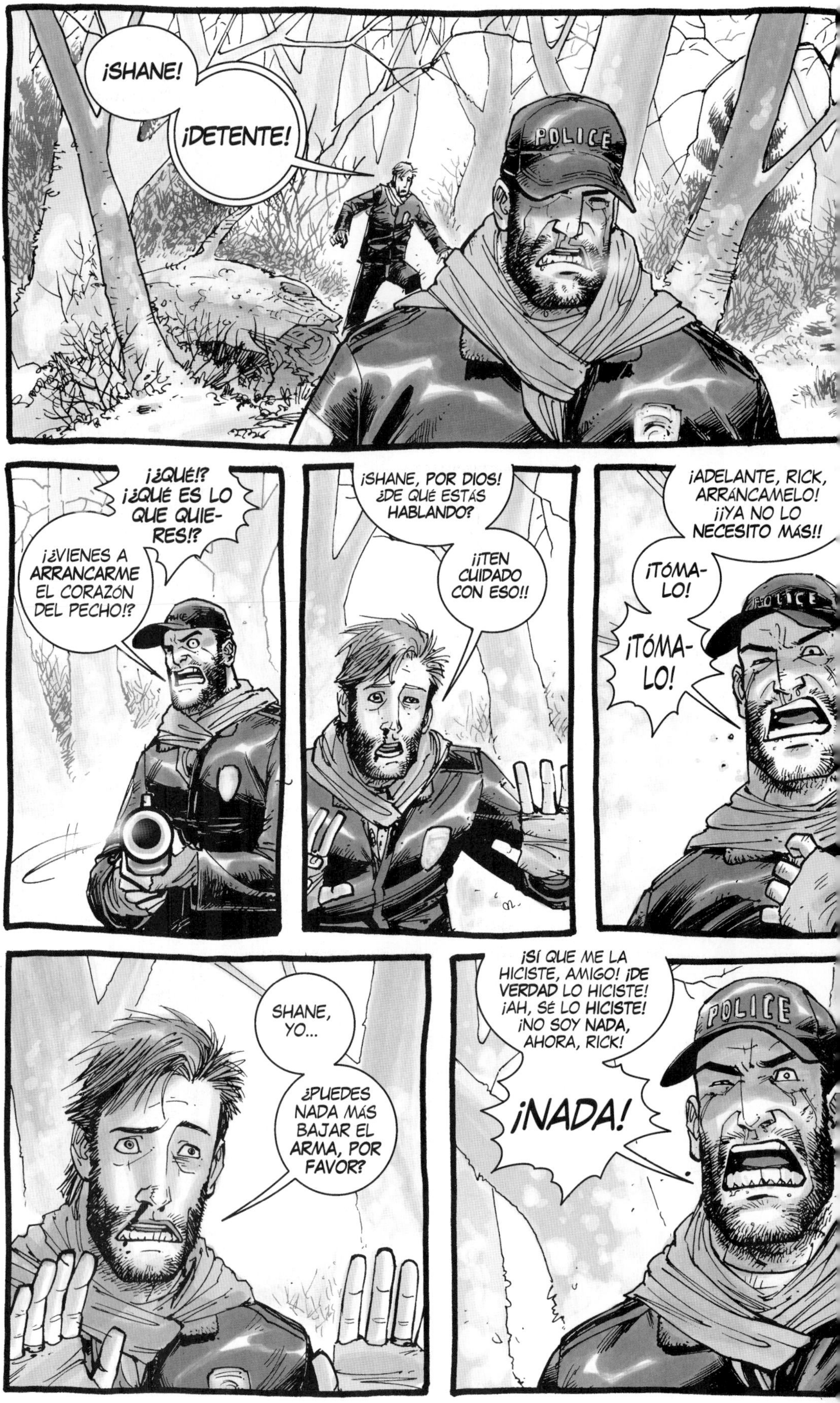
¡SHANE!
¡DETENTE!
POLICE
¡¿QUÉ!? ¡¿QUÉ ES LO QUE QUIERES!?
¡¿VIENES A ARRANCARME EL CORAZÓN DEL PECHO!?
¡SHANE, POR DIOS! ¿DE QUÉ ESTÁS HABLANDO?
¡¡TEN CUIDADO CON ESO!!
¡ADELANTE, RICK, ARRÁNCAMELO! ¡¡YA NO LO NECESITO MÁS!!
¡TÓMALO!
¡TÓMALO!
SHANE, YO...
¿PUEDES NADA MÁS BAJAR EL ARMA, POR FAVOR?
¡SÍ QUE ME LA HICISTE, AMIGO! ¡DE VERDAD LO HICISTE! ¡AH, SÉ LO HICISTE! ¡NO SOY NADA, AHORA, RICK!
POLICE
¡NADA!

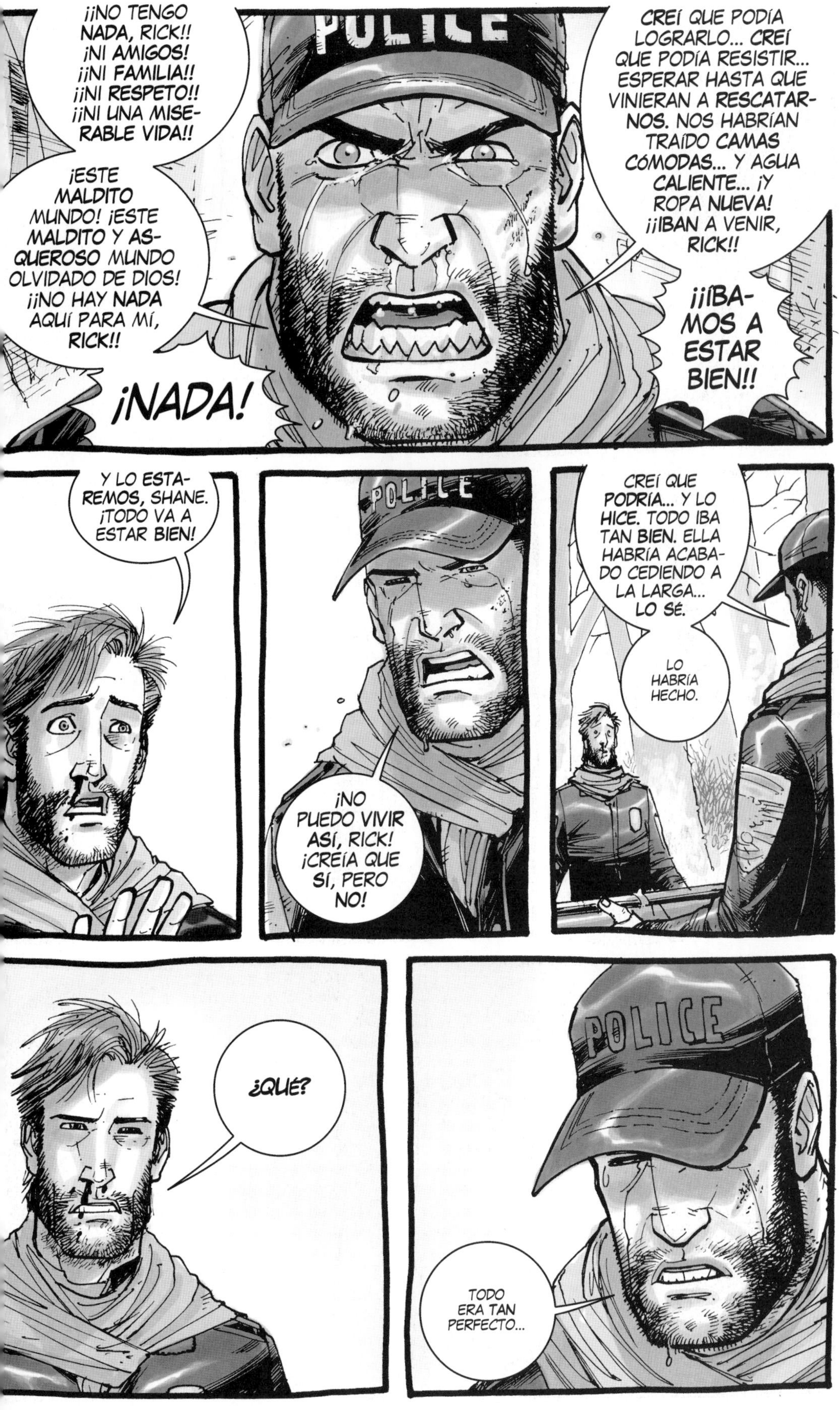
¡¡NO TENGO NADA, RICK!! ¡NI AMIGOS! ¡¡NI FAMILIA!! ¡¡NI RESPETO!! ¡¡NI UNA MISERABLE VIDA!!
¡ESTE MALDITO MUNDO! ¡ESTE MALDITO Y ASQUEROSO MUNDO OLVIDADO DE DIOS! ¡¡NO HAY NADA AQUÍ PARA MÍ, RICK!!
¡NADA!
POLICE
CREÍ QUE PODÍA LOGRARLO... CREÍ QUE PODÍA RESISTIR... ESPERAR HASTA QUE VINIERAN A RESCATARNOS. NOS HABRÍAN TRAÍDO CAMAS CÓMODAS... Y AGUA CALIENTE... ¡Y ROPA NUEVA! ¡¡IBAN A VENIR, RICK!!
¡¡ÍBAMOS A ESTAR BIEN!!
Y LO ESTAREMOS, SHANE. ¡TODO VA A ESTAR BIEN!
POLICE
¡NO PUEDO VIVIR ASÍ, RICK! ¡CREÍA QUE SÍ, PERO NO!
CREÍ QUE PODRÍA... Y LO HICE. TODO IBA TAN BIEN. ELLA HABRÍA ACABADO CEDIENDO A LA LARGA... LO SÉ.
LO HABRÍA HECHO.
¿QUÉ?
POLICE
TODO ERA TAN PERFECTO...

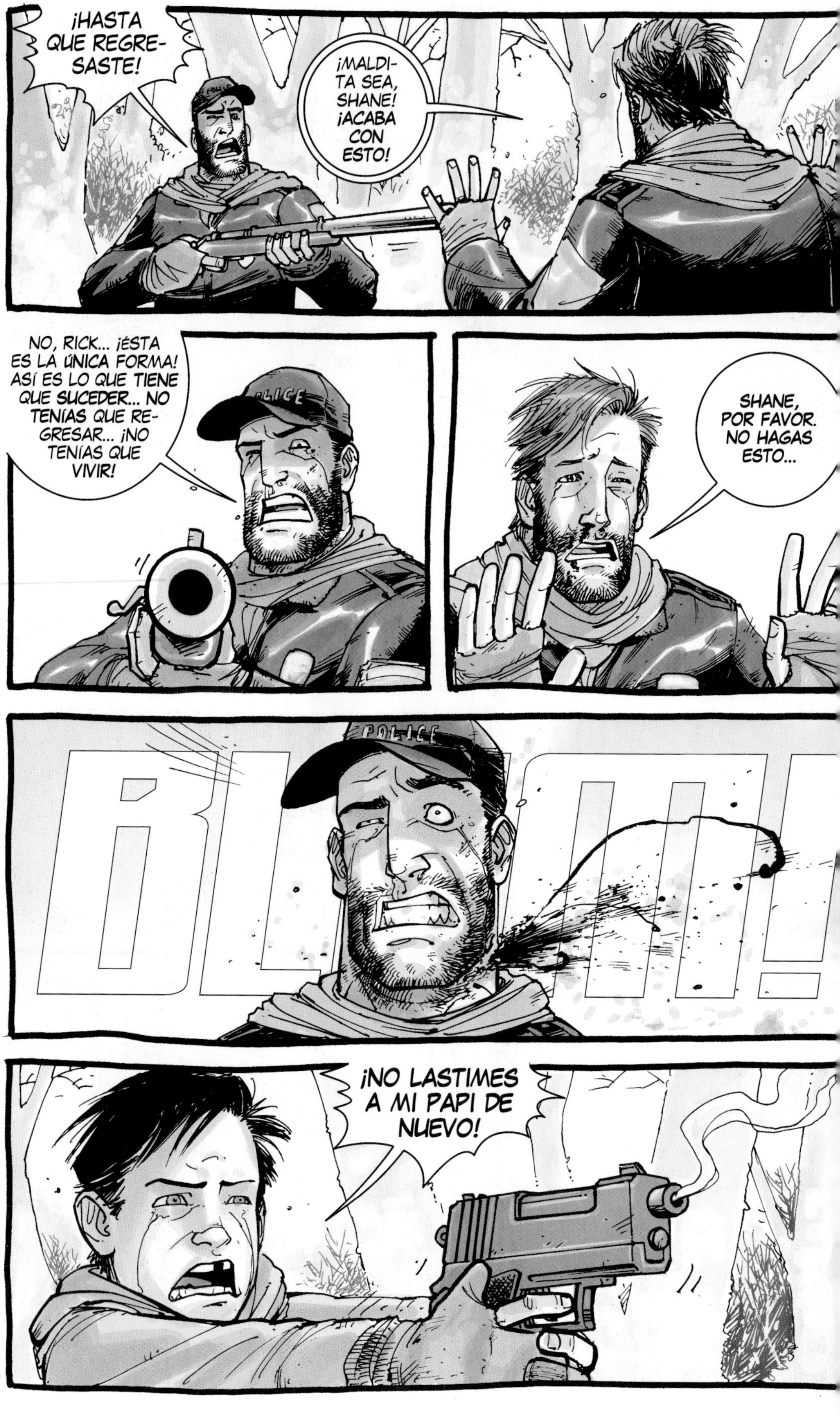

¡HASTA QUE REGRESASTE!
¡MALDITA SEA, SHANE! ¡ACABA CON ESTO!
NO, RICK... ¡ÉSTA ES LA ÚNICA FORMA! ASÍ ES LO QUE TIENE QUE SUCEDER... NO TENÍAS QUE REGRESAR... ¡NO TENÍAS QUE VIVIR!
POLICE
SHANE, POR FAVOR. NO HAGAS ESTO...
POLICE
¡NO LASTIMES A MI PAPI DE NUEVO!

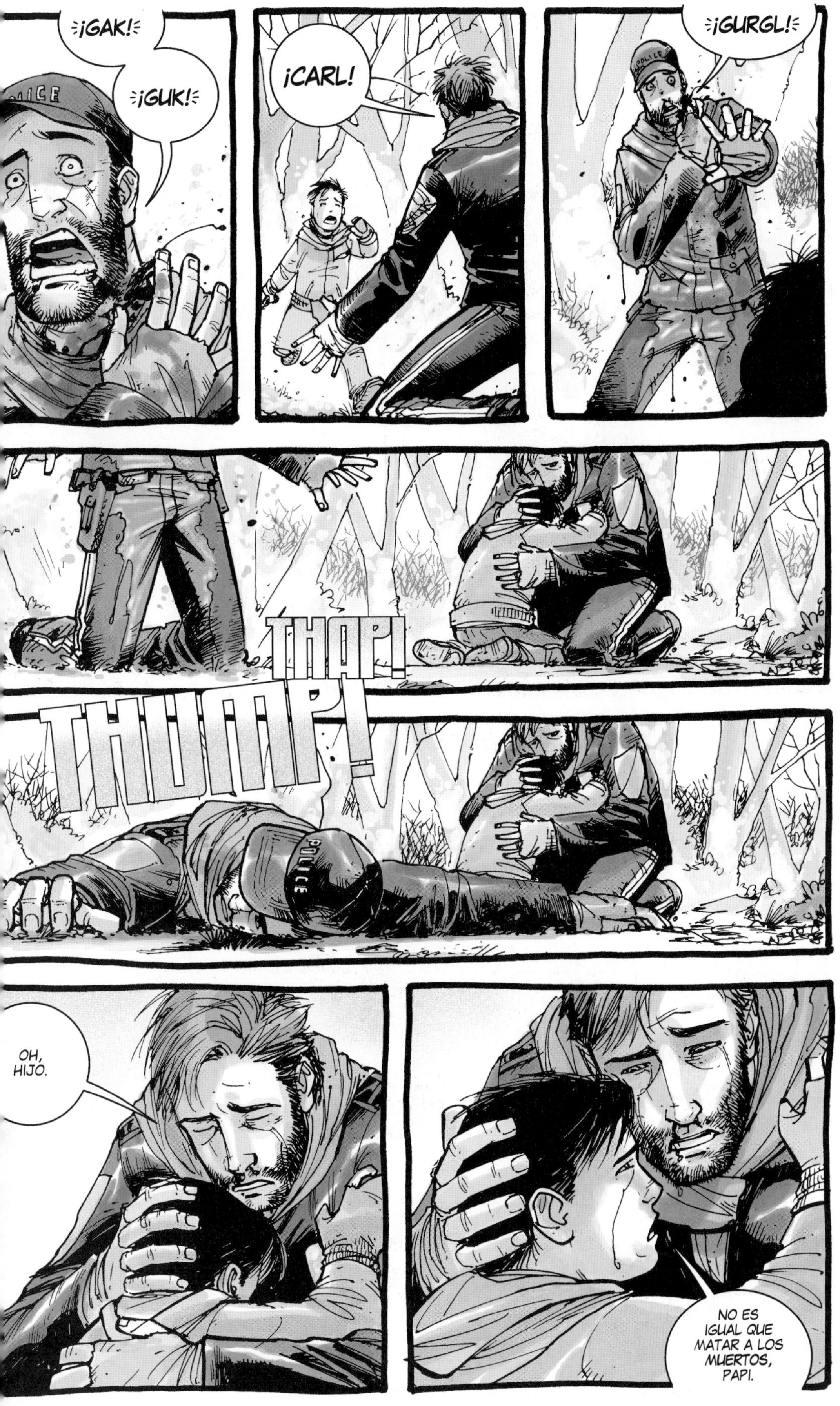
¡GAK!
¡GUK!
¡CARL!
¡GURGL!
THAP!
THUMP!
OH, HIJO.
NO ES IGUAL QUE MATAR A LOS MUERTOS, PAPI.

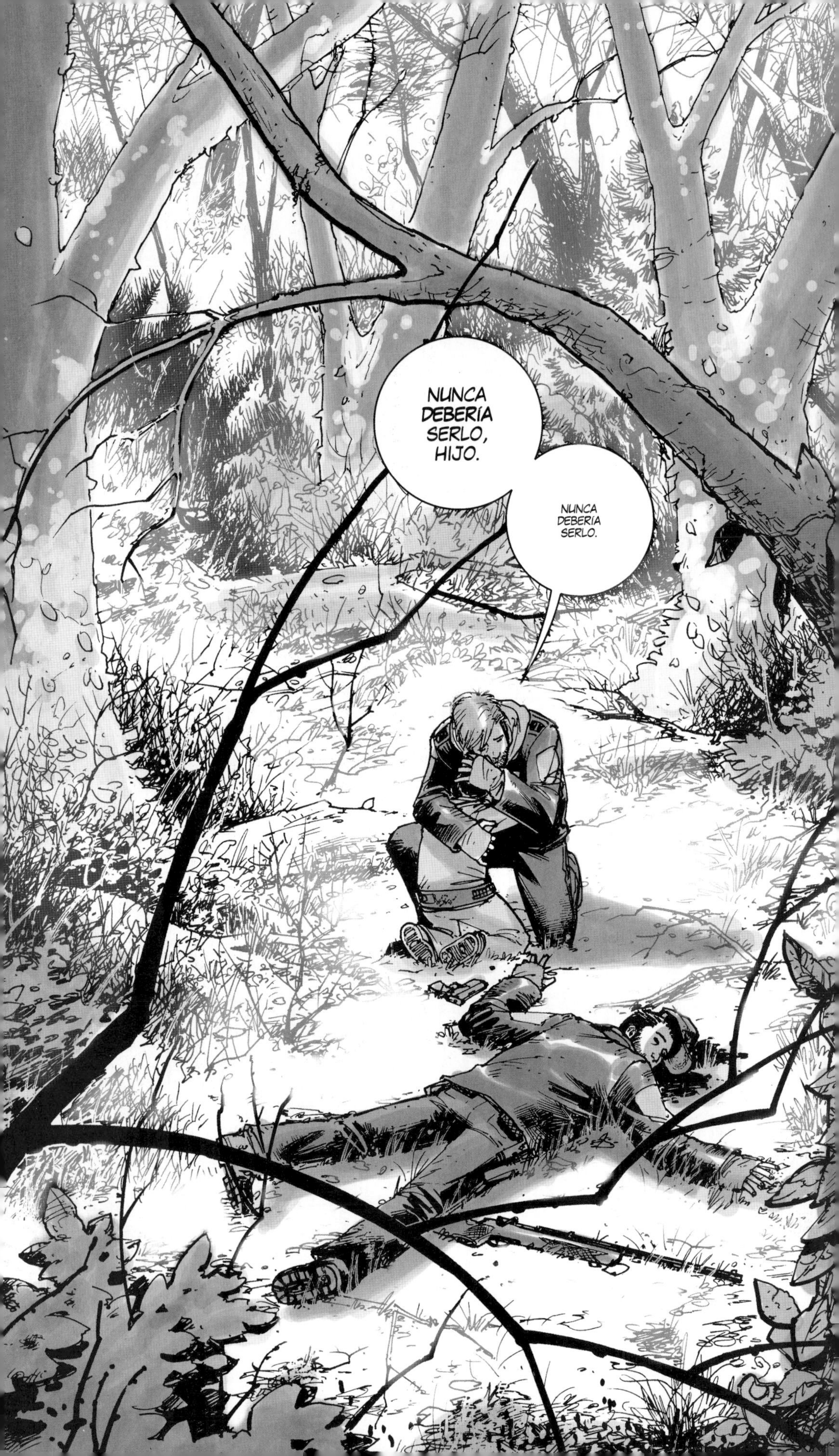
NUNCA DEBERÍA SERLO, HIJO.
NUNCA DEBERÍA SERLO.